悍妞降夫

上

文創風 765

曼縝 著

目錄

自序

說起來，這是件奇怪的事，從小學的時候開始，我就想寫小說。

寫小說這件事就像我心裡的一團火，事隔經年、瑣事消磨，它依然頑強地在那裡默默地燃燒。我想，那大概是我生命中真正的渴望，可每每嘗試，每每無疾而終。

日子就這樣一天天地溜走，生活風風雨雨、起起落落。

有一天，我好像突然成熟了、自信了、輕鬆了。寫小說而已，喜歡就去做，也不是什麼天崩地裂的大事，我對自己說──真的不必想太多。

二〇一六年底，我終於提起了筆。

寫什麼呢？當然是寫對生活的體悟，尤其有些感觸不吐不快，可在柴米油鹽中，卻又很難跟伴侶或朋友正經八百地分享。

比方說，我眼中《灰姑娘》的故事。

據說《灰姑娘》是有史以來最受歡迎的故事原型，它漫長的歷史甚至可以追溯到一六三六年的義大利。此後數百年間，人們腦洞百出，改編出七百多個不同的版本，而由此衍生的「麻雀變鳳凰」一類的小說、戲劇與電影，更是多如恆河沙數。

然而千變萬化，不離其衷，它只是在告訴年輕的姑娘們，妳什麼都不用做，只要仙女的魔棒一揮，一夕之間妳就可以華麗變身，坐上黃金馬車、腳踏水晶鞋，從灰頭土臉到豔冠群芳，從卑微低下至富貴逼人。更令人豔羨的是，這樣的幸福一旦開始，就會定格在童話裡，永遠幸福。

這是多美好的夢想，哪個姑娘不想要呢？

可是童話之所以不朽，也許就在於它總是恰到好處地戛然而止吧，真實的人生絕不會這麼簡單幸運。

在我看來，嫁給王子只是生活的開始，而不是結束。我忍不住想像了一下，灰姑娘嫁給王子後的日常——

兩個不同階層的人，一桌吃、一床睡，會有什麼樣的衝突？如果王子不再愛灰姑娘，那個階層也人人鄙視她，灰姑娘要怎麼做才會真的永遠幸福？

正如張德芬在《**遇見未知的自己**》裡所說：「親愛的，外面沒有別人。」我深以為然。想要過好的生活，無論身處怎樣的環境，提升並改變自己是唯一的途徑。

於是，就有了黃英這個女主角，有了這套《**悍妞降夫**》。

黃英是個粗魯平凡、嫁不出去的農家砍柴妞，卻陰錯陽差地嫁給了四品侍郎家最受寵愛的小兒子，進入一個完全不屬於她的階層。

丈夫不愛、婆婆嫌棄，連家裡的下人也不把她當盤菜。

可她個性堅毅樂觀，不退縮、不抱怨、不固執，不但關心周圍的人，更努力提升、改變自己，最終降服了丈夫，降服了侍郎府上下眾人，成長為京城中人人羨慕的貴夫人。黃英找到了永遠幸福的道路，相信我們亦能。

注：寫完本序這日正是母親節，相信我的母親一定會非常高興。

曼繽　2019年5月12日於多倫多

第一章　擦肩而過

京西北靈臺山腳下，通往山北老柳村的大路上，幾輛馬車慢慢駛來。正是秋日午後，山色鮮明，景色宜人。

車行極慢。中間的一輛，白馬雙轅、重輞縵輪，軛前掛著一串金鑲玉百子寶鈴，鈴聲玎琅，在山野中叮噹作響。

車簾垂放，車窗內的捲簾卻捲起大半，只聽見一個蒼老的聲音道：「我瞧路邊有一叢黃菊，可是眼花了？」

一道清脆的少女嗓音回答。「老祖宗比我們都耳聰目明呢，可不是有一叢黃菊在路邊！啊，停車，我去摘一束野菊來！」

只見一個十四、五歲的少女跳下車來，她生得濃眉黑眸、身材高瘦，直奔那叢菊花而去，待要採花時，她呆了一呆，說道：「奇怪，這花根泥土新翻，像是有人特地種在這裡的，哎呀，地上還有個錦囊呢！」

車中老夫人聞言，隔窗望出，聲息顫抖。「可是個石青色的錦囊？」

少女驚訝地瞪圓了眼睛，揚了揚手中石青色的菊花錦囊，露出個大大的笑臉道：「老祖宗未卜先知！」

老夫人面色含笑、淚眼矇矓，看著那明媚的少女，恍惚間像是看到了五十年前的自己。

秋後的清晨，山路上若有若無的煙靄還未散去，四周飄浮著清新的樹木、草叢香氣。路旁一塊大青石邊斜斜地生出一叢三尺高的黃色野菊，花兒一朵朵銅錢般大小，深綠色的枝葉上能看得清細細的絨毛，還帶著未散盡的小露珠。

坐在大青石上的圓臉少女膚色宛如飴糖，穿著件破舊土布花夾襖，梳著雙螺頭，繫著兩根紅色的頭繩，頭繩尾端還墜著兩朵黃色的小絨花。此時，她正看著手上的一個精緻錦囊，粗眉緊鎖，大眼含愁。

那錦囊是石青色的雲紋錦緞製成，橫經豎絲，上面繡著一枝紅黃相間的菊花，菊瓣如絲，捲曲飄灑、外黃內紅；封口的黑色緞帶還織上絲絲金線，華貴無比。

少女托腮東張西望了一陣子，嘆息道：「也不知道是哪個冒失人的，我已經等了這麼久，要是再不回去，就要來不及了！」

說著，她伸手從頭上解下一根紅頭繩，綁在菊花枝上，自言自語地道：「聰明的人就會到村裡去打聽吧？」

她也不管頭上的髮髻變得歪歪扭扭，從地上拎起裝了半筐柴火的破舊背簍後，就連奔帶跑地朝不遠處的村莊跑去。

少女剛推開竹籬柴扉的門，就聽院內傳來一聲吼叫。「大妞妞，妳真是急死人了！看妳跑得這一身汗，是要氣死娘是不是？」說著，一支木製的飯勺便扔了出來。

她敏捷地抓住飯勺，喊道：「娘，我真不是故意的！我撿了人家的東西，在那裡等著人會不會回來取？」

「還不趕緊放好東西，過來吃早飯。要是耽誤了出門的時間，我不饒妳！」中年婦女無奈地轉身向堂屋走去。

堂屋裡，四、五個人圍著一張松木八仙桌。剛收了秋，吃食上寬裕，一頓早餐有實實在在的麵疙瘩，還加了青菜與肉末的澆頭。

少女進了門，半邊髮髻已經完全鬆垮下來。那滿臉曬斑的中年農婦，一邊把一碗滿滿的麵疙瘩推到她面前，一邊恨鐵不成鋼地罵道：「叫妳今日別上山，非要去，看妳這披頭散髮的樣子！」

只見少女滿不在乎地坐到婦人身邊，用筷子吃了一大口麵疙瘩，賴皮地笑著道：「反正待會兒出門前還要梳的，有什麼關係？」

這話氣得那婦人忍不住拿筷子敲了敲她的頭道：「妳撿了人家什麼東西？」

少女得意地笑道：「早起的鳥兒有蟲吃，這回我可是撿了好東西，要是沒人來尋，還能換點銀子！」

說得一屋子人都好奇起來，時不時往少女那邊瞧。

少女吃起飯來很是豪爽，不一會兒，一碗麵疙瘩都下了肚，倒是她二嫂安氏還在細嚼慢噍。她心想，反正要等二嫂吃完飯才能為自己梳頭穿衣，少女便從懷裡掏出那個錦囊。

頓時，陋室飛金鳳一般，滿屋人的眼睛都定住了。他們是再普通不過的鄉下人家，哪裡見過這樣的東西？

這戶人家姓黃，靠著二、三十畝地養活一家子，家裡有夫妻倆、兒女三人。上頭兩個兒子都成了親，只有這個最小的女兒，自小嬌寵慣了，性子又野，至今還沒有說定親事。

黃二哥好奇地湊過來道：「這東西，咱村裡誰家也用不上，趕緊打開來瞧瞧，這麼漂亮，莫不是裡面藏了個小妖精吧？」

這話說得眾人都笑了，安氏抿嘴悄悄地擰了他腰肉一把。

少女，也就是黃英，伸手打開錦囊，只見裡面放了一個紫紅漆雕、兩寸長的小盒子，還有一個厚厚的大紅紙封。

她用兩根手指頭捏著那小盒子，生怕一使勁捏碎了這矜貴小玩意兒，左看右看沒弄明白怎麼打開，急得額頭冒汗。

黃二哥不耐煩地伸手接過，一搓蓋子就開了，裡面躺著小小一塊白地紅紋、半透明的漂亮石頭。

一旁的黃老爹湊過來，說道：「這瞧著倒像是印章。」

黃英打開紅紙封，上面有一個個漆黑的字，一家人眼睛俱睜得圓圓的，沒人識得半個字。

倒是黃英的娘，也就是黃大嬸，道：「這怎麼瞧著像是庚帖？」

一屋子人面面相覷，不太相信她的猜測。庚帖這麼要緊的東西還能丟了？

黃英的大嫂章氏冷笑道：「娘不是想人家送庚帖來想花眼了吧？也是，大姊兒都這麼大了，還成天野跑，再嫁不出去就成老姑娘了！」

安氏則搗嘴笑道：「哎呀，我看那戲文上都說，撿個錦囊什麼的，就成了姻緣，說不定啊，咱們大姊兒的姻緣就在這裡面呢！」

黃大嬸狠狠地瞪了兩個媳婦一眼道：「章氏，大姊兒才十六歲，怎麼就成老姑娘了？別在這兒瞎扯了，還不快去廚房收拾！」

她一邊把錦囊交給黃老爹，一邊又忍不住罵安氏。「不讓妳跟，妳偏要跟，還不趕緊吃完給大姊兒換衣裳、梳頭！」

安氏是個巧媳婦，今天他們要出門辦大事，黃大嬸讓她為黃英打扮。聽了黃大嬸的話，安氏只能摸摸鼻子，加快吃飯的速度。

待黃二哥駕著牛車出門，黃大嬸坐在車上，看看一臉懵懂的女兒，又看看一臉精明的媳婦，暗暗嘆了口氣。

早些年黃英年紀還小，黃大嬸只有這麼一個女兒，看起來與菩薩跟前的玉女差不多，總想為她挑一個家境寬裕、人品好、家風正、離娘家近、處處齊全的對象。

可這一帶離京城不過兩百里，大多數田地都是京裡富貴人家的莊子，黃大孀總不能把女兒嫁給做人家奴才的，畢竟黃家的地雖然不多，但世代都會侍弄田地，也算是個殷實人家。

她從女兒十二歲就開始挑，越挑年紀越大，說親的人家反倒不如原來的條件好，心中有些後悔，卻也無計可施。這作態在媒婆們那邊更是掛了號，知道她眼界高，便不輕易為黃家說親。一拖二拖，黃英已經十六歲了，黃大孀這才著急起來，把條件放寬了些，終於尋得了一家，隔了一座靈臺山。

這家子姓范，原是為大戶人家看莊子的莊頭，只得一個獨生子，讓他讀書、習字不說，家裡還有不少丫鬟跟婆子伺候。他們夫妻兩口子手腕好，得到主家的恩典，脫了奴籍被放出來，但還是為主家管著莊子。

范家一直沒替兒子說親，就是等著脫了籍後找個耕讀人家，正正經經地做個良民，這一拖，兒子的年歲就大了些。

偏偏他們兒子見多了富貴人家的丫鬟與小姐，哪裡看得上鄉下長大的姑娘？到了媒婆嘴裡，他也是個眼睛吊在天上的。這一來二去，倒是有個胡媒婆想到了兩家，往兩家走動，定了今日九月初三黃道吉日在雲台寺相看。

黃大孀帶著女兒跟媳婦在雲台寺山門下了車，黃二哥則在原地看著牛車。黃大孀瞧見女兒抬頭挺胸地大步朝前走，氣得一巴掌拍在她背上道：「大妞妞，娘跟妳說的話都當耳邊風了？低頭，腳步收小！」

姿。

這話讓黃英悄悄吐了吐舌頭，低下頭，彆扭地朝前走。一旁的安氏則細腰輕擺，婀娜多姿。

黃大嬸見了，心頭憋氣，低聲又罵。「妳就不會瞧著妳二嫂的模樣慢慢走？今兒要是再砸了鍋，我就送妳進廟裡當姑子去，省得看著來氣！」

安氏根本沒聽見黃大嬸說什麼，直盯著兩旁賣珠子、扇子等各種小玩意兒的小攤子，眼裡恨不能長出一雙手來。

黃英噘著嘴，兩眼盯著安氏，一步一步地朝前挪，只覺得路都不會走了，卻不曾想一個人猛然撞了過來。

她的手比腦子快，拿出砍柴的力氣，一伸手就把來人推開了。

那人不防，一屁股坐在地上，只聽見一個半大小子用沙啞的聲音叫道：「村妞！敢把我家少爺給推倒？我看妳是不想活了！」

黃英一抬頭，見是一個十來歲的小廝，穿著青衣、青帽，一邊罵人，一邊彎腰去扶跌坐在地上的少年。

那少年被小廝扶了起來，不過十五、六歲年紀，生得一雙桃花眼、兩道劍眉，鼻直嘴方，滿臉的紅暈，襯著雪白無瑕的膚色，竟比姑娘家還要漂亮，此刻他那水汪汪的眼睛正怒瞪著黃英。

黃英今日從頭到腳細細地打扮過——頭上梳著雙平環花髻，插了兩朵紅色海棠絹花，穿著一身新衣，這還是黃大嬸為了相親，特地買下時興花布讓安氏做的，上面是湖藍底紅綠海棠纏枝花，下面是湖藍色素布裙。鞋面用跟裙子一樣的花布做了朵紅花綠葉的大海棠，鞋頭還綴了紅色絨線球。

看到少年的模樣，黃英睜圓了大眼道：「瞪什麼瞪，明明是你自己撞過來的！」

那少年一看黃英就知道是個村妞，懶得計較她舉止粗俗。他從腰間扯下一塊茜紅色的汗巾，擦了擦剛才被黃英碰觸到的胸膛；那小廝也急急扯下自己的藍色汗巾，替他前後左右地撣著衣襟。

黃英見了，心裡說不出的嘔。自己這雙手可是洗得乾乾淨淨，因為要相親，連指甲縫都刷得不見半點泥星子，被人這樣嫌棄，忍不住哼道：「白長了一雙大眼睛，不拿來看路有什麼用？娘，咱們走。」

這個不知天高地厚的小祖宗！黃大嬸恨不得堵住女兒的嘴，忙把她擋在身後，對著少年小心翼翼地福了福，道：「公子可摔到了哪裡？這衣裳……」只怕是賣了她也賠不起啊！

那少年見黃英說話不客氣，也惱了。「這衣裳五十兩！方才一摔刮花了後面的料子，穿不了了，妳賠！」

黃大嬸聞言差點沒昏過去，黃英卻從她身後鑽出來道：「我還沒要你賠呢！你一個男人家，剛才手都碰到我身上了！賠錢，一百兩！」

那少年冷笑一聲道：「難怪妳見我過來就把路擋了一半，原來是要訛錢的！像妳這樣的，爺花一百兩能買二十個！」

那小廝也在一邊嚷道：「是呀，妳就是來訛錢的！爺，不能放過她們！」

這話讓黃英兩眼冒出火來，袖子一挽就要上前跟他們理論。

黃大嬸嚇得一把扯住黃英就要下跪，黃英卻挺直身子攔著不讓。「明明是他自己撞過來的，娘幹麼要跪他？」

雙方正僵持不下，就聽見有人驚喜地喊道：「哎喲，這話怎麼說的，今兒這大吉大利的日子，竟然碰到了四爺！」

隨著話音，只見一個白胖的中年婦人穿金戴銀、渾身綾羅地幾步小跑過來，她滿面笑容，旁邊跟著一個壯實的少年。

少年網巾裹髮、玉簪插頭，穿著一身赭紅袍，幾步上來就朝那公子作了一個揖道：「小的范同見過四爺，四爺可安好？」

那公子一臉震驚，向身旁的小廝使了個眼色，一揮袍袖擋住臉道：「你們認錯人了！」說罷，他顧不上找黃英的麻煩，扯著小廝飛也似地跑了，留下那母子面面相覷。難道真看錯了？可那明明就是周家的四少爺啊？

黃大嬸暗暗唸了一句「阿彌陀佛」。這兩人來得可真是及時，也不知道那公子為什麼見了他們就跑，不由得打量起那壯實少年。剛才他自稱范同，難道就是南山范家？她見他們母子穿著確實一派富貴，不覺有些心虛，轉眼瞧了瞧自己的女兒，也不知道大妞妞方才那潑辣樣，他們看到了沒有？

目送完那叫四爺的人，范大嬸拉著兒子的手就要走，見眼前這位婦人直直地瞧著自家兒子，面上不禁浮出一些得色道：「大嬸子，剛剛那位我瞧著像我們東家周侍郎家的四少爺，妳們跟他怎麼了？可是衝撞了？若衝撞了也不要緊，周家不會仗勢欺人。」

黃大嬸不知道要不要提相親的事，就見胡媒婆跑過來道：「對不住、對不住，神佛有靈，讓我來晚，倒讓你們兩家自己碰上了，可見這雲台寺最靈驗不過，你們本就有緣。」

她這一說，黃英才知道這家子就是今天相親的對象，當下慌得把頭埋得低低地躲到黃大嬸身後，暗暗後悔，剛才自己的夜叉樣可是被人瞧去了？

當著眾人的面，胡媒婆也不好指著說「這是那個女娃」、「這是那個小郎」，只含糊道：「范大嬸，妳這身衣裳能抵我這一年的嚼用，妳家哥兒也是越發出息了。」又對黃大嬸說：「哎呀，女大十八變，妳家大丫頭這模樣可真是越來越水靈啦！」

卻說黃英躲在黃大嬸身後，別人能瞧見她，偏偏范同站的角度正好被黃大嬸擋住，他抬眼一望，瞧見的是安氏那張俏臉。

安氏嫁入黃家不過三年，只比黃英大兩歲。她生得白白淨淨、俏生生，是黃二哥瞧中了，死活求父母娶回來的，今天又特地打扮過，瞧上去和黃英年歲差不多。

她頭上挽了一個朝雲髻，插著一支梅花素銀簪，戴著一對燈籠銀耳墜，身穿水紅襖、素白裙，一條深紅的腰帶勒得小腰細細的。

安氏也沒多想，只是抬眼去打量這位可能的未來妹婿，心中羨慕他家境富裕，對上范同的眼光時，還討好地笑了笑。

這一笑，倒把范同笑得心頭亂顫，忙低下頭不言語。他一向心氣高，相親時看過的小娘子一個個都太過土氣，把臉埋得低低的，連眉眼都不讓瞧清楚，哪像眼前這位落落大方，還對他一笑，可見是中意自己的，當下就願意了。

范大嬸哪裡知道這是陰錯陽差，見兒子面帶羞意低下頭，心中暗叫一聲「謝天謝地」。

黃英看上去雖然粗手粗腳，但是面色紅潤、臉兒圓圓，生得濃眉大眼，不是那慣會撒嬌賣癡的輕浮小娘子，又出身自幾輩子的清白人家，沒什麼好挑剔的。她來的時候，只看到黃英扶著母親不讓下跪，覺得倒是個孝順的孩子，心裡也挺滿意。

她立即打發兒子道：「你去前面打聽打聽，可是四爺住在這裡？住了幾日、帶了幾個人、吃住可還方便？若有不妥之處，你就仔細打點，再請大師給我們準備一間禪房，我跟你黃嬸子她們逛累了好歇歇腳。另外再安排一頓齋飯，到點就送進來。黃大嬸，咱們吃過午飯再回家去。」

范同答應一聲就去辦了。黃大嬸聽范大嬸這麼說，心裡又唸了三聲「阿彌陀佛」，可見剛才她沒瞧見女兒那潑辣的模樣，再看范同辦事沈穩，不禁暗暗點了點頭。

第二章　從中作梗

待下午回到家，黃大孀馬上拉著黃英進屋，一眼看見炕上扔著的那個錦囊。她急急忙忙走過去，拿起錦囊對著窗戶仔細地瞧了瞧，道：「沒錯！這東西啊，肯定是那個周四爺的！他身上穿的衣服不就是這個花樣？」

只見黃英有些懵裡懵懂地說：「真是一個花樣？這錦囊是他的？」

黃大孀伸手戳了戳她的額頭道：「我的大妞妞喲，看妳這顧頭不顧尾的脾氣，娘怎麼放心把妳嫁出去啊？我瞧這朵菊花，就是一模一樣！那周四爺家原是范家的主家，聽說世世代代都是做官的，今日得罪了他，可怎麼辦？」

今日黃英瞧那范同，說不上滿意還是不滿意，這會兒拉著她娘的胳膊撒嬌。「娘，我不嫁成不成？哪裡都沒家裡好！」

看她這長不大的模樣，黃大孀氣得往她後背拍了一巴掌道：「看范家對那個周四爺的巴結樣，我看明日咱們再跑一趟雲台寺，把東西當面還給人家，認個錯，結點香火情。」

黃英噘起嘴道：「那個周四爺的眼睛長在頭頂上，我不去！」說完就跑了。

一離開屋子，黃英就溜出了家門。既然找到了錦囊的失主，就得去把自己的頭繩拿回來。

誰知道，她剛走到大路上，迎面就瞧見那周四爺與小廝兩人騎著馬，一路東張西望，沒等她回過神，他們已經停在她跟前，也不下馬。

那小廝瞧見是她，說道：「咦，怎麼又是妳？妳不是訛錢訛到這裡來了吧？」

黃英看他們的樣子像是來找錦囊的，本來還在想要怎麼開口，誰知道這小廝張口就挑釁。

她一怒，冷笑道：「這裡可是我家門口，我還懷疑你們是跟著我來的呢！」邊說邊想：錦囊偏不還你，看你上哪兒找去！

周文星聞言憋紅了一張臉，怒道：「你們家有鏡子嗎？要不要爺賞妳幾個錢買一把？」「有錢你自己多買幾把吧，長得跟個娘兒們似的，瞧著就讓人討厭！」不想再理這兩個混蛋，黃英邁著大步朝前走。

周文星縱馬上前，馬鞭一指道：「妳說誰長得像個娘兒們?!」

黃英心想：他難道要抽自己一鞭子？這個念頭一閃過，她頓時嚇得從地上撿起一個土塊，使勁砸在他的馬屁股上。

馬兒嘶叫了一聲，撒開蹄子就沿著村外的大路往雲台寺方向去了。

那小廝不禁著急地喊道：「爺，勒馬！」

話雖如此，他卻不追上去，反而賊頭賊腦地朝黃英低聲問道：「妳可有瞧見一個石青色的錦囊？」

黃英瞪著他說：「瞧見又怎樣，沒瞧見又怎樣？」

那小廝趾高氣揚地說道：「瞧見了就好好收著；沒瞧見就去前面黃菊花那邊找，回頭小爺來取，必有重賞！」

黃英一時不明白這小廝的用意，才要再問，他已經馬鞭一揚，追著周文星去了。

等那兩人兩馬都跑得不見了蹤影，黃英才回過味來。「哼，這小廝真是個刁奴，故意把他家公子的東西扔了，害他四處找尋，真是惡主配刁奴，兩個都不是好東西！」

拿了頭繩回家，黃英自然不敢跟她娘提這件事，又怕她娘真的去還錦囊，讓那周四爺知道自己明明找到了錦囊卻不還他，只好抱著她娘撒嬌道：「娘，本來范家不曉得我罵了周四爺，咱們一去，要是讓他們知道了怎麼辦？」

黃大嬸想了想，也覺得多一事不如少一事，不如看看村裡有沒有人家要上雲台寺，託人捎去就好，好撇清關係。

第二日一早，胡媒婆就上門，黃大嬸嘴裡不說，但心中一顆石頭卻落了地。她的寶貝心肝大妞妞總算是要嫁出去了！可轉念一想，以後家裡就沒女兒在跟前撒嬌了，忍不住紅了眼圈。

胡媒婆打趣道：「我說黃大嬸，放心吧，那范大郎喜歡著呢！你們家大姊兒嫁進去就有丫鬟伺候，妳這是捨不得她去享福？」

黃大嬸聞言笑了笑，擦了擦眼角，拿出黃英的庚帖道：「瘌痢頭的兒子是自己的好，妳打算上哪裡合八字？」

胡媒婆伸手接過庚帖，揣到懷裡道：「雲台寺，那裡的老和尚沒有什麼不放心的。」

「雲台寺?!」黃大嬸雙手一拍。真是事事順遂！那錦囊怪矜貴的，放在家裡不放心，當下便說明了緣由，託胡媒婆帶去還給周四爺。

黃英在簾子後面聽見，連忙跑了出來，把胡媒婆嚇了一跳。黃大嬸頓時滿臉通紅，心想這孩子都給自己寵壞了，忍不住瞪了黃英一眼。

只見黃英著急地說道：「胡大嬸，您可別說這錦囊是我撿到的。」

胡媒婆一怔。「這話怎麼說的？不正好討個賞？」

黃英尷尬地笑道：「昨日在寺裡，我看周四爺嫌我髒，怕他嫌棄這東西我沾過手，依我說，我還不想還他了呢！」

這話讓黃大嬸忍不住又拍了她的背一掌道：「淨胡說，撿了人家貴重的東西，哪有不還的道理？」

說完她就找了塊乾淨的藍布把錦囊包好，交給胡媒婆。

另一邊，周文星見找不到錦囊，一大早就帶著小廝任俠騎馬去族裡抄庚帖，再到街市上找人新刻了印章，傍晚才回到雲台寺。

顧不得臀部、胯下一片痠痛，周文星讓任俠扶著，往偏殿走去。

見現場只有小和尚在，周文星交上兩張庚帖，扔了一兩銀子，仔細叮囑。「麻煩小師父，我明日一早來取，請你家師父今晚無論如何一定要替我合八字、多說些好話，必有重賞。」

小和尚收下銀子，滿口答應，格格笑著說：「周施主，今兒有個大嬸來問……」

周文星一聽，以為是范大嬸。他跑到雲台寺辦這件事，就是擔心家裡的人知道，偏偏昨日范同前前後後地瞎忙活，生怕旁人不曉得他的身分似的，現在又聽到「大嬸」兩個字，便極不耐煩地揮揮手往外走，說道：「那婆子要是再來問，你就說我已經下山去了。」

小和尚雖有些摸不著頭腦，但見周文星不肯聽，便不再多說。

待小和尚準備關殿門時，任俠偷偷摸摸地進門，從袖子裡掏出一把碎銀子，塞進小和尚懷裡。

小和尚笑逐顏開地問道：「周施主這是要做什麼功德？」

任俠張望左右，說道：「不瞞小師父，這回是我自己的事。我娘替我瞧中了一個媳婦，可我自己不中意，又勸不住我娘，想著借大師的手批個不吉的八字，把這事給攪黃，庚帖一時沒帶過來。」

小和尚眼珠一轉，笑道：「這個容易。佛度有緣人，既然你不中意，娶來也是孽緣。我們廟裡批八字本就有一項規定，如你的意寫好，你帶回去夾在庚帖裡就是。」當下便收下銀子，提筆胡亂寫了些不吉利的話，又蓋上寺裡的章，算是批好了。

這爽快的舉動讓任俠吃了一驚，想起適才小和尚沒說完的話，便問：「你說那大嬸，是怎麼回事？」

小和尚回道：「今日有個大嬸說撿到了一個石青色的菊花錦囊，問是不是你們爺的？」

任俠聽了，長嘆一口氣。他原本以為扔掉錦囊就沒事了，誰知道爺還會從族裡的祠堂抄了庚帖跑來雲台寺呢？

他只好又從懷中掏出一塊碎銀道：「小師父，明兒那大嬸來了，你就讓她把東西交給你保管，我回頭來取。」

小和尚見又有銀子收，喜孜孜地答應了。

初五當天，胡媒婆吃過早飯，收拾了家裡一番便上雲台寺。到了偏殿中，還是只有小和尚一個人在，她笑道：「小師父早，你們師父可批好八字了？」

小和尚笑咪咪地指了指匣子道：「妳自己取。」

胡媒婆見裡面只有兩張庚帖，便一起拿出來，她笑盈盈地打開批語一看，當場如遭雷擊。

「水火難容？」她一把扯住小和尚，不依不饒道：「不行，你師父糊塗了吧？怎麼可能批個『水火難容』?!快帶我去見你師父！」

小和尚一驚，忙伸手搶過批語，一看字跡，當下欲哭無淚，心道：這明明是胡亂寫給周家小廝的，怎麼會跑到這大嬸的庚帖裡？中間究竟出了什麼問題？

他眼珠急轉，連忙陪笑安撫，說要再讓師父瞧瞧，豈料胡媒婆撕碎了那批語，把兩張庚帖揣入懷中，氣呼呼地道：「我看還是算了，靈臺山也不是只有這裡能批八字！」說完便腳步不停地往見雲觀去了。

這一扯皮，等胡媒婆走了，小和尚才想起錦囊的事；不過他也不怎麼在意，心想若是周家小廝回來，再讓他去胡媒婆家找就是。

卻說黃大嬸這一日等到太陽下山，也沒見著胡媒婆的影子，一顆心七上八下的，連新鮮的玉米粥都嚥不下去，喝了兩口，就重重地放在桌上。

黃英見了，知道她這是擔心自己的親事，便勸道：「娘不是常跟我說，我剛生下來就請雲台寺的老和尚算過命，說我命中帶水，將來不愁吃喝。胡大嬸說不定家中有事，這才耽擱了。」

其實她的心情也比她娘好不了多少，總擔心胡媒婆告訴周四爺是她撿了那個錦囊，周四爺討厭她，便要范家悔親。

黃大嬸難得動了真氣罵她。「妳這麼大個閨女，怎麼一點規矩都不懂？哪有這麼大剌剌地說自己親事的！也怪我，一向由著妳的性子，一直說妳還小，可不是害了妳？明兒個起，妳就乖乖待在屋子裡學做飯、學針線，哪裡也不許去，要敢偷懶，看我不捶妳！」

說真的，黃英還沒被她娘這樣罵過，忍不住覺得委屈，更加懷疑那周四爺。她心想，明兒一定要找個藉口翻山去一趟雲台寺，偷偷找人問個清楚！真是好心沒好報，還不如把那錦囊藏起來呢！

可是到了第二天，黃英根本找不到出門的藉口。她娘一大早就喊頭疼、腿也疼，躺在床上哼哼唧唧起不了身，看誰都不順眼。

章氏與安氏都躲得遠遠的，黃英則忙著端茶送水，心虛得不得了。

好不容易吃過早飯，黃英見她娘背對著人躺在床上，鬆了口氣，剛要偷偷溜出門，就聽見院門外傳來一個陌生婦人的聲音。「請問這是黃大喜家嗎？」

黃大嬸心裡一激靈，覺得事情不對勁，猛地翻過身來。黃英見狀忙道：「娘躺著，我去瞧瞧。」

她幾步跑到院門口，打開門一瞧，就見外面站著兩個中年婆子，打扮得比范大嬸還要氣派。一個身材圓潤，穿著藕荷色的衣裳；另一個看上去精明俐落，穿著藍色對襟錦緞衣裙。

那身材圓潤的婦人看見黃英，上下打量了她一眼，有些倨傲地問道：「妳就是黃英？我們夫人想請妳還有妳娘到我們府裡走一趟。」

黃英看她們這架式，猜想多半是周家的人，就跟那周四爺一樣討厭，於是故意裝作什麼都不知道的樣子問道：「妳們是誰？」

那婦人很是自得地說道：「我們夫人是戶部周侍郎的正室，聽說之前我們家四少爺跟妳們在雲台寺衝撞了，這才讓我們來請妳們過去。」

黃英心頭一跳，想起范大嬸說過周家不會仗勢欺人，可見都是假話，不過摔了一跤而已，能有多大的事，誰知人家都找上門來了！她臉色一冷，硬邦邦地回道：「不去！」

不料她剛說完，就被隨後趕來的黃大嬸拉到了身後。

黃大嬸一邊說著話，一邊躬身下跪。「對不住、對不住，都是我們的錯，還請兩位跟妳們家夫人說說好話，饒了我們吧！」

站在一旁不曾言語的藍衣婦人上前一步將黃大嬸扶了起來，說道：「這可折煞我們了！我姓杜，她姓喬。我們夫人教子嚴厲，如今知道了事情經過，只是請妳們過去，想讓我們四少爺當面賠個罪，還請黃大嬸與大姊兒幫我們夫人一把。」

這番話說得十分謙和，黃英聽了才開心起來，轉念一想，去了以後就能見到周四爺，也許能搞清楚范家的想法，於是她忙笑著道：「娘，您看人家夫人是個講理的，咱們就去一趟吧！」

聞言，那藍衣婦人衝著黃英露出一個和善無比又意味深長的笑容，黃英也傻傻地回了一個大大的笑臉。

黃家所在的老柳村在靈臺山北，雲台寺在東，見雲觀在西，周家的莊子則在南麓，依山而建，有一條小河在莊前蜿蜒而過，據說這是玉帶纏腰，旺財、旺官的風水。周家老祖先自從買了這個莊子，子孫就沒斷過做官的命，到了周侍郎這一輩，更是應了這「旺財、旺官」的傳說。

中午時分，馬車進了周家的莊子。喬嬤嬤進門之後就不知去了哪裡，只有杜嬤嬤一路陪著。

黃大嬸和黃英從未進過這樣大戶人家的莊子，只覺得處處新奇。庭院中的道路俱鋪了青石板，雖多老樹藤花，又正值秋日，地上竟不見半片落葉。

來往的僕婦們個個穿得體面，看見杜嬤嬤都殷勤有禮地問好。眾人就像沒見到黃大嬸母女一般，只有幾個偷偷打量了她們一、兩眼，便垂頭幹自己的活計去了。

她們被帶進一間亮堂的大屋，杜嬤嬤招手叫來一個大丫鬟道：「初春，過來。」又為黃大嬸與黃英帶座道：「妳們一路辛苦，讓這丫鬟給妳們安排，先漱洗一下，吃過午飯再去見我們夫人。」

黃大嬸顫顫巍巍地坐下了，只怕自己粗手粗腳地一屁股坐塌了精細的椅子，出個大醜。

可黃英卻好奇地東張西望，她瞧那大丫鬟身材纖細，生了一張瓜子臉，兩道細柳眉，一雙眼睛閃亮，除了鼻子略微塌了一些，稱得上是個大美人。

她不禁笑盈盈地說道：「這裡真好看，姊姊也好看。」

初春勉強笑了笑，回道：「黃姑娘過獎了，黃姑娘……也好看。」

黃英有些不好意思地說道：「我哪裡好看了，跟個上下一般粗的木頭樁子似的，你們家四少爺的腰只怕都沒有我的粗呢！」

初春是周府的家生子，若不是家裡得力，也到不了正室夫人跟前當大丫鬟，從小就沒有聽過這樣粗俗的話。一個姑娘家家的跟小爺比腰粗，這成什麼了?!她心裡嫌惡，便低下頭不作聲。

這間屋子其實是一個連接內、外院的大穿堂，前後都有隔扇門，中間用花梨木的雕花大座屏隔成兩半。黃大孃母女待在前半間，杜嬤嬤退出去以後就繞進了後半間。

一個身材高瘦的貴婦人穿著一身墨綠銀菊軟緞家常衫子，背對著大門，站在那雕花大座屏後面，旁邊有一個身材嬌小、穿著杏黃色衫子的丫鬟。

杜嬤嬤毫無聲息地走到貴婦人身邊，那貴婦人轉過頭來，一臉的青白，雙眼紅腫，眼下兩個大大的黑眼圈。見杜嬤嬤過來，好像力氣用盡了一般，只能扶著她的手，慢慢地坐在一旁的椅子上。

三個人這些動作都沒發出半點聲音，只見杜嬤嬤滿眼的心痛，猶豫了片刻後，點了點頭。

那夫人眼中落下兩行淚來，伸手按了按額角。她閉目養了養神，這才扶著杜嬤嬤兩人的手站起身來，三人一道從後面的隔扇門出去，默默地回去內院。

第三章　顧影自憐

吃完了午飯，黃英開始有些昏昏欲睡，不禁打了個哈欠，想著還沒能見到那周四爺呢，便開口道：「初春姊姊，你們夫人什麼時候見我們？我都要睡著了，能不能到院子裡走走？」

初春剛要說話，就聽見門口有人說道：「讓黃大嬸、大姊兒久等了。」正是杜嬤嬤邁步走了進來。

如果說剛才黃大嬸與黃英看穿堂的佈置就暈了頭，這會兒已經完全找不著東西南北了。

這間屋子朝南，秋後的陽光透過細細的窗紗照進屋裡，上首擺著一張酸枝木太師椅，後面則是一幅丈寬的百花灑金圖。

一位貴婦人坐在那裡，屋子裡掛著月白色的簾幔，即便看不清楚貴婦人身上的衣裳和頭上的首飾，也覺得她就像月亮上的人一般遙不可及。

黃大嬸跟黃英不自覺地屏住氣息，也學著杜嬤嬤的樣子碎步輕移。

周夫人見她們走得近了方才站起身來，指了指一旁的一對太師椅道：「我昨日不曾睡好，吃過午飯一時睡著了，妳們來了都不知道，倒是失禮了。」

這話讓黃大嬸母女受寵若驚，慌忙坐下。周夫人落坐後，卻看著她們不說話。

黃大嬸心慌地道：「哎呀，周夫人，我鄉下人也不知道該說什麼話，之前的事不是大事，就不用周四爺賠什麼罪了。」

周夫人看著黃大嬸說道：「唉，說來慚愧，我今日請妳們過來，其實是另外有事要說，那日的事不過是個由頭，大嬸子莫要見怪才是。我……」她一邊說話，一邊拿出手帕按了按眼角。

黃大嬸有些惴惴不安，倒是黃英見她哭了，忙好心勸道：「夫人莫傷心，不見怪，我娘心好著呢！」

周夫人聞言抬起頭來，臉上喜怒難辨，招了招手道：「好孩子，妳過來，我們說說話。」

黃英猶豫地走上前，生怕周夫人跟周四爺一樣嫌棄自己，在她身前三步遠的地方就站住了。

周夫人用難以讓人覺察的幅度點了點頭，像是下了決心一般地說道：「好孩子，再靠近一點。」說著，伸手從桌上的小屏風後拿出一個石青色的錦囊，遞給她道：「這可是妳撿到的？」

黃英一時有些心慌，心想，形跡果然敗露了，明明託胡媒婆送回去的，怎麼會被抓到？不過好漢做事好漢當，反正她也抵賴不了，便點了點頭道：「我之前外出砍柴時撿到的。」

周夫人一聽，好似力氣快要用光了似的，用手撐住了額頭，看著那個錦囊不語，半天才抬頭露出一個勉強的微笑道：「嗯，知道了。妳跟初春到院子裡逛逛，我有話同妳娘說。」

黃英心想，周夫人這是要向她娘告狀嗎？那倒沒什麼可怕的，她娘捨不得真打她。

才走出周夫人的院門，黃英就停下腳步，有些磨磨蹭蹭地問初春道：「初春姊姊，我有點事情想見你們四少爺，妳能不能帶我去找他？」

初春聞言面色慘白。這位黃英真是半點規矩都沒有！她心中生出一股怒氣，心一橫，低頭冷冷地道：「好啊，我帶妳去！」

黃英完全沒有察覺，開心地跟著初春走，兩人出了隔斷前、後院的月亮門，朝前院去了。

前院種了不少花木，又從門前的河道引了一條活水進來，闢了座小小的池塘，塘邊豎著高高低低、奇形怪狀的假山跟假石，塘裡的荷花早已凋敗，顯得池面有些空盪盪的。

不過這景致在黃英看來也是極好，她樂呵呵地跟著初春走，雙眼四處看個不停。

走了一陣子，初春指著池塘裡道：「瞧，錦鯉！」

黃英笑道：「哎呀，這水裡的魚紅紅白白的，真好看。」說著湊到水邊去瞧那色彩斑斕的錦鯉，惋惜自己手裡沒有魚食，隨意從岸邊拔了幾根小草扔下去逗魚玩。

初春低頭，掩飾冰冷的眼神道：「黃姑娘，我這就去找四少爺來見妳，妳在這裡等著，可別走開。」

黃英欣喜地點點頭道：「謝謝初春姊姊，我就在這裡，哪裡也不去。」

這時正是午後，園子裡的人都去午休了，到處都靜悄悄的。

黃英餵了一會兒魚，見初春一直沒有回來，有些不安。突然之間，遠處好像傳來少年的哭聲，還隱隱能聽見。「饒命，求……」

這聲音有些熟悉，黃英循聲前去察看，卻被一座假山給擋住了。假山下雖有一道小門，門上卻掛著一把大鐵鎖。

「啊！」那求救的少年忽然慘叫一聲。

黃英一急，看了看眼前的山石，層層疊疊的倒是好爬，牙一咬就手腳並用爬了上去。到了假山頂上，她沿著聲音慢慢爬過去，就看見前方有一座小樓，假山頂正對著二樓開著的窗。

黃英像隻蜥蜴一般整個人趴在假山頂上，慢慢地朝窗戶爬過去，此時屋裡的對話她聽得一清二楚。

「是小的不對！小的攔不住爺，這才把那裝著庚帖與印章的錦囊給悄悄扔了，又怕找不回來，特地找了個容易記的地方，那青石旁開著一叢野菊花……」

黃英一聽，原來是周四爺發現小廝扔了他的東西，在教訓人呢！

她趴在假山頭看去，見周四爺揚起雞毛撣子，那小廝又尖叫得像殺人一般。「啊！」

黃英看得目瞪口呆，忍不住噗哧笑出聲來。

這一聲，把屋裡的兩個人嚇得驚跳起來，抱在一起，轉頭朝外看過來。

只見一個粗眉毛、大眼睛的小姑娘，圓圓的臉上蹭了些假山上的泥，笑得跟個傻瓜似的，四肢張開趴在假山頂上，畫面十分滑稽，她還衝他們揮揮手道：「你莫要怪他，那錦囊被我撿到，已經還給你娘了！」

兩人一看，怎麼又是這村妞？這回不但到了家裡，還爬到假山頂上偷窺。周文星與任俠兩人對視一眼，一起衝到窗邊。

周文星怒道：「那錦囊原來是妳撿了去！那日見到時妳怎麼不說?!」

黃英早已想好了對策，她瞪了瞪任俠，大言不慚地說道：「那天你的馬兒跑遠了，你的小廝讓我去撿的。」

一旁的任俠聽了臉都綠了。這是嫌他被爺打罵得還不夠？再說，雲台寺的小和尚明明說有個大嬸拿著錦囊過去，怎麼東西最後會落到夫人手裡？

撒了個謊，黃英雖然有些心虛，但一想到范家的事，還是壯膽問道：「你、你有沒有跟范大嬸說什麼？」

周文星莫名其妙地瞪了她一眼道：「我跟范大嬸說什麼？有什麼好說的？」

黃英聞言笑逐顏開。這事算是辦完了，范家那邊就是不成，也不是自己闖的禍。

她正要揮別周文星，就聽見初春著急的聲音。「黃姑娘、黃姑娘！妳到哪裡去了？」

黃英探出頭去，嚇了一跳，范大嬸跟范同怎麼會和初春在一起？

范大嬸左右張望著說道：「哎呀，妳說她靠著水邊看魚，不會掉池子裡去了吧？這可怎麼是好？」

她話剛說完，就見范同衣裳不脫，撲通一聲跳進了水裡。

范大嬸驚叫道：「我的兒啊，你這是幹什麼？」

初春也驚叫。「范大哥！」

黃英見范同落水，急得顧不得躲藏，動作敏捷地往下爬，把周文星和任俠都看傻了。

任俠忍不住怪叫道：「妳、妳是屬壁虎的嗎？」

這一聲引得底下的范大嬸與初春都抬起頭來，初春一臉震驚地道：「妳……黃姑娘，妳怎麼到上面去了？」

黃英整個人掛在假山上不上不下的，只能尷尬地解釋道：「我，我上來看看風景。」

「啊？」范同剛從水裡爬出來，就瞧見她髒兮兮、手腳張開地趴在假山上的怪模樣，忍不住顫抖地指著她道：「妳、妳不是黃英！」

黃英與范大嬸都一臉詫異地瞧著他。難道水裡有妖怪，怎麼范同一下子就神志不清了呢？

范大嬸忙拉住范同道：「看你渾身濕淋淋的，趕緊回去換身衣裳。」

誰知范同卻搖頭不走，說道：「娘，這個人不是黃英，我瞧中的那個小娘子穿著水紅襖，看上去白生生、很文靜，不是這一個。娘，您騙我！」

其實也不能怪范同，人家好不容易看上一個對象，以為不久後就能抱上白白淨淨、俏生生的小娘子，結果現在卻發現對方是一個半點不像小娘子的野丫頭。

這話別人不明白，可范大嬸與黃英一聽就懂了，他說的不是安氏嗎？

黃英只覺得一股氣堵在嗓子眼裡，氣得嚷道：「你到底看得是誰？」

范大嬸萬萬沒想到自己的兒子糊塗到辨不清大姑娘與小媳婦，若讓人知道兒子瞧上了人家的小媳婦，這方圓百里哪裡還能再找人家？

她狠狠打了兒子的手臂一下道：「看錯了，這個不是黃英！咱們馬上回家換衣裳去，別著了涼。」

范同一聽，跑得比范大嬸還快，好像怕被黃英給賴上了似的。

黃英看著他們母子倆飛快消失的背影，咬著唇，眼淚都要滴下來了。她心裡很清楚，這門親事飛了。

這一夜，黃英滿肚子的心事，沒睡好。

在周家時，還沒來得及說起碰到范同的事情，她就被她娘滿面羞愧、劈頭蓋臉地罵了一頓。「妳、妳這丫頭，我告訴妳多少遍了，周夫人，別見怪！唉，這孩子，才上身的衣裳就弄髒了！妳！妳！」

周夫人當時命人開庫房拿來四疋料子，兩疋墨綠色厚棉布、一疋桃紅色跟一疋秋香色的錦緞，非讓黃大嬸拿回家不可，又讓身邊的丫鬟初夏開箱子找合身的衣裳幫黃英換上，還送了幾件金銀首飾。

黃英早失了神，一門心思都在想范家的親事告吹了，娘該多失望，也沒弄明白人家怎麼會給自己這些東西。

倒是進家門的時候，安氏見黃英穿了一身薑黃色繡靛藍花草的新衣回來，雖說不是很合身，可這一件衣裳價值三、五兩，絕不是他們這樣的人家穿得起的，不禁羨慕不已，湊到她身邊想瞧瞧；豈料黃英雙眼刀子似地一瞪，嚇了她一跳，拉著黃二哥的手趕緊縮回屋去了，只剩下章氏木著一張臉幫忙打熱水讓她們母女梳洗。

好不容易挨到天亮，黃英一大早就爬了起來。她手邊只有一塊巴掌大的銅鏡，是她娘的陪嫁品，早就磨不亮了，不過她還是對著晨光仔細瞧自己的模樣。

以前照鏡子時，黃英覺得自己挺美的。眉毛多濃、多長啊，眼睛也又大、又黑，連睫毛都長長鬈鬈的跟小刷子一樣，再扯朵紅豔豔的杜鵑花插在頭上，真是越瞧越好看。

周四爺就不說了，現在連長相普通、身材胖圓的范同都嫌棄她。

想到安氏那張白淨秀氣的面孔，黃英一顆心就變得黯然。只怕在別人眼裡那樣的女子才是美的，自己很醜。這麼一想，她就越來越難過，眼裡噙滿淚水。

黃英忍不住怪起了胡媒婆。真是個糊塗人，相看都能讓人瞧錯了人！左一思、右一想，實在不知道該怎麼跟她娘開這個口？從不知道憂愁為何物的黃英，平生第一回嚐到了自怨自艾、左右為難的愁滋味。

由於實在憋悶到不行，黃英翻身起身，輕手輕腳地偷偷溜出了門，想到山上散散心，可剛到院子裡，就見一個人站在院門外，露出一顆頭來，竟是范同！

范同見到她，知道找對了地方，朝她招了招手道：「黃英，我有話跟妳說。」

黃英惟恐驚動了家裡的人，輕聲道：「你到村口老柳樹下去，我們一會兒見。」

范同卻不肯，自顧自地說道：「只有幾句話，幹麼跑那麼遠？讓人瞧見了還以為我們有什麼首尾，到時候可說不清。」

黃英不願在家門口說，原是怕被家人聽見，尤其是大嫂跟二嫂，那樣自己也太沒臉了；但聽范同的話，倒像怕自己賴上他家一樣，當即壓低聲音怒道：「你有話快說，有屁快放！反正這門親事退定了！」

范同確實是來退親的，雖然他娘已經答應了他，可他一天也不想多等，又想著再看安氏一眼，這才一大早跑了過來。然而一聽黃英這麼說，覺得匪夷所思，便高聲嚷道：「妳說什麼？妳居然要跟我退親?!」

黃英皺著眉頭，不耐煩地反問道：「你難道不是來退親的？」

范同愣怔片刻後回道：「我自然是來退親的。妳說，妳是不是知道事情被揭穿才要退親的？」

黃英懵了，反問：「什麼事情被揭穿？」

「你們本來想用妳二嫂來騙我娶妳，現在事情被揭穿才說要退親！」范同一不留神，把自己心裡的陰暗想法說了出來。

黃英聽到這裡再也忍耐不住，隨手就把肩上的背簍砸了過去，喝罵道：「混帳東西！像你這樣的，我黃英就是一輩子嫁不出去也瞧不上你！趕緊滾，你要是不滾，我就打死你！」說著取下腰上的柴刀霍霍地揮舞著。

此時黃家人早被這動靜鬧醒了，全都跑了出來。黃老爹手裡提著菸桿子、黃大哥拎著板凳、黃二哥操著根門閂，氣勢洶洶地逼了上來。

范同嚇得直哆嗦。這隻母老虎，不，這簡直就是老虎窩，難怪附近沒人敢娶他們家的女兒！

他一邊翻身上馬逃跑，一邊嘴裡大聲嚷嚷。「你們家姑娘沒人要，就派媳婦來勾引人！不要臉！」

黃二哥氣得拿著門閂追他，可惜出村後路變得平坦，馬跑得飛快，一會兒就不見影子。這頭黃英氣得臉色發白，卻沒掉半滴眼淚，倒是黃大嬸哭得稀里嘩啦，說道：「都是娘不好，沒打聽清楚這是什麼混帳東西就要說親！讓我的大妞妞受委屈了。」

黃英見她娘哭得一把鼻涕、一把眼淚，眼淚再也忍不住，汨汨地往下流，她挽著黃大嬸的胳膊安慰道：「也是菩薩保佑，不然我嫁給這樣的人不是一輩子都毀了？」

黃大嬸擦了擦眼淚，恨恨地說道：「我們大妞妞要嫁到周家去，可不能嫁給那個混帳東西！」

除了黃老爹，所有的人都以為黃大嬸是在說瘋話，包括黃英在內。她臉上掛著兩行淚，聞言驚得打了一個嗝，說道：「娘，您說什麼？什麼嫁到周家去？」

章氏皺著眉頭，突然間恍然大悟道：「難怪那日周家送了那麼些東西！娘要把大姊兒送到周家做妾嗎？」

黃大嬸狠狠地瞪了章氏一眼道：「做什麼妾？大姊兒是要去當周文星的正頭夫人！」

安氏連忙上來扶住黃大嬸的另外一隻胳膊道：「娘，怎麼回事，一點風聲都沒有？咱們回屋說。」

黃大嬸有些得意地收起眼淚，待一家子坐進堂屋，她才喝了口熱茶，端著架子道：「昨日周家接我跟大姊兒過去，其實是為了相看。因為有范家的事，我不敢一口應下。」

「娘，您不是糊塗了吧？周家是天上的雲，咱家是地上的泥，他們相看我？」黃英挨在她身邊，第一個不信。

黃大嬸瞪著她道：「妳當昨日周夫人留下我單獨說話是為了什麼？她說周文星在路上瞧見了妳，很是中意，便故意扔下錦囊讓妳去撿。在雲台寺他原是故意撞上來的，想跟妳來個不打不相識，沒想到會遇到范家人，這才慌張地跑了。之後又打聽到咱家就要跟范家訂親，他心中著急，就、就做出一樁天大的荒唐事來！」

第四章　陰錯陽差

一家人覺得這故事跟聽戲文一般荒唐，都拿眼睛狐疑地看著黃英。

黃大嬸見狀，氣得拍桌子道：「你們亂想什麼？是那周文星想著兩家門戶懸殊，若告訴家裡必定不能成事，就膽大包天，從雲台寺老和尚那裡偷了大姊兒的庚帖，私寫了一張婚書！周夫人叫我們去，便是要看看大姊兒，商議著把周文星這荒唐事遮掩過去，正經跟咱家議親。」

「大姊兒的姻緣真在那錦囊裡？」安氏沒想到自己一句玩笑話成了真，格外驚奇。

倒是黃英連連搖頭，怒道：「不可能，那周文星連眼角都不看我的！還有，那錦囊是他的小廝故意扔的，怕他闖什麼禍。娘，他們騙咱們的！」

黃大嬸拍了拍她的背道：「我昨日跟妳爹商議了半宿，也覺得多半是周文星編了瞎話騙他娘。本來不想跟你們提，誰知道今日那姓范的混帳東西欺上門來，娘才一時沒忍住。」

說著她深深地嘆了一口氣道：「大妞妞啊，范家那邊是不成了，周家也是一筆糊塗帳。都是娘的錯，不該事事由著妳的性子，從今兒起，妳收收性子吧！這事我跟妳爹商量商量再說，反正妳才十六，不急。」

黃大嬸不知道的是，他們不急，有人很著急。

這一日，杜嬤嬤中午時分上了胡媒婆的門，說要為他們家四少爺與黃家的大姊兒說親。胡媒婆收了一兩銀子的重禮，腦子跟漿糊似地糊成一片，這事怎麼想，怎麼透著古怪。

話說初五那日，胡媒婆拿著庚帖去了見雲觀，才發現上面一張是范同的沒錯，下面一張卻是姓許的姑娘。難道是雲台寺的老和尚弄混了別家的庚帖，這才鬧了個「水火不容」？

她嘆了一聲「晦氣」，罵了幾百句「老禿驢」，只得把庚帖揣回懷裡，悻悻下山。見天色已晚，她就直接返家，想等次日再上雲台寺要回黃家的庚帖。結果她剛進家門就被心急來問結果的范大孀給逮個正著，聽說她弄丟了黃家的庚帖，氣得直怪她辦事糊塗，吵著說要另託媒人。

胡媒婆哪能看著到手的好事飛了，心想手裡還有周四爺的錦囊，忙拿出來討個好。

誰知范大孀一看到錦囊裡的庚帖與印章，臉色瞬間一變，也顧不得找胡媒婆的麻煩，囑咐她在家裡好生待著，拿著庚帖跟周文星的錦囊就匆匆走了。

可今兒一大早，卻是周夫人身邊的管事嬤嬤上門，說要為周家求娶黃英，這事她真是怎麼也想不明白。

別說她想不明白，就連范大孀現在也是一頭霧水，不知如何是好？

范大孀是個伶俐人，不然也不會脫了奴籍。初五那日，她見錦囊裡有周文星的庚帖，胡媒婆手裡又有一個許姑娘的庚帖，就立刻想到了周家的世交許家，當場嚇出一身冷汗，腳步不停地連夜去見剛到莊子上的周夫人。

周夫人得知是范家正在議親的黃家大姊兒撿到了錦囊，神情複雜，囑咐范大嬸不必多言，她自會理清這事，賞了心驚肉跳的范大嬸五兩銀子後，就打發她回去了。

范大嬸隱隱約約猜到是什麼事，卻明白話不能亂說，便閉口不言。

到了初六那天，范大嬸聽說周夫人接了黃家母女到莊裡，心中琢磨了半日，想不透到底是怎麼一回事，正萬分不安呢，初春卻突然過來，說是黃英在莊裡，有事要跟他們母子說。

發生池塘邊的事情之後，范同鬧著悔親，范大嬸嘴裡答應，心中卻覺得這門親事恐怕要看周夫人怎麼決定才能走下一步。

誰知天上一道雷劈下來，初七一早，周夫人叫她去莊子上，說是周文星看中了黃英。這話她是不信的，可不信又有什麼用，不說范同鬧著退親，就是范同不樂意，范家也不敢跟周家搶黃英。

范大嬸當下就收了周夫人一百兩銀子，想著黃家以後就是周文星的外家了，悔親也要把禮數做足，誰知返家後卻聽說范同得罪了黃家，氣得把他給狠揍了一頓。

把一眾人等搞得暈頭轉向的周夫人，現在也是心力交瘁，她躺在炕上，一句話也不想說，只是看著一封已經揉得快爛的書信流淚。

見杜嬤嬤走進門，她才半起身問道：「見過胡媒婆了？這事能圓回來嗎？」

杜嬤嬤走過來將周夫人身後的雪青色錦墊往她身後塞了塞，又拿起一旁雕花紅木圓桌几上的參茶，遞給她道：「夫人，您這樣不吃不喝，會傷了根本。這事按老奴想，倒是命中注定，必能圓上。」

周夫人勉強喝下參茶，想了一會兒，點點頭，又垂淚道：「終歸是我對不起許家母女，叫四郎來見我吧，總要跟他說清楚。」

杜嬤嬤從周夫人房裡出來，不禁揉了揉額角。這幾日事情一件接一件，沒有一件省心的。

打發了人去叫周文星，杜嬤嬤出了屋門，看見初春跪在一旁的甬路上，她嘆了口氣道：「初春，到倒座去，我有話說。」

初春歪歪扭扭地站起身，腳步蹣跚地跟著去了。

看門的婆子殷勤地上了茶水，待婆子離開，杜嬤嬤才讓初春坐下，自己則喝了口熱茶，總算覺得有了一點氣力。

「昨日為什麼把范家的人引去見黃英？」杜嬤嬤也不繞彎子。

「黃英說要見四少爺，簡直是不知廉恥！我想，要是她跟那范同有了牽扯，夫人就不能讓四少爺娶她了！」初春知道瞞不過，索性坦白了。

杜嬤嬤皺著眉頭怒道：「夫人讓四少爺娶誰，自然是為了四少爺好！妳不過是個奴婢，什麼時候輪到妳來操這份不該操的心？下次再敢自作主張，壞了夫人的安排，一頓板子打了，攆出去完事！別以為妳老子有多大的臉面，兜得住妳！記住了，無論誰問，都是四少爺自己瞧上了黃英，聽清楚了?!」

初春雖然心有不甘，也只得哭著應下。

周文星被禁足後，終於出門見到了他母親，誰料短短時間不見，整個人竟然像是老了十歲一般。

他眼淚倏地就流下來了，跪在地上道：「娘，兒子不孝，可我們跟許家早就說好了，只差請媒、訂親！兒子之所以私下寫好跟月妹妹的婚書，是認為若是許家真有不測，有了這紙婚書，兒子就能將月妹妹接出來；若是許家無事，銷毀婚書再好好議親也不遲。請娘把婚書還給兒子，兒子立刻送到眾妙庵去。」

只見周夫人半靠在炕上，背後墊著厚厚的錦褥，有氣無力地招手道：「四郎，坐到炕上來，這前因後果，娘一點一點告訴你吧！」

周文星坐到炕上仍舊淚流不止，周夫人拍了拍他的手，跟著垂淚道：「傻孩子，娘與你許家姨母本來打算待月丫頭滿十四歲之後，就尋媒納采，把你們的婚事定下來。哪知道前些日子傳出風聲，說你許家伯父有貪墨之嫌，我與你許家姨母才不得不另作打算。」

原來周夫人與許夫人親如姊妹，正因如此，今日才落得這般景況。

說起許大人，與周侍郎同樣在朝為官，他在工部領了個閒差，不上不下的，本是個員外郎。前年工部尚書被查出貪墨修築河道的錢，以致通河決口，淹沒萬畝良田，工部上下不少官員遭了殃。去年朝廷撥款重修河道，工部誰都不敢去，便點了許大人做水部郎中，原是升官拔擢，可偏偏壞了事。

許大人去通河監工，半年之後返京，不想今年夏汛比往年洶湧，新修的堤壩被沖了個七零八落。

面對各方質疑，許大人推說是汛期過猛之故，皇上體諒堤壩未決，並未造成過大的損失，也算難得，反倒嘉獎了他。可過了秋後，御史臺竟找出若干證據證明許大人也貪墨了河道專款，上奏朝廷。

許夫人聞訊立刻帶女兒到眾妙庵躲藏，又派人聯絡周夫人，一心想將女兒從這毀家的禍事中釐清關係。

見兒子雙眼紅腫、滿臉憔悴，周夫人摸摸他的頭，嘆息一聲，繼續道：「自古出嫁女不入娘家罪，我跟你許家姨母合計，若立刻找人提親，只怕來不及，你爹也絕不會同意。無奈之下，娘只好假裝讓你聽見娘跟杜嬤嬤說話，故意提起周廷章與王嬌鸞私寫婚書的故事，你聽了之後，果然拿了庚帖跟印章偷跑出門。娘裝作不知，為的是日後你爹怪罪起來，娘也好攔著，讓你少吃些苦頭。」

周文星轉悲為喜，並不計較被母親算計了，只道：「我就知道娘不會不管月妹妹！既是這樣，又為什麼讓杜嬤嬤抓了我回來，還拿走了婚書？」

說起來這事太過曲折，令周文星懊喪不已。他與任俠都不知道原來此事是自家母親默許的，任俠是怕挨罰才丟了錦囊，若不是任俠從中作梗，他也不會拖到初五才合完八字、寫好婚書。可他婚書還沒送到月妹妹那裡，就被捉來禁錮在莊裡，他還以為是被家裡發現後阻攔，如今看來並不是。

周夫人又氣又難過，伸出手指重重戳了兒子的額頭一下，才從枕下拿出一張紅紙遞給他道：「只因如今這婚書已是……廢紙一張！」

一句話驚得周文星跳起來，滿臉惶恐，大聲嚷道：「娘，這是什麼意思？莫非已經晚了一步？」

周夫人語帶哽咽道：「誰也沒想到會這麼快！你初二離家，聖上則在初四下旨——許家男子下獄，女子拘禁。我得了信後，急急派人去問你許家姨母是否已經有了婚書？卻得知你去了雲台寺合八字！我當下知道這事不成了，只得趕緊派人去捉你回來。」

聞言，周文星臉上血色盡褪，身子輕輕搖晃道：「我、我再寫一張，只須將日子提前到初三就行！」

周夫人站起來抱住他，著急地喊道：「四郎，你還不懂嗎？之前只是聽到風聲，如果咱們把事情辦成了，誰也說不出什麼；如今咱們再這樣作假，就是欺君罔上的罪過！」

只見周文星掙脫開來道：「可是我不能就這樣看著月妹妹遭難！我就不信，誰能證明我是哪一日寫的！」

周夫人罵道：「雲台寺的老和尚就能證明！你初五才拿到合好的八字啊！」

這話讓周文星雙腿一軟，跌坐在地上，周夫人伸手連拍他好幾下，怨道：「你既然拿了庚帖與印章，就該立刻在眾妙庵讓白坤道做見證，寫下婚書！」

周文星淚如雨下，半晌才低聲道：「初二，我見了月妹妹，她、她說因為白坤道一向跟咱們兩家交好，怕官府說是咱們兩家跟她串通作假，定要找個德高望重的人見證，說我確是私寫了婚書；又說雲台寺的老和尚在這一帶最是有聲望，可以請他合八字，便是當作見證。我聽了月妹妹的話，才連夜去了雲台寺。初三一早，待老和尚做完早課，本想請他合八字，卻發現月妹妹的庚帖還在，我的卻丟了。」

他心急火燎地往山下跑，想去找遺失的錦囊，這才撞到黃英，誰知找了一路也沒找著。

說完原由，周文星抹了把眼淚，抬頭問：「娘，咱們如今，該怎麼辦？」

周夫人看著他，無奈而緩慢地說：「現在，你只能跟黃英訂親了。」

聽到這句話，周文星如遭雷擊，完全不明白母親到底在說什麼？「為什麼？這和黃英有什麼關係？就因為她撿了我的錦囊?!」

沒想到周夫人居然點點頭，拉著周文星坐回炕上道：「四郎，你月妹妹的事，只能另想他法了；只是你，還有咱們家，現下也是岌岌可危。」

說著，她拿出那封淚痕斑駁的信件道：「這是你父親昨日快馬送來的急信。初五早朝，那群御史咬死了不放，非說我們兩家向來交好，有意結為兒女親家，許家那邊搜不出來的貪墨財物，必定是通過周家的手給藏匿起來了。你父親無奈之下上了摺子，說我們兩家絕無聯姻之意，這封信是他催我快為你瞧一門親事。」

事態發展到這個地步，周文星只覺腦子一片空白。

看了兒子一眼，周夫人接著道：「娘知道目前的情況有多為難，一來，你心裡放不下月丫頭；二來，咱們家沾上了這事，有哪個好人家敢跟咱們聯姻？正巧，黃英撿了錦囊，我便哄黃家，你瞧中了黃英，私下偷走她的庚帖，寫了婚書。」

周文星難以置信地瞪著周夫人道：「這話說出去誰會信？」

卻見周夫人嘆道：「那你說說看，黃英的庚帖怎麼會到了你身上，月丫頭的庚帖又怎麼會跟范同的在一起？說出去，誰會信？世間事陰錯陽差，信不信不重要，重要的是咱們有證據。這個黃英，簡直就是天上掉下來幫咱們的！」

周文星一噎。他拿錯黃英的庚帖，其實還是任俠害的。

他初五一早去取批語，卻見是「水火不容」，哪裡知道是任俠故意把從小和尚那裡誆來的換給了他？任俠還在一旁裝模作樣地勸他，說不吉利，不能私下跟許小姐寫婚書。

他急得不知如何是好，瞧那匣子裡還有兩張庚帖，顧不得對錯，就把這「水火不容」的批語換給了范同。

小和尚在一邊聽他們說什麼吉利不吉利的，湊過來查看，他作賊心虛，隨手拿了庚帖就跑。

下山之後，他跟任俠找了個小館吃過早飯，往早就寫好的婚書上填了日子，正喜諸事齊備，上馬要前往眾妙庵，就被杜嬤嬤派的人給堵個正著，抓了回來。

直到杜嬤嬤搜出他身上的婚書跟黃英的庚帖，他才知道自己一時慌亂拿錯了。

一想到黃英那壁虎樣，周文星就渾身起雞皮疙瘩，道：「只是不慎拿錯了，怎能就這樣跟那個村妞訂親！」

周夫人卻淡笑一聲，不以為然地拍了拍他的手道：「不過是權宜之計。先與黃英訂親，等風聲過去了，再找個理由退親，多補幾兩銀子給她就是，她有了銀子不怕找不到好人家，也算是兩全其美。」

此時周夫人拿出那張婚書，說道：「四郎，你照著重寫一張，日期還是初五，把月丫頭的名字換成黃英。」又從枕下拿出一張紙來道：「這是我抄下來的黃英的庚帖。」

遲疑了半晌後，周文星終是無奈地道：「娘，您答應我，一定要想法子救月妹妹，保護她！」

周夫人含淚點頭。

第五章　雞飛狗跳

是日，吃過晚飯，周夫人正準備出門，外面就遞來一張帖子，說是眾妙庵的庵主白坤道攜一小道姑來訪。

周夫人愣了一愣，吩咐初夏道：「不用準備馬車了，叫杜嬤嬤過來，妳守著門口。」

初夏見周夫人表情肅穆，一顆心不由得提了起來，急急辦事去了。

沒多久，白坤道帶著一個小道姑進來。她們兩人都戴著紗帽，瞧不清楚面目，周夫人也不問，直接讓她們進了臥室。初夏雖是站在次間門口，也聽不清楚裡面的人說了些什麼。

白坤道與那小道姑進了門，既不除去紗帽，也不動茶水、點心，只呆坐著一言不發，還是周夫人先開口道：「是我對不住妳們。」

那白坤道卻搖了搖頭道：「阿離，我們一直在等婚書，看來不會有婚書了，是不是？」

周夫人的眼淚一下子奪眶而出，叫道：「阿棄，陰錯陽差，婚書晚了兩日！」

不離不棄，兩人從上閨學起，就如各自的名字一般不離不棄，比親姊妹還親。

許夫人假冒成白坤道，小道姑自然是她的女兒，許月英。母女倆在眾妙庵得知家中已經出事，又久等不來周文星的婚書，這才變裝冒險來訪。

周夫人哭著將婚書與丈夫的密信一併遞給她們，許家母女方摘下紗帽捧信細讀，閱罷當即抱頭痛哭。

許夫人抖著手將女兒摟進懷裡道：「難道這就是天意？阿離，真的沒有別的法子了嗎？」

周夫人淚如雨下地道：「我待月丫頭如同我女兒一般，想來想去，月丫頭如今只有一條路可走，就是找白坤道託在庵裡出家。」

許夫人聽了，低頭泣不成聲。

一旁的許月英沈思片刻，猛然抬起頭來，露出一張雪白娟秀的面孔。她鼻梁挺直，小小的菱角嘴粉嫩如玉，一雙鳳眼雖因哭泣而紅腫，卻仍不奪其美、去其神。

「可是，如果我出家，星哥哥卻不娶的話，御史還是會說我們兩家藕斷絲連，到時候又該如何應對呢？」

聞言，周夫人轉頭看向她。這樣的姑娘家，就算不是自己瞧著長大的，憑這秀外慧中的通透勁，也招人愛；再想想黃英那傻乎乎、一身土氣的模樣，只覺悲從中來，眼淚止不住地往下掉。

周夫人把周文星寫的另外一張婚書遞給她道：「也是陰錯陽差。有個黃英跟你們同一日在雲台寺合八字，就說是四郎瞧中了她，寫下這婚書，等我出面給訂親，總是能圓回來。」

許月英似笑非笑，心中似乎已經有了主意，道：「難道真的讓星哥哥娶了這個黃英不成？」

周夫人嘆了口氣道：「先熬過這一陣子，再找個由頭退親就是。」
許月英沈吟片刻，將那張寫著自己名字的婚書摺好收進了懷裡。
周夫人一驚，說道：「那婚書，還是燒了好。」
原本她先想過要不要毀了？後來覺得總要讓阿棄母女親眼見過，知道自己並沒有騙她們才好。
只見許月英突然露出一個甜蜜的笑容，緩緩道：「離姨莫非不肯信我？這婚書現在就是拿出去，也不過是給自己多添幾分罪過罷了，我又怎麼會做這種事？雖是陰錯陽差，但星哥哥到底待我真心真意，我便當自己已經嫁給了他，留著這婚書做個念想。」
許夫人聽了悲聲再起，周夫人緊緊地握住了她的手，也是淚流不止。
既有了主意，許月英便像是放下了一切般說道：「離姨，今日一別，說不定我們便一世再難相見了，我走之前，能不能見星哥哥一面？」
周夫人很是猶豫。兩個孩子自小一起長大，情分深厚，只差一步便能結成夫婦，卻因為造化弄人，一錯再錯。如今這花一般的姑娘往後只能常伴青燈，怎麼不讓人心痛？現在讓他們見上一面也是人之常情，可是見了面之後，若是四郎知道自己承諾過的「保護」就是讓月丫頭出家，只怕又要鬧出事來。
許月英見周夫人躊躇，微微一笑道：「離姨在擔心什麼？」
周夫人突然間羞愧起來。月丫頭還小的時候，自己就說要她當媳婦，如今不得已毀諾，阿棄與月丫頭半句責怪的話都沒有，自己卻連讓她見兒子最後一面都不肯，實在是太對不起她們了，她當即含淚點了點頭。

周文星一進屋就看見了許夫人與許月英，他滿臉悲傷地叫道：「棄姨、月妹妹！」

許月英看著他，淚眼矇矓、心潮澎湃。

她比周文星小兩歲，十一月生日，母親早說過等她滿十四歲就為她跟周文星訂親，明年滿十五歲辦了及笄禮後出嫁。訂親的時間就差這一、兩個月了，誰知道竟發生了這種事。

她記不清自己從幾歲起就知道自己長大了一定會嫁給這個周家哥哥，起初她並不願意，因為這個哥哥自幼就長得比她更漂亮，做事卻有些傻乎乎的。

後來她上了閨學，星哥哥也開了蒙，才聽母親說星哥哥學問極好。她自恃有些才情，琴棋書畫都頗為精通，性子又好強，便尋了一副對子想找機會為難他。

那年剛過端午，她與母親不知道為了什麼去了離姨家，碰巧他放學，進門來向母親請安。她不記得母親或離姨穿了什麼衣裳，可眼前卻清清楚楚地浮現出那日的情形。

母親與離姨正在閒話家常，卻聞打簾的丫鬟叫了一聲。「四少爺回來了。」

話音未落，他就與匆匆地進屋，臉上紅紅的，想是外面的日頭正猛，卻擋不住他神采飛揚、雙眼含笑。他頭上束著髮，沒有綁著髮巾，卻簪了一朵紫藍色的木槿花；身上是一件冰藍色的夏布對襟衫，襟上繡了幾枝墨竹，胸前僅用一只冰種玉環做了搭鈕，裡罩原色醒骨紗套衫，腳穿清漆木屐，看見母親與自己，便規規矩矩地行了一個禮。

離姨笑罵道：「怎麼穿成這樣就來見你棄姨跟妹妹了？」

他也不惱，笑盈盈地回道：「天熱，棄姨與妹妹又不是外人。」

離姨又問：「今兒天熱，在學堂沒有偷懶睡覺吧？」

他不依地噘著嘴道：「娘就會打趣人，我在學堂學得好著呢！」

離姨輕輕地拍了他一下，說道：「當著你妹妹的面也敢說嘴，臊不臊?!」

他笑嘻嘻地說道：「非妄言也，以實待人爾。」

可自己卻瞧他這副樣子不入眼。都十歲了，卻跟五、六歲的童子一般，盡會在自己母親面前撒嬌，當下便道：「星哥哥的學問自然好，前日學堂先生出了一個對子，我想了很久，卻是對不出來，想必難不倒星哥哥。」

只見他眼睛一亮，嘴角含笑、胸有成竹地道：「妹妹但說無妨。」

「南通州，北通州，南北通州通南北。」

他抬起頭，黑黝黝的大眼睛瞧著自己，眼裡都是笑意，說道：「這個嘛，怎麼也要想個八、九十來步。」

說著，他搖頭晃腦地在屋子裡走了起來，木屐啪噠、啪噠地敲在青石板鋪成的地面上，像是有人擊節而歌。

他的身影在她面前晃了兩遍才停住，只聽他回道：「勉強對了一對，妹妹不妨聽聽。

『春讀書，秋讀書，春秋讀書讀春秋』。」

當時自己不禁羞紅了臉，離姨與母親都大笑起來，他卻行了一禮道：「雖是夏日，也要去讀書，以免將來『上勾為老，下勾為考，老考童生，童生考到老』。」說完便笑嘻嘻地跑了。

許月英沈浸在自己的思緒中，就這樣呆呆地看著周文星。

周文星低下頭，難過地說道：「妹妹，妳可都知道了？」

許月英卻輕聲道：「你放心，我不會有事的，我先出家，咱們再慢慢想法子。」

周文星見她並未責怪自己，稍微放下了心，可內心卻更加責怪自己。如果不浪費時間找錦囊，直接去族裡抄庚帖再寫婚書，月妹妹就不必出家了。

許月英微微一笑道：「今日一別，不知何日再見，我再給星哥哥出一副對子吧，日後好好想想下聯，親筆寫了掛在書房裡，可好？」

周文星點點頭，抬眼等著許月英說出上聯。

許月英慢慢唸道：「霜風漸緊，斷雁無憑，月下不堪憔悴影。」

周文星的眼淚再也忍不住，他低下頭，衣襟上如落雨一般，頃刻就濕了一片。

一連兩、三日，黃家都烏雲密布，九九重陽也沒半點歡聲，一家子草草擺了酒菜祭祖，喝了點酒後便早早睡下。

可黃大嬸與黃老爹哪裡睡得著，老倆口一會兒想著范家那個殺千刀的，一會兒又想著周家那讓人摸不著頭腦、至今沒個動靜的提親。

到了初十早上，禿尾巴公雞的幾嗓子也沒能把他們吵醒，這可是幾十年沒有過的事。

章氏見一家子都沒動靜，冒著初秋清晨的寒氣起來燒水、做早飯，默默積了一肚子的氣。

她準備擀麵做炸醬麵，所以去搬裝醬料的大陶罐子，結果心不在焉地手一滑，罐子整個往下掉，她一急撲過去，袖子一勾卻把整個碗架子都給拉垮。

這一下動靜大了，沒一會兒所有的人都聚到廚房來了。

章氏見闖了大禍，嚇得哭喪著臉掉眼淚。所謂破家值萬貫，別看這些缺了口的盤子跟碗扔出去沒人撿，可要置辦起來，也是一筆不小的開銷。

黃英這些日子煩躁得很，看見廚房這狼藉的樣子，埋怨的話衝口而出。「大嫂怎麼這麼不小心？一半的家當都教妳摔碎了！」

章氏本來挺委屈又害怕，可她一向瞧不起的小姑子竟以下犯上，第一個跳出來數落自己，其他人還悶不吭聲地站在旁邊看，頓時怒道：「早上起來，你們一個個鬼影子都不見，就我一個人忙裡忙外！妳也是大姑娘了，家裡的事都不做，倒埋怨起我來！妳以為妳真是那少奶奶的命，能有丫鬟跟婆子伺候？哪家瞎了眼才會要妳！」

這正正戳到了黃英的痛處。她從小在家裡就是父母寵、大哥嬌，過得無憂無慮，可這幾天屢屢受挫，心中那份屈辱難以言喻。這會兒被自家大嫂數落，她再也忍不住哇地一聲哭出來，摀著臉跑了出去。

女兒就是黃大嬸的心頭肉，見她這麼傷心，也來不及罵兒子、打兒媳，趕緊追了上去。

黃大哥與黃英差了七、八歲，一向把妹子當半個女兒疼，看到總是笑呵呵的妹妹哭著跑了，再看妻子那張充滿怨氣的木頭臉，怒從心頭起，幾步走上前，抬手就給了她一個大耳光道：「混帳娘兒們，有妳這樣當嫂子的？還不趕緊把這裡收拾收拾，大早上的一家子被妳鬧得不得安生！」

這一巴掌打昏了章氏的頭，她立即痛哭道：「黃老大，你個沒良心的！我嫁過來五年，給你們家傳宗接代，起早貪黑，伺候一家老小，你就這樣待我？要本事，沒本事，就會動手打老婆！」

黃大哥一聽，怒得脖子上青筋直突道：「我說妳一天到晚擺著一副棺材臉給誰看呢，原來是嫌我沒本事，那妳賴在我們黃家做什麼？還不快滾回妳娘家去！」

這番話可說是火上澆油，章氏嚷嚷道：「誰想賴在你們家？回去就回去！黃老大，有種你就不要攔著我！」

說完她就不管不顧地朝前走，卻沒料到絆了一下，摔倒在一地的碎瓷片上，手上、胳膊上都劃出了大口子，血流了一地。

黃老爹看兒子與兒媳實在不成樣子，喝斥道：「老大，還不趕緊把你媳婦弄回屋裡去給處理傷口！」

又回頭對站在一邊悶不吭聲的黃二哥與安氏罵道：「沒點眼力見，你們兩個趕緊把屋子收拾好，把早飯做了！」說完他就急急轉身回屋去，心裡也是掛念著黃英。

推開屋門一看，他見妻子正拉著女兒在屋裡安慰，這才放下心，搖頭嘆了一口氣，轉身去了茅房。

屋子裡，黃英哭得上氣不接下氣，黃大嬸也淚眼汪汪，心痛地拍著她的背道：「妳莫聽妳大嫂胡說八道，我的大妞妞我清楚，好著呢，不知道多少人家來求親，是娘嫌他們配不上我的大妞妞！妳放心，娘一定給妳找個想都想不到的好婆家！」

黃英知道娘這是安慰自己，她不想讓老人家傷心，便強壓著情緒，收起哭聲。

這邊廚房裡，安氏正坐在小凳子上喝著熱水，黃二哥一個人滿頭大汗地把那些碗盤與杯盞的碎片裝到簸箕裡。

黃大嬸進來想為黃英端盆熱水洗臉，見安氏把自己兒子調教得跟傻子似的，一時新仇舊恨湧上心頭。

她上前一把將安氏從凳子上扯下來，怒道：「有妳這樣做媳婦的嗎？見天就知道打扮得跟個妖精似地到處勾搭男人，在家倒把自己的漢子當驢使！」

安氏向來嘴甜會說話，黃二哥又打從心裡疼她，自然沒受過這樣的委屈，當下哭道：

「娘，我天天都用一雙手幹活，這一家子鋪的、蓋的，身上穿的、腳下踩的不都是我做出來的？二郎怕我傷了手，幹不了活，這才不讓我收拾。」

她與章氏不同，哭起來細聲細氣的，又拿著一條粉紅手絹捣著臉，更顯得一雙小手雪白粉嫩。

她這副樣子更是刺黃大嬸的眼睛，上前推推搡搡了她幾下道：「誰家媳婦不幹活啊，就妳嬌貴！成天就知道花心思把漢子拴在褲腰帶上，不安分的東西！」

黃二哥心疼得要死，幾步走過來攔住他娘道：「娘，您說的這是什麼話！」又拉了拉安氏說：「妳看妳，還不趕緊回屋去？大哥與我的冬棉襖還沒裁呢！」

安氏多機靈啊，順勢離開現場，氣得黃大嬸隨手抄起一個木盆就往黃二哥背上砸去道：「混帳東西，分不清好壞，娶個媳婦當祖宗！」

黃二哥跳腳直躲，嘴上嚷嚷。「娘，您也太過分了，大嫂跟我媳婦成天忙得團團轉，妹妹被您嬌慣得會做什麼家事？偏偏您還覺得這四鄉八鎮的後生沒一個配得上她！大嫂也沒說錯，誰家娶了她誰倒楣！」

這話氣得黃大嬸抄了擀麵杖狠狠地往黃二哥的屁股上招呼，怒罵。「大姊兒再不好也是你妹妹！你不替她說話，倒幫著外人來蹧踐她？你妹妹就是一輩子留在家裡，我也要看看誰敢給她氣受！你要是敢對她有半點不好，我就用棍子把你們兩口子都打出門！把這裡收拾好了，給你爹端盆熱水去！」

說著，黃大嬸自己端了盆熱水，回屋讓黃英梳洗去了。

黃二哥撝著屁股朝她的背影擠眉弄眼道：「您就慣著她吧，將來她出嫁了，可別指望我去替她打漢子！」

第六章　點頭應允

黃家才多大的地方，廚房裡黃二哥說的話一字不漏地進了黃英的耳朵。她又羞又愧，覺得一家子除了爹娘與大哥，人人都嫌棄她。

黃大嬸滿面怒容地端著一個熱氣騰騰的木盆進屋，見到黃英立刻變了神情，慈眉善目地輕聲勸她。「好妞妞，來，咱們洗洗，洗洗就漂亮了。」

說著，黃大嬸從櫃子裡翻出一塊簇新的白棉布毛巾，放進水裡泡一泡，拿出來後擰乾，展開後，稍微放涼，才伸手往黃英臉上擦去，就像她小時候那樣。

黃英張著一雙大眼睛，一眨不眨地瞧著她娘那溫柔疼惜的模樣。黃大嬸見黃英不停地流下淚來，那淚怎麼也擦不乾淨，心疼得跟什麼似的。「我的大妞妞啊，咱們不哭，有娘在，有娘在呢！」

此時黃英再也忍不住了，哭著抱住黃大嬸道：「娘、娘！您放心，從今以後，我一定不會讓娘失望！」

黃大嬸一聽更是酸楚難忍，自己也哭了起來，說道：「我的大妞妞長大了，會為娘想了。」

誰知此刻門猛然被推開，黃老爹一臉震驚地站在門口道：「孩子她娘，周家來提親了！」

黃英兩眼發直，黃大嬸則喜道：「真的？」忙拍了拍黃英道：「大妞妞，妳留在屋裡，娘先去瞧瞧。」

只見院門口停了兩輛青棚馬車，胡媒婆穿著紫紅色的夾襖，衣腳繡著並蒂蓮；杜嬤嬤則穿著一件猩紅色喜上枝頭織錦緞褙子。

兩人下了車，見黃大嬸站在門口，不及吩咐身後的大漢，便一起對她行了禮，胡媒婆道：「見過大嬸，南山周侍郎家遣我們來替他家四郎向妳家大姊兒求親呢，這位是他們家夫人身邊得力的杜嬤嬤。」

一番話讓擠著看熱鬧的村民全議論起來。

眾人不知道侍郎這個官有多大，只知道官位挺高的，黃家那個野丫頭如今是要做官家的媳婦了嗎?!

村民當中有幾分見識的人，免不了酸溜溜地說：「這可是雞窩裡出了隻金鳳凰，只怕是做妾吧？」

黃大嬸只覺腦袋嗡嗡作響，半晌才回過神來，揮了揮手道：「進屋說、進屋說。」

胡媒婆與杜嬤嬤指揮著四個壯漢將納采用的禮品一一抬進屋，四個壯漢俱著青衣、綁玄色腰帶，所有禮品均以紅綢綑紮，整整齊齊地排滿了黃家不過一丈深的前院。

十二瓶清酒來降福、十二瓶白酒寓歡慶、兩升粳米以養食、兩升稷米以粢盛、活鯉魚一對「魚躍龍門」、五色絲兩捆得長生、細銀合歡鈴一對「夫妻和諧」、九子墨一雙「多子多孫」、一對活羊「吉祥久」、喜鵲一雙「孝父母」、吉錢兩千兩百二十二枚，當然還少不了祝福婚姻堅貞美滿的一對活大雁。

黃英在屋裡聽到外面人聲鼎沸，一、兩句羨慕、嫉妒的話傳進耳朵。「還有活羊呢！」「吉錢怎麼那麼多啊，怕有上萬枚吧？」

她實在忍不住了，偷偷地在窗紙上挖了一個洞，從裡面朝外看去。

安氏早看得眼珠子都要瞪出來了，一顆心酸得像剛出缸的泡菜。小姑子見天想著往外跑，樣樣提不起，連去相親時別人都只瞧得上自己、瞧不上她，怎麼天上就掉下個大餡餅砸中了她呢？

黃大嬸今早剛為了黃英的婚事跟兒子與媳婦大鬧一場，心裡正憋著氣，見周家大張旗鼓地上門，頓覺有了臉面。

本想按昨日夫妻商議好的，一口回絕這門親事，可轉念一想，自己本就有挑剔的名聲在外，要是這樣的人家來求親，自己還不答應，大妞妞怕是要在家裡待一輩子，再不就只能遠嫁了。

胡媒婆見黃大嬸的臉色不像是歡天喜地的樣子，忙賠罪道：「黃大嬸，范家的事咱以後再說，今日我是來替周家提親的。說來話長，這可是菩薩牽的紅線！」

杜嬤嬤卻胸有成竹地笑道：「這事上次夫人跟大嬸說過，不知道大嬸跟老爹商量得如何了？你們也別擔心，我們家四少爺從小就是讀書的料，小小年紀已是秀才，日後免不了是個官身。不怕你們笑話，我們夫人最疼這個小兒子，便是他開口要天上的星星，她也會打發了人去為他搭梯子。如今他瞧中了大姊兒，你們又是清清白白的人家，見你們沒回話，就怕許了別人家，這才趕緊請了大媒來提親。」

黃大嬸強堆笑臉道：「請兩位坐坐吧，我跟孩子她爹再商議一下。」說完就回了屋。

走進屋裡，見黃英怔怔地坐在窗邊，黃大嬸嘆了一口氣道：「大妞妞，這事，妳說應還是不應？」

黃英抬起一雙紅腫的眼睛，看著滿臉憂心的娘，半天，重重地點了頭。

待送走胡媒婆與杜嬤嬤，除了黃英跟章氏，黃家其他人全聚到了堂屋。

黃老爹坐在上首，看人到齊了，甩甩膀子、清清嗓子，宣佈道：「周侍郎家來求親，我跟你們娘答應了，叫你們來是有事要囑咐。」

聽到事情定了下來，安氏心頭酸酸的，可轉念又想，小姑子嫁入這般大富大貴的人家，還能不認自己的兄嫂嗎，將來必定能沾不少的光！於是又高興起來，巴結道：「娘說得果然沒錯，咱們家大姊兒就是有福氣的人，跟周家比，范家算什麼！」

黃大嬸見她這模樣，氣就不打一處來，喝斥道：「妳爹說話，插什麼嘴？」

安氏委屈地住了口，將身子縮了縮，藏在黃二哥身後。

黃老爹吩咐道：「頭一樁事，老二，明日駕車送你娘與妹妹到你外祖家去，為了大妞妞的婚事，他們兩老沒少操心，如今有了這樣的好結果，總要先通知一聲。」

這件事本就該辦，黃二哥自然願意去，說道：「娘讓我去採杜鵑花葉子幫大嫂治傷呢！」

黃大嬸怒道：「那才幾步路，早上雞叫第一遍你就起身，採了葉子後順便打點柴，我跟你妹妹總要吃過早飯才走。」

這一罵讓黃二哥縮了頭，不再吭氣。

黃老爹又道：「第二樁事，你們妹妹結了這門親，全村子的人都盯著呢，從今日起，大家都給我夾著尾巴做人，裡裡外外不許惹事，要是鬧出什麼壞了這門親事，別怪我眼睛認得是親兒子、親兒媳，手裡的旱菸桿子不認得。」

見每個人都縮著肩膀不出聲，黃老爹滿意地點了點頭道：「第三樁事，就是嫁妝。要是太少，你們妹妹嫁過去讓人笑話，少不得跟你們交個底，你們也別計較，日後她有出息了，少不了你們的好處。」

黃大哥依然悶不吭聲，黃二哥與安氏滿心不樂意，卻又不敢回嘴。

到了次日，黃英與黃大嬸吃過早飯、換好衣服，禮物都準備妥當了，黃二哥還沒回來。

安氏急得要哭，正要催黃大哥去找人，就見一個十六、七歲的少年揹著黃二哥，氣喘吁吁地推門進了院子。

黃大哥忙跑過去道：「這是出啥事了？」

只見黃二哥哭喪著臉道：「不是去採杜鵑花葉子嗎？一個不小心踩空了，從坡上滾下來，幸得這位小哥一大早在山上採藥，替我包裹好，又送我回來。」

黃英站在一旁好奇地看著那個少年，只見他身穿破舊的青色布衣，頭髮蓬亂、黑臉四方、劍眉濃黑、虎眼圓圓，年紀不大，卻頗有威儀，正覺眼熟，那少年已滿臉驚喜地道：「阿英，這是妳家嗎？」

聽他這麼說，黃英也笑了，說道：「怎麼這麼巧？是你救了我二哥？」

黃大哥與黃大嬸兩個人都很驚訝，黃大哥不禁問道：「你們認識？」

那少年撓了撓本來就很亂的頭髮道：「阿英救過我呢！」

這話讓黃大嬸一臉寒霜，對著黃英道：「這事怎麼沒聽妳說過？」

黃英有些心虛地說：「我去廚房拿點吃的過來。阿奇，你先坐一坐吧！」

叫阿奇的少年一直看著黃英的背影消失，這才轉過頭來，跟著黃大嬸進了堂屋。

細問起來，阿奇居然是南山人，而且是周家的族人，只是父母早逝，他跟著一個叔公讀書、學醫，閒時便到山裡轉轉採藥材，好貼補家用。

半年前他走錯了道，到了北山來，在山裡熬了一夜，又餓又冷，迷迷糊糊間碰到了一大早上山採蘑菇的黃英。

黃英帶他下山，見他饑寒，採了些野山桃、桑椹，還不知從哪裡抓了條菜花蛇，就在山邊找塊空地，生火烤了讓他充饑。

個性率直的黃英不是大家閨秀，也不知道自己的名字不能隨便跟別人，尤其是男人說，便讓他跟小夥伴們一樣叫自己「阿英」。阿奇的想法也差不多，只讓她叫自己「阿奇」。誰想到半年後還有這樣的緣分，阿奇居然救了黃二哥。

沒多久，黃英端了飯上來。今日的早餐是玉米貼餅，剛從柴火爐灶裡拿出來，烤得熱呼呼、顏色焦黃，看著就讓人流口水。就著黃大嬸親手醃的大頭菜跟一大碗骨頭湯，要多香，有多香。

阿奇早就餓了，也不客氣，一下子就吃了四、五個餅，看得黃大嬸都替他心疼，也不是什麼好東西，這沒娘的孩子還吃得這麼香。

吃完了飯，阿奇道：「我聽黃二哥說大嫂子受了傷，要是不嫌棄我醫術不精，不妨讓我瞧一瞧。」

農家媳婦沒什麼不能見外男的規矩，要緊的是趕快治好傷，家裡一堆事情等著人做呢！

看完了章氏的傷，阿奇正要告辭，就看見院子裡的牛車上裝了兩筐禮品，他好奇地問道：「嬸子這是要出門串親戚？」

黃大嬸忍不住埋怨道：「可不是，我想回趟娘家，本來要老二趕車，偏偏他採個杜鵑花葉子都會摔傷，真是！」

阿奇露出一個大大的笑容道：「嬸子要是不嫌棄，我送妳們去吧？」

黃大嬸吃了一驚道：「這說的哪裡話？你不回南山嗎？」

阿奇道：「我不急，這次出來，想在北山待幾日，要採的藥還沒採齊呢！」

黃大嬸心想，黃英訂親這事得快些告訴娘家人；還有嫁妝的問題，她怕說出來沒臉，可若是娘家能幫一把就好了。

話雖如此，黃大嬸還是猶豫地道：「你會趕牛車？」

阿奇大笑，露出一口整整齊齊的白牙道：「嬸子，我可是文武雙全，會寫、會算、會醫病、會耕、會種、會趕車。」

黃大嬸見他爽朗，心中歡喜，想著將來也是門遠親，便道：「那就這麼說定了。大妞，趕緊，看看東西齊全了沒有？咱們這就出門去。」

很快地，黃大嬸母女上了車，阿奇坐在車頭，駕起牛車就往黃大嬸娘家東山的溫城村而去。

牛車上鋪著厚厚的麥秸編成的墊子，黃大嬸半依著裝著粳米的柳條筐，被晃了一會兒就睡得人事不省，還發出微微的鼾聲，只剩下黃英一個人心事重重地看著沿路的風光。

秋天早晨的陽光還帶著涼意，牛車行得極慢，幾乎感覺不到有風吹過。出了村，路上連行人都沒有，只有牛車的輪子壓著乾燥的鄉間泥土路，發出嘎吱、嘎吱的聲響，揚起一點點塵土。

遠處的山上，桉樹樹葉已經開始泛黃，整片山卻依然青翠。

秋收剛過，地裡大多是空的，割下來的玉米稈泛著乾枯的黃色堆在地裡；也有地方已經露出了泥土本來的灰黑色，遠遠瞧去，色彩斑斕，層層變幻。

黃英無法用言語形容，只覺得很美，就像她每天早上看見的風景，就算日日瞧，還是那麼吸引人。

阿奇回過頭來，見黃英出神地瞧著四處的風景，又看了看睡得發出鼾聲的黃大嬸，猶豫了一下，轉過頭去趕車，說道：「妳早上怎麼不上山了？」

黃英正滿腔心事，黃大嬸罵過她的話就這麼脫口而出。「我如今只在山邊轉，我娘說，成天在山上野的丫頭，沒人要。」

阿奇沈默了一會兒，突然轉過頭，一雙圓圓的虎眼閃閃地盯著黃英道：「誰說的？我要！」

黃英聞言瞪著眼睛看著阿奇，沒多久噗哧笑道：「誰信呢！你一邊吃著香噴噴的蛇肉，一邊說再沒見過我這樣的野丫頭，只怕除了獵戶沒有人家敢娶呢！」

阿奇坦然回道：「可是我回去想了想，妳當郎中娘子也成。妳可知道蛇性溫，歸肝脾二經，治諸風虛症、皰、瘡、頑癬等症，除了蛇，其實癩蝦蟆跟老鼠也都可以入藥。」

黃英見他說起親事時一點羞意都沒有，好像背醫書一般，再一瞥自己的娘睡得正熟呢，便嘆了口氣道：「好端端的，怎麼想到這個？我倒想一輩子不成親才好呢！」

阿奇撓了撓頭髮道：「我也不知道，就是回家後跟叔公提起那件事。我叔公說，我這樣的正好娶妳這種的。我叔公的娘子就是太嬌了，有一回看見我叔公去嚐病人的糞便，一氣之下便跟我叔公和離；其實她冤枉我叔公了，他只是在觀察病人的糞便，湊近聞了聞。」

黃英被這幾句話給噁心到了，回說：「你別說了，我絕對不會嫁給郎中的。」

阿奇有些生氣地說：「郎中有什麼不好？救人一命，勝造七級浮屠，可以長命百歲！我叔公都快八十了，瞧上去人人都說他才六十出頭！」

黃英怒道：「你想娶我就是因為你叔公說了我合適？那你自己呢？」

阿奇一張黑臉透出紫來，撇過頭去不看黃英，只道：「我覺得叔公說得有道理，反正都要娶親，娶妳也挺好的，所以秋後得了閒就想過來找妳，誰知道妳都不上山了。」

黃英不懂男女情事，當娘來問自己的時候，為了跟兄嫂賭口氣，一口就答應了，可她是希望有個人是因為喜歡自己才娶回家的，就跟二哥娶二嫂一樣。

此時她聽阿奇談起親事時口吻隨便，又見他一雙大腳穿著滿是泥土的草鞋在車轅前面晃啊晃的，忽然覺得嫁娶之事也沒什麼了不起的。娶誰不是娶，嫁誰不是嫁？走一山、看一山唄，擔心那麼多有什麼用？

黃英越想越覺得就是這麼回事，當即放下憂心，專注地欣賞沿途的景致了。

從外祖家出來，免不了帶著雞蛋、麵粉、柿子之類的禮品，林林總總也裝了兩筐。聽說黃英結了門高親，外祖一家都高興壞了，除了還沒嫁出門的表姊有些羨慕地說了幾句酸話，黃英這次可以算是風光無限。

回去的路上，黃大嬸倒是不睏了，拉著阿奇說閒話。聊到阿奇剛到北山兩日，一日付五個大錢借住在村西頭老張家，飯錢另算時，黃大嬸便道：「咱們也算是親戚了，到我家來住，一個大錢都不用。」

阿奇不免好奇地問道：「嬸子怎麼說是親戚？」

黃大嬸笑道：「不瞞你說，我們家大姊兒啊，正跟你們周家侍郎府的四少爺說親呢！」

阿奇心裡打了個突，猛瞪著黃英道：「怎麼可能?!阿英，妳怎麼沒跟我說？」

黃大嬸人逢喜事精神爽，不計較阿奇莽撞的語氣，只說：「可不是，誰能想得到呢？不過啊，我一顆心還是七上八下的，畢竟門不當、戶不對，那周文星莫不是有什麼我們不知道的事？彩禮還沒過，這親到底要不要做，也說不準呢！」

阿奇聞言心頭一動，打起精神道：「不如我去幫嬸子打聽打聽，他們那一支在族裡最是風光，前面三個兒子娶的都是鐘鼎高門人家的千金小姐呢！」

說著還拿眼去瞧黃英，誰知道黃英早已想通此事，雙眼清亮，面不改色。

阿奇忍不住又多看了黃英幾眼，暗暗驚詫。這丫頭果然不是普通的農家女子，若這婚事不成，他定要央求叔公請媒人給娶回家。

黃大嬸正是瞌睡碰到了枕頭，歡喜地應下。送她們返家後，阿奇便告辭離去。

第七章　香消玉殞

那邊黃英開開心心地去了趟外祖家，這邊周夫人卻因為黃家答應了親事，心頭一鬆，早上直睡到巳時初刻方醒。

醒來之後周夫人還覺得頭腦昏昏沈沈，有氣無力地說道：「去喚杜嬤嬤來吧！」

初夏應了，出去吩咐小丫鬟跑腿，自己則回頭道：「夫人是先看信還是先梳洗，我讓丫鬟跟婆子們準備？」

周夫人身上痠痛，漫不經心地問道：「誰的信？」

初夏搖頭道：「門房也不知。」

周夫人半倚在迎枕上，訝異地伸出了手，初夏忙把信遞給她，又往她身後塞了一個厚厚的枕頭。

信封上的字跡陌生，周夫人不由得皺著眉頭，撕開封口，裡面居然還有另一個信封，上面的字跡卻是自己熟悉的。

周夫人忐忑地拆開信，才讀了兩句便臉色大變，喘不過氣來。

初夏見狀嚇了一跳，忙跑過來拍她的背，又從几上端起熱茶道：「夫人，喝口熱茶，緩一緩！」

周夫人雙手顫抖著揪住自己的衣襟，瞪著一雙眼，一滴淚都流不出來。

「夫人！夫人這是怎麼了?!」杜嬤嬤剛進門就瞧見這情形，嚇得飛奔過來。來請安的周文星剛到門口，就聽見裡面傳來周夫人撕心裂肺的哭喊聲。「月丫頭、月丫頭，她上吊了！」

周文星覺得自己好像被人拿著一把刀砍成了兩半，一半的他還能看、還能聽，還能清楚地看著自己靠在任俠的肩上；另一半卻已經失魂落魄，目不能視、耳不能聽、嘴不能言。

只見他遊魂似地走到周夫人的炕前道：「娘，您說誰上吊了？好好地，誰上吊了？」他的嘴角彎起一個奇怪的弧度，像是在笑，又像是在哭。

周夫人哽咽得不能成聲，只將手中那被揉縐的信紙遞給他。

接過信，周文星跌坐在炕沿上，只見信上寫著。

離姨、星郎同鑒：

余家驟逢宦難，諸親難求，眾友俱避，唯離姨母子信誠守諾，願以一紙婚書救余於危難之中。余心感懷，難以筆述。奈何造化弄人，鴛盟夢碎。誠如周伯父所言，余與星郎若固執其緣，周家亦難身全。

惜余即投微軀於空門，星郎聘農婦而不娶，終難斷御史悠悠之口！

余既承離姨與星郎厚誼，又深知星郎生於詩宦之家，天縱之才，日後必為廟堂之器。輒轉徹夜，深恐星郎終因余之故，忍娶農家愚婦，自毀前程，抱憾終身。故願以微軀殘命，自掛南枝，保郎周全。

一願星郎覓得佳婦，舉案齊眉。

二祈離姨仙壽鶴齡，子孫滿堂。

許氏月英伏乞頓拜　景成二十五年九月初十絕筆

周文星只覺得許月英這一字一句都像鋼鑿巨釘一下下、一顆顆地敲在心口上。初十，正是周家正式向黃家提親的日子，月妹妹卻為了他的前程，自行了斷！

他搖頭再搖頭，茫然地站起身說道：「我不信、我不信，我要去眾妙庵瞧一瞧，她怎麼這麼傻？娘，她答應過我，她不會有事的！」

為母則強，周夫人剛才還哀傷欲死，如今見兒子失魂落魄，神志反倒清醒起來，吩咐杜嬤嬤道：「把門鎖了。」

說完後轉過頭來，抬手就給周文星一記耳光道：「月丫頭用自己的命斷了咱們兩家的緣分，周全你、周全周家，你這樣顧頭不顧尾地闖過去，不是讓她白白送了這條命嗎？你讓她在九泉之下如何瞑目?!」

扶他進門的任俠哭得像個孩子道：「都怪我，爺，都怪我！」

他哪裡知道這事是自家夫人默許的，他是怕被連累打殺，這才扔了錦囊，想方設法地阻撓爺私寫婚書。

周文星卻木然地搖了搖頭。怪誰？只怪他自己當斷不斷！發現錦囊不見後，就該當著老和尚的面寫下婚書，何必非要去找錦囊，非要合什麼八字！

他對自己又怨又恨，平日他自視甚高，關鍵時刻卻成了如此廢物，活在世間都該感到羞恥，哪裡配讓月妹妹這樣捨命相護？

一旁的周夫人見他滿臉灰心、了無生趣的模樣，心疼地咬著牙喝罵道：「這事只怕是天意如此，誰又能想到這廟堂之爭會到這般地步？都成了瘋狗一般，不論是非黑白，只要沾上一點，全都被咬進去！」

周文星只覺得他母親這些話好似從遠方傳來，自己費力地想要聽清楚，卻怎麼也聽不明白，嗓子裡還癢癢的，他隨即吐出一口血紅，點點滴滴灑在周夫人那玉色的平紋床單上，鮮紅刺目。

眼前的景象漸漸模糊，周文星昏厥了過去。

周夫人與周文星都病了，還病得很重，杜嬤嬤急壞了，立刻打發人回京送信請太醫。

京城裡，周侍郎接到家信，得知妻子與兒子都病了，又聽說許家丫頭上吊身亡，知道這事的前因後果信裡說不清楚，便趁著休沐請了兩日假，往莊子趕來。

周侍郎可說是年少得志，一路高升，人到中年仍形容瀟灑、溫文儒雅。

他身在戶部，向來最忌諱沾染貪墨之事，偏偏這對母子不知輕重，居然敢在風頭浪尖搞出私寫婚書救許月英之事，若不是他的小妾沙姨娘告知，讓他及時寫信要妻子把兒子追回來，就要惹出抄家滅族的大禍了。

原本周侍郎是帶著一股怒氣而來的，可到了莊裡一看，妻子與兒子都只剩下半條命，周夫人兩下煎熬、心力交瘁，鬢邊已見白髮；周文星本來是個樂天的少年郎，如今臉色蒼白、暮氣沈沈，看得周侍郎忍不住心疼。

待周夫人與周文星撐著病軀，把這幾日發生的事都交代清楚了，周侍郎點點頭嘆道：「許家丫頭倒是聰明、有決斷力，可惜慘遭家變，不然倒真是我兒佳婦！可敬、可敬！」

周侍郎喝了一口熱茶，又道：「明日咱們一家到眾妙庵去祭奠一番。黃家這門親事也找得不錯，退婚倒不急，不過是到時候多給些銀子罷了，如今這樣最好，可進可退。」

此時周文星掙扎著問道：「許家可判了？」

周侍郎看了他一眼，回道：「許家父子已經判了流徙三千前往嶺南，女眷充入教坊。許夫人變賣了嫁妝來補工部的窟窿，雖然不過九牛一毛，但目前工部千瘡百孔，聖上怕是只能就此打住。」

這個結果可說是不好不壞，然而對周文星來說，失去許月英，他的世界再也不完整了。

第二日，周侍郎就帶著妻子與兒子去眾妙庵。

眾妙庵在南山山麓，離周家的莊子極近。庵院有地兩百餘畝，都租給了佃戶，甚是富足，供奉著道家三清，讓無處可去的女子出家，又收留一些官宦人家犯了大錯、家族不容的夫人、小妾或未婚的女兒。

這一代的庵主白坤道擅長畫符，又能說善道，凡是到庵中來做道場的，無論身分高低，皆一視同仁，頗有出世高人的風儀。她在庵院中廣植花木，又按五行八卦修造不少清靜小院，凡貴家女子有所求者，即按風水打理小院讓其安置，漸漸有了靈驗的名頭。

許夫人因與周夫人交好，多次到周家莊裡作客，得了閒，也曾跟周夫人到庵中小住，建醮壇、設齋供，與白坤道意氣頗為相投。

此次許家一出狀況，許夫人就帶女兒到眾妙庵，求白坤道做了幾次消災解厄的道場，沒想到許家禍事化小，許月英卻香消玉殞。

周侍郎帶著妻兒前往眾妙庵，白坤道親自迎接他們進去。

白坤道看起來不過四十歲，實際年齡卻無人知曉。她頭戴藏青色混元巾，身穿同色道袍環裙，腳踏一雙黑色圓頭布鞋，手執白毛柘木拂塵，生得橢圓臉、秀眉細目，膚色如玉、氣色紅潤，只瞧她面色如常，不見悲喜。

進屋後，她對周家人微微躬身行禮道：「周信士此來，不知何事？」

周侍郎回禮道：「不過為了舊友之女在貴庵仙逝，心中傷痛，一來欲請道長做一場薦靈科儀，二來不知其靈現停何處，能否容我等祭奠一番？」

白坤道淡淡道：「信士有心了。薦靈科儀一事自當安排，只因許姑娘並非善終，許夫人日前已經託小道做了度亡科儀，早早在後山義塚點了風水小穴安葬；若信士有願，不妨讓小道姑引著前往祭拜。」

周侍郎心頭微凜，看向滿眼紅腫的妻子與面色慘白、搖搖欲墜的兒子，暗暗一嘆，點頭允了。

許月英的墳塋甚是簡陋，小小一個土堆，只立了一塊柏木墓碑，上面寫著。「愛女許氏月英之墓」，生卒日辰、父母、家人俱無。

周文星自那日吐血之後便渾渾噩噩、半夢半醒，見了這墳塋墓碑，心中的傷痛才落在了實處，跪倒在地痛哭出聲，一旁的周夫人也跪了下去。周侍郎倒沒有攔阻，只是默默地點燃紙錢。

一家三口祭奠完畢，回到莊裡，周侍郎不能久留，囑咐他們母子兩人好好養病，便回京去了。

此後周夫人與周文星的病一天天好起來，只是周文星除了一日三餐之外都在樓上讀書，累了便坐在窗前看著假山、池塘，一日說不上十句話。

黃家等了十來日不見周家上門問名，倒是阿奇先過來了。黃大嬸為阿奇安排好住處，到堂屋上了茶水，就坐下來打聽周家的情況。

阿奇道：「聽說周家母子都病了，婚事如何倒是沒有打聽出來。」

黃大嬸擔心地問道：「周文星不是個病秧子吧？」

阿奇有些不甘，卻也不能不說實話。「這倒不曾聽說。」說著便將周家的情形一一道來。

其實阿奇這一支跟周侍郎這一支不算太遠，阿奇的叔公、祖父與周侍郎的父親是堂兄弟。

周家世代都有人為官，而周侍郎的父親這一代，卻只有周侍郎的父親官至正四品大理寺少卿致仕。

至於周侍郎這一輩，兄弟三個，一嫡兩庶，周侍郎身為嫡子，聘了從四品內閣侍讀學士田學士之女田不離為妻，二十歲中了二甲十名，考上庶起士，一路順風順水地升至戶部侍郎，是周家歷代升遷最快之人。

其他兩位兄弟，一人中舉，補官外放做了個通判，熬了十來年，如今當上知縣；另一位卻連秀才也未能中，娶了巡檢之女，自己則謀了吏目為職，舉家在外，與本家聯繫甚稀。

周侍郎還有一個嫡親妹妹，嫁給國子監學正，此人官職雖低，但在清流中頗有名聲，其餘庶女倒不必多提。

到了周文星這一代，周夫人生了長子與么兒，這么兒就是周文星；另有兩位庶子，都是周侍郎的妾室所出。

除了兩個嫡子，周夫人還育有兩女，長女早已出嫁，次女今年方十二歲。除了這兩個嫡親姊妹，周文星還有三位庶出的姊妹，其中兩位已經出嫁，一位今年才八歲。

周文星的三個哥哥都已成親，一大家子與周老太爺、周老夫人住在侍郎府中。

黃大嬸和黃英聽了，只覺得腦子裡鑽進了無數馬蜂般，嗡嗡作響。他們家的人也太多了吧?!

阿奇瞧了瞧她們的臉色，笑了笑，說道：「我們周家是大族，他們這一支又特別興旺。」

黃英嘆了一口氣道：「阿奇，你可知道周夫人與周文星因為什麼病了？」

阿奇道：「是聽說了一點，但不知道是不是真的？」

黃英抬起頭，只見阿奇有些猶豫地說道：「據說是周侍郎寫信反對這樁婚事，周夫人與周文星都挨了罵。」

這個消息是周侍郎示意傳出去的，如此才能合理地解釋周家為什麼突然停止跟黃家議親的事情。

黃大嬸內心糾結半晌，到底覺得這門親事沒了更好，一拍大腿道：「我還說是怎麼回事呢，想來就是這樣了。當娘的可不是么兒要什麼便給什麼，但是當爹的卻不同，自然是要找那門當戶對的。」

她怕黃英想不開，接著道：「大妞妞，照我看，這門親事真是不太好，他們家那麼些人，光想就不好對付，妳要是嫁進去，光是給他們做鞋，都得做到猴年馬月去。」

又對阿奇道：「說來家裡的爺們才是掌權的，既然周侍郎這個大官不同意，這事八成就黃了；不過一碼歸一碼，你還是在咱家住著，怎麼說你都救過我家老二。」

說完她就急急找黃老爹商議去了，留下黃英與阿奇。

阿奇好奇地問黃英。「阿英，妳怎麼看？」

黃英心裡早把這事轉了幾轉，她平靜地說道：「婚姻一事，父母之命、媒妁之言，周老爺不同意，自然是不成了，我娘回頭自會另外為我找人家；倒是辛苦你了，特地送消息來。」

阿奇瞧著黃英，覺得她更加有趣了，道：「每次說起親事，人家小姑娘都害羞得不得了，妳怎麼像個沒事的人？要是別的小姑娘被退親，少不得哭天兒抹淚；而且我聽說妳不是第一次被退親了，卻跟說別人的事情似的。」

黃英瞪了他一眼，站起身道：「你以為我心裡不難過？可我哭天兒抹淚，不過是讓我娘更難受而已，周家還是會悔婚啊！我呀，早想明白了，嫁進大官家裡也不全是好處，嫁入窮家小戶也不都是壞事，日子得靠自己過，像我覺得我家很好，我大嫂還不總是怨氣沖天不開心？」

阿奇聞言一怔，再沒想到黃英還有這樣的見解。先前說要娶她，倒不是沒真心，可若說有真心，不過是「合適」兩字。黃英大字不識一個，阿奇多少還是有些不甘。

想到這裡，阿奇忍不住多看了黃英幾眼。

黃英大眼一轉，又瞪了他一下，模樣倒有幾分嬌嗔，道：「怎麼，我說錯了？」

阿奇不知怎麼地就紅了臉，第一次結巴起來。「沒、沒錯！對，太對了！」

黃英見阿奇緊張，也不逗他了，笑盈盈地說道：「你去休息一下吧，我要去添柴煮飯了。」說著身子一扭，大大方方地走了。

阿奇紅著臉，目光不禁投向黃英的背影，只見她身材高䠷、肩平腰細，走起路來沒有弱柳扶風之態，卻勝在爽利端方。

所謂「福禍相依」，嫁進高門，人人都只看到福，瞧不見禍；嫁進貧戶，人人都只看到禍，瞧不見福，究其原因，不過是富貴迷人眼罷了。

阿奇自幼失去雙親，算是嚐盡了人情冷暖，若不是叔公照顧他，只怕活不到這麼大。

如今年紀漸長，叔公也託了人為他相看，只是人人一聽「周家」，都以為是周侍郎一支，百般殷勤，直到得知是他們這一支，還是個雙親皆喪、家貧如洗的，便推三阻四。

所以阿奇出門，除非必要，都不願意提自己姓周，大名周文奇，內心存了不肯沾光的志氣，卻沒想到黃英沒生了一雙富貴勢利眼，讓阿奇忍不住熱血沸騰，感慨萬千。

阿奇說起周侍郎家時，其實還隱去了一些情況。周文星既是嫡出，又長得好，更是這一輩讀書最出色的，十四歲就中了秀才。周文星的大哥雖然比周文星大了足足八歲，卻到去年才中了秀才，勉強維持住了臉面。

按照這個情形，說周文星是周家下一代的希望也不為過，這樣一個人物，周家怎麼可能讓他娶個農家女？看看周侍郎的岳父，那可是天子近臣，周侍郎能有今日，岳家出力不少。

阿奇這樣想著，默默打定了主意，要借著採藥這個藉口在黃家住上幾日，必定要讓他們接受自己當女婿。

第八章 暗下決心

阿奇住進了黃家，人勤快不說，醫術也好。到了傍晚的時候，章氏與黃二哥都能出屋了，便進堂屋一起吃飯。

看了黃英一眼，阿奇想讓她知道自己的醫術有多優秀，特地問道：「大嫂子的傷可好些了？」

章氏木著臉道：「好是好一些了，但我聽人家說傷口結痂結得太快，以後會留疤。」

阿奇不免尷尬，見黃英低頭吃飯，好像沒有聽見一樣，便解釋道：「那是吃魚導致傷口收得太快，我的藥不會。」

章氏接著說：「你才多大年紀？本來說好曬完莊稼我可以帶著小棍子回娘家，我娘家那邊有個老郎中，我想早些回去，請他瞧一瞧。」

阿奇的臉瞬間就紅了，黃大哥的臉卻是黑了，說道：「留疤又怎麼樣？鄉下婆子罷了，又不是什麼貴夫人，誰身上沒點疤？妳那麼矜貴給誰看！」

章氏本想趁著傷疤看著還嚇人時回娘家告狀，聽見黃大哥這麼說，雙手一抹眼淚，哭道：「黃大郎，你打得我渾身都是傷，還有臉說風涼話？在你眼裡，我就是那地上的泥。我明兒就回娘家！」

之前廚房的碗盤碎片割傷了章氏不假，可是回屋後黃大哥脾氣一來，硬是揍了章氏一頓，這才讓她借題發揮。

這下阿奇臉都白了。原本想在黃英面前表功的，結果倒讓黃大哥與章氏吵起來。

黃老爹氣得不得了，瞪了黃大嬸一眼，黃大嬸立刻罵道：「吃頓飯都不讓人安生，妳要回就回吧！老大，明天一早就送她回去，小棍子留下，跟著他二嬸子。」

安氏聞言立刻低下頭，一張俏臉皺得能擰出苦水來。小棍子正是調皮的年紀，又是目前黃家唯一的孫子，矜貴得不行，她只帶了小棍子幾日就苦不堪言，瘦了一圈。不過，她也知道這個時機，尤其是還有外人在場時，自己絕對不能頂撞黃大嬸。

章氏一聽，放聲大哭道：「小棍子是我身上掉下來的肉啊，就是你家的孫子，也是我爹娘的外孫！明明說好秋後可以帶他回去住幾天的，黃大郎，你還是不是個男人，說過的話還算不算數！」

黃老爹與黃大嬸見有阿奇這個外人在場，章氏還這樣不管不顧地撒潑，都恨不得上前打她幾個耳光了。

卻見黃英猛地站起身來道：「阿奇，你跟我出來！」說完也不管阿奇的反應，扯住他就往外跑。

出了門，黃英拉著阿奇一路走，阿奇一聲都不敢吭地跟著。

黃英對北山特別熟悉，南山有河，北山卻都是旱地，也不知道黃英怎麼拐的，兩人竟走到了一個朝西的小山包上。背後是密密的樹林，前面是一覽無遺的群山，還有一塊大青石。

只見黃英往大青石上一坐，也不出聲，阿奇見狀，悄悄地在旁邊找了一小塊平整的草地坐下。

兩人就看著西面群山上的一輪夕陽，將整片天空都映得橙紅，只有那正中間圓圓的光暈，照著山頭的林木怪石，成了一幅剪影。周圍明明是暮色漸起，看起來卻像霧氣環繞的早晨。

黃英指了指夕陽道：「阿奇，你看好不好看？」

阿奇被眼前的風景給震撼了，隨口吟道：「萬壑有聲含晚籟，數峰無語立斜陽。」

黃英驚道：「阿奇，你會寫詩？」

阿奇有些不好意思地撓撓一頭亂髮道：「不是我寫的，我只是會背。」

黃英點點頭，從懷中拿出一支拇指長的小木梳子，遞給阿奇道：「你沒有梳子嗎？每次見到你，你的頭髮都亂糟糟的。」

阿奇驚訝道：「妳隨身還帶著梳子？」

黃英大笑，眼神狡黠道：「我常到處野跑，只要回家之前悄悄地把頭髮梳好，我娘就不罵人啦！」說完回頭，嘆道：「哎呀，太陽只剩半個了！」

阿奇默默握緊了那柄梳子，與黃英一起無聲地看著夕陽漸漸隱入群山後，一輪半透明的素月升上山頭，心中湧出一種從未有過的情感，一句詩驀然脫口而出。「回首夕陽紅盡處，應是長安。」

這一刻，阿奇做了一個改變他一生的重大決定。黃英並不是只有嫁給周文星才是一品夫人的貴命，自己也是周家人，鳳冠霞帔，只要努力，他也能掙。

黃英見暮色已合，站起來道：「天晚了，你趕緊梳梳頭，我們就走吧！」

阿奇把梳子遞給黃英道：「妳教我。」

黃英笑道：「不知道你還是個賴皮的。」說著伸手就扯下阿奇的頭巾，飛快地為他梳理頭髮，幾下就梳好了，她一邊收起梳子、一邊走道：「這梳子是我大哥給我的，他人那麼好，不知道為什麼我大嫂就是跟他過不到一起去？」

阿奇有些不捨地跟在黃英身後朝山下走去，走到一半，黃英突然停下了腳步，低聲道：「阿奇，對不起，我們家現在這樣，你能不能……」

聽見黃英的話，阿奇會意，內心止不住有些情緒低落，但是也知道確實不宜再留在黃家了，對自己在飯桌上多嘴很是懊悔。

第二日一早，阿奇就堅決向黃家人辭別，黃大嬸滿臉惋惜道：「真是的，說好要住幾天的，可是嫌棄我們招待不周？」

阿奇連連擺手道：「不是、不是，我只是決定不再當郎中，藥也不用採了，我回去就跟叔公說要好好讀書。」

黃大嬸吃了一驚，想了想後說道：「你們周家人本來就會讀書，你好好讀，將來去考狀元。」

阿奇大笑道：「借嬸子吉言。」又轉頭看了看黃英說：「阿英，謝謝妳。」

黃英覺得對不起他，感激道：「你以後得了空，再來串門子。」

送走了阿奇，黃大嬸才把章氏與大兒子都叫進自己屋裡，黃英也跟了進去。

黃大嬸推了她一把道：「妳跟著攪和什麼？」

只見黃英二話不說，走到章氏面前跪下道：「大嫂，對不起，都是我的錯，妳是我嫂子，我那天再怎麼樣都不該說那種話。」

章氏與黃大哥見狀都忙不迭地去拉她，黃大哥道：「妳這是幹什麼？趕緊起來！」

誰知黃英死活不肯起來，只道：「這些日子家裡發生了這麼多事，我心情不好，如果我那天不說那種話，大嫂就不會那樣說我，我也不會被氣哭，大哥更不會對大嫂動手。」

黃大嬸心疼得要死，拍打著她的背哭道：「我苦命的大妞妞，在娘家娘還護不住妳，讓妳受這樣的委屈。」

想到范家跟周家，黃大嬸更是傷心，索性坐到地上抱住黃英，母女倆一起放聲大哭。

本來章氏見黃英向她下跪也吃了一驚，但又覺得是應該的。要不是這個小姑子，事情怎麼會變成這樣？真是個攪家精，難怪嫁不出去。心裡這樣想著，氣倒是消了一半，原本想說兩句軟和話，可是一瞧見自家婆婆的舉動，火氣與委屈又升了起來，咬牙、噘著嘴不願開口。

昨天黃英拉著阿奇離開之後，黃大哥差點又動手打章氏一頓，被黃老爹給壓住了，結果黃大哥之後沒回屋，自己跑到柴房睡了一晚上。

見妹妹為了自己下跪，娘又哭得那麼傷心，章氏居然半句話都不願說，黃大哥一顆心冰涼，火氣反而沒有了。

他對章氏說道：「走吧，我送妳跟小棍子回妳娘家去。」說著就出屋準備牛車去了。

章氏大喜，抬了抬頭，終於說道：「小妹，起來吧，妳也該學學規矩了，誰家的小姑子會那樣跟嫂子說話的？娘……」

話音未落，她臉上就挨了黃大嬸一巴掌，黃大嬸罵道：「妳有臉說誰？妳自己笨手笨腳打碎東西，她又沒說錯什麼，妳就咒她沒人家要！這口氣我們忍了，不過是想著家和萬事興而已！妳滾，滾回妳娘家去，有本事就一輩子住在那裡別回來！」

向章氏賠禮、下跪道歉是黃英想了一夜想出來的，她是真心歉疚，覺得自己當時要是不說那種話，事情就不會演變成這個地步；只要章氏消氣，總歸還有小棍子在，大哥跟大嫂的日子就過得下去。

可是這一刻她才發現自己錯了，她當著大哥與娘的面向章氏下跪，他們只會更加討厭章氏；不過對於章氏，黃英也很是失望。這個大嫂勤快肯幹，可她一張嘴能把好事給攪和成壞事，自家大哥成天看著章氏的臉色過活，真是，誰能忍？

章氏到底沒膽子回打黃大嬸一耳光，只能摀住臉，哭著跑了。

黃英站起身扶母親坐下，黃大嬸一巴掌拍在她背上道：「傻閨女，家裡的事不用妳操心！給娘看看膝蓋磕著沒有？」

卻見黃英低下頭道：「我做錯了才惹出這些事來，他們是我的大哥跟大嫂，我只是希望大嫂消了氣，能好好跟大哥過日子。」

黃大嬸道：「妳大嫂，簡直是身在福中不知福，我真後悔給妳大哥聘了這麼一個媳婦！當初瞧中她勤快，誰知道她這脾氣，妳對她好，她不記；對她但凡有點不好，就記得比誰都牢。見天哭喪著臉，別說爺們瞧見了糟心，誰看了不煩？妳給我記住了，將來嫁了人，多學學妳二嫂，頭一件事就是要笑臉迎人，顧全自己男人的臉面，男人才會疼妳。」

如今黃家鬧成這樣，也顧不上周家的事情了，黃大嬸與黃老爹都想著，再過一陣子，就在黃大嬸的娘家溫城村替黃英尋一門親事，誰知道周家那邊又起了變化。

周侍郎回京述職，許家的事隨著御筆親批，已經算是完結。

度過仕途上的一大危機，差點闖下大禍的妻兒還在鄉下養病，周侍郎大大鬆了一口氣，除了每日上朝應卯，回家後就到後宅跟幾個美貌小妾打情罵俏，過得樂呵呵，瞧她們為自己爭風吃醋，甚是瀟灑快活。

誰知道這樣的輕閒生活還沒過上幾日，居然有人又翻出了許家的事，狠狠地參了他一本。這回不是說他與許家過從甚密、替許家隱匿貪墨之財，而是私德不修，直把他氣了個七竅生煙。

說起許家的事，周侍郎很清楚底細，不過是工部某些人這些年貪了不少，工部尚書一倒，拔出蘿蔔帶出泥，牽連很大，所以找個好糊弄、又沒有什麼背景的，先占了山頭，若是夠聰明，未必會落得許家的下場。

偏偏許月英的爹好不容易掌了實權，認認真真地想要做點事，工部上上下下撈不著事小，怕他把積年舊帳翻出來事大，這才做了手腳，順便把一些去路不能說的虧空都栽到他身上，填平了這個坑。

這件事背後站的人是誰，周侍郎心中也有數。周家世代為官，對方借由兒女親家一事攻訐自己，不過是想讓他別不知死活地往裡攪和。

可自家妻兒都是重情重義的人，背著自己做出私擬婚書的事，好在老天保佑，婚書的事沒成，他出面勸許家認罪，只當事情就此了結。

誰知順了哥情失嫂意，有人想借此事釣出後面的大魚，見事不成，索性調轉頭，奔著他的位置來了。

朝中如今局勢詭譎，周侍郎家裡根基扎了幾代，倒也不怕，不料有人膽大包天，皇上都要息事寧人了，還敢在許家的事情上做文章。

遞摺子上書——「昔有尾生抱柱死，今有周郎悔諾生」，然後細說他們家跟許家如何通家之好，許夫人與他的夫人如何多次在人前人後互相許親；說他的妻兒逼不得已私寫婚書，被他發現後拘禁在鄉下莊子。悔親一事逼得許姑娘投繯自盡，妻兒傷心病倒，可惜他是枉做小人，帝心寬仁，許家罪不致死，許姑娘卻成一縷冤魂，實在可悲可嘆。最後還說，如此食言而肥之小人，如何配當主理一部之侍郎？

皇上看過這個摺子，正事議完，早朝將散之時，把上摺子的王御史與周侍郎兩人叫到面前詢問此事。

如果不是在皇上面前，周侍郎必會破口大罵，如今卻只能幾步上前，哭倒在地道：「聖上英明，臣每常自省，深知自身才具淺薄，能為一部侍郎，不過是天恩浩蕩，每每感激涕零，恨不能為聖上肝腦塗地。

「許家夫人與賤內確實是手帕之交、閨中密友，兒女幼時亦常戲言將來要結為兒女親家，誰知道兒女漸成，卻只有兄妹之義，全無西廂之情。賤內與許夫人俱是深愛兒女之人，雖有聯姻之意，卻又怕日後兒女不諧，反將兩人幾十年情誼拋撒，故而諸多躊躇。

「不想許家出事，許夫人確實有意將女兒許配給犬子以避覆巢之禍，然命運弄人，犬子早對一農家女子有那淑女之心，恐門戶懸殊，竟仿效周廷章舊事，私擬婚書。賤內愧對舊友，責罰了犬子，這才母子俱病。臣之前還請假前往探視，又從京中請了太醫前往診治，還請聖上明察！」

王御史冷笑一聲道：「周侍郎果然是人善變、口善辯，以你這般說法，許姑娘好端端地又怎麼會突然自盡？」

周侍郎不禁額上冒汗。實情自然說不得，可要如何才能把許月英之死說得合情合理，取信於皇上呢？

再說黃家，章氏哭哭啼啼地回了娘家，黃大哥親自送她去，回來卻帶了一臉的傷，看得黃大嬸心疼不已，罵章氏又罵章氏的娘家，更惋惜道：「要是阿奇在就好了。」

黃大哥悶不吭聲，自己回了屋。黃英見他走路有些一瘸一拐的，一轉頭卻看見黃二哥腳步迅速地走進來，奇道：「傷筋動骨一百天，你這才幾天，就跟沒事的人一樣了？」

只見黃二哥道：「可不是，我也沒想到，阿奇幫我扎了針，又給了幾帖膏藥，就好得差不多，可惜他住南山，不然咱家有個頭疼腦熱的，就不用請大夫看病了。我聽說大哥回來了，想讓他一起去搬莊稼，爹說看這天像是要下雨，莊稼好不容易曬得差不多，要是淋濕，便全毀了。」

黃家的二、三十畝地都是旱地，種了麥子、高粱跟玉米。

這話讓黃大嬸著急了，她跟黃英在屋裡，沒看見天色，只道：「老二，你快去，我這就去叫你大哥。」

黃英忙道：「我也跟二哥去吧！娘，大哥身上受了傷，就別叫他去了。」

想了想，黃大嬸說道：「去把妳二嫂也叫上，妳們倆一起去，我這就去看看妳大哥。」

黃大哥進屋躺下，黃大嬸進去時他正背對著門、躺在床上流淚，眼前的情景讓黃大嬸的心一下子碎了。

這個兒子跟老二那個滑頭不同，從小就忠厚，又是長子，向來都是搶著做家裡的事，不僅孝順父母，對弟弟與妹妹也都很好，怎麼自己偏偏眼瞎，給他娶了這麼個媳婦？

黃大嬸坐在炕邊，抹著眼淚道：「我的兒，娘知道你心裡委屈，你那媳婦，娘當初看她會幹活、勤快又老實，沒承想讓你把日子過成這樣，給娘瞧瞧傷到哪裡了？」

豈料黃大哥只是悶著頭在被子裡嗚嗚地哭，黃大嬸到底捨不得叫他，一轉身就跑去幫忙搬莊稼了。

第九章　心意動搖

雨落了下來，黃家人把來不及搬的莊稼都挪到車上，用油布蓋得嚴嚴實實。莊稼沒淋濕，全家人卻濕得透頂，回來後除了黃英，一個個都傷風了；尤其是黃大嬸一向沒閒著，心裡也累，一下子就燒了起來，一燒就是一夜。

黃英慌了神，黃老爹拖著病體吩咐道：「去，一家子病的病、傷的傷，妳找老張家的幫個忙，送妳到南山請阿奇回來，別的郎中總不如他放心。」

這下黃英也顧不得學不學規矩的事情了，飛快地跑了出去，找老張家借車去南山接阿奇過來看病。

阿奇那日返家，一進門就跟他叔公說了自己的想法。

叔公卻嘆道：「我只勸你一回，以後都不會再勸。還記得我給你講的『桃花源』嗎？你有醫術在身，比上不足、比下有餘，日子總是能過，在鄉里的日子與那桃花源也差不離，何必去擠科舉那千軍萬馬的獨木橋，出仕之後又要絞盡腦汁地跟人爭個你死我活，一世不得自在？」

阿奇一向都聽叔公的，可這次卻咬牙道：「男子漢大丈夫，就算不能名留青史，也要做一番蔭子封妻的事業，才不枉活過一場。」

叔公一嘆，明白阿奇的性子，忍不住覺得黃英實在不是善類，好好的孩子，才幾日工夫就給帶壞了。他搖了搖頭，自己製藥去了。

阿奇說幹就幹，次日就去找族長，說要上族學。

周家這麼多年來之所以人才輩出，與周家有族學這點是分不開的。只要是周家子弟，都可以入學，中午管一頓飯，早晚還有點心，連紙墨都有分例。學生不分年齡，只按成績分甲、乙、丙三組，每年每一組的最後一名都會被勸退。阿奇的年紀大了點，可是他跟著叔公學過讀書、識字，族長便答應他去族學找先生考試，看看分到哪一組。

第二日阿奇抵達學堂的時候，族學已經開課，他便在一邊等候，也偷偷聽了上課的內容，看看自己跟別人的程度差得遠不遠？

好不容易等到課程結束，先生朝阿奇招了招手道：「你跟你叔公學就是了，何苦捨近求遠？你可知道，當年周侍郎還受過你叔公的教導，只是他老人家脾氣古怪，離了仕途，不然少說也是個庶起士。」

阿奇雖然知道叔公一些事，卻從未聽他提教導過周侍郎的事，不過今日他是來考試的，便對先生說道：「叔公極為推崇先生，還請先生考小子一考。」

那先生得了吹捧，便有意顯露自己的本事，當即道：「不講文體，你只管解一解『子絕四』。我且去吃飯午休，醒了若是看你還寫不完，我可不敢收你。」

阿奇點頭應下。

這頭，黃英一臉汗地進了阿奇叔公的家，老頭子得知來意，臉色極其難看，冷笑道：「你們北山的郎中都死絕了不成？還有你們家，男人也都死絕了，找個姑娘大老遠地來找阿奇？」

黃英本來因為他收養阿奇，又教了阿奇一身本領，十分敬重這位老人家，沒想到他會擺出這麼一副面孔；可家裡一屋子的病人等著大夫，也顧不上他的態度如何，只道：「我家人都病了，當然是哪個大夫好找哪個，阿奇醫術高，我來找他有什麼不行的？」

叔公正為阿奇要去考族學的事生悶氣呢，一聽更怒了。「妳個小娘子懂不懂得尊老敬賢！妳不是攛掇阿奇去蔭子封妻嗎？怎麼又來找他瞧病？」

黃英聽他說話文謅謅的，雖說不是很能理解，但也知道這是在罵她，頓時眼圈一紅，委屈地道：「我聽不懂您說的什麼話，我只是想找阿奇，您快告訴我阿奇在什麼地方？」

叔公原本滿肚子氣，一看自己幾句話把小姑娘說哭了，有些不好意思起來，又想讓這丫頭去族學裡攪和也好，便到門口隨便找了個正在玩耍的小孩子說：「去，帶這個大姊姊去族學裡找阿奇。」

阿奇正埋頭苦寫呢，突然見黃英淚眼汪汪地來了，嚇了一跳，問道：「出什麼大事了？」

黃英一直按捺著情緒，一見到阿奇，也不知怎麼地，眼淚就止不住地往下流，說道：「我娘發高燒，大哥被人打傷了，二哥、二嫂還有我爹全都染上風寒。」

阿奇低頭瞧了瞧寫了一半的文章，又看看天色，把手上的筆一放，說道：「我這就回去拿藥箱，妳跟我說說他們都是怎麼病的？別害怕，有我呢！」

見黃英用衣袖擦眼淚，阿奇從懷裡掏出一條手絹來，這還是他今天為了進族學特地找出來用的，這會兒把它遞給黃英道：「用這個，別傷了眼。」

黃英心中一暖，抬眼望了望阿奇，有些不好意思地伸手接過手絹。

此刻，阿奇坐在黃家的堂屋裡，就著醬豬頭肉吃著黃英做的白麵饅頭，黃老爹還開了周家送來納采的白酒，說道：「這酒是周侍郎家送來的，我跟你嬸子的病好全了，回頭就去跟他們把這件事說清楚。這酒啊，你多喝點，不錯。」

一旁的黃大哥不停地為阿奇挾菜，黃二哥也不時為他斟酒，一家子待他如救命恩人一般。

阿奇可說是妙手回春，來的當天黃大嬸的燒就退了，其他幾人的傷風、外傷也及時得到了醫治。

黃英忙裡忙外伺候一家子，幾天下來人瘦了一大圈，臉色也變得蒼白，看上去倒是不像從前那樣土氣十足了。

不管怎麼樣，阿奇是越看黃英越順眼，他一邊喝著酒，一邊暗暗打聽納采要送什麼禮，又想著回頭請叔公幫忙去周侍郎家把黃英的婚事撇清了。反正周侍郎不同意，這門親事必不成，自己再託媒上黃家說親就是。

誰知道就在他跟黃家已經親熱得跟一家人似地當口，胡媒婆又上門了，這一次是來問名。

說起來，胡媒婆久等不到周家上門談問名的事情，心裡也直打鼓。

誰想到這時候杜嬤嬤再次上門，出手就是一兩銀子，只道：「哎呀，怎麼說的，我們夫人與四少爺感染了時疫，一時病得起不了身，又要把事情跟老爺說清楚，一來二去倒耽擱了些日子。」

胡媒婆接過銀子，大喜過望地道：「正是一場秋雨一場寒，一會兒冷、一會熱，可不是一不小心就病了。」

不過胡媒婆到底沒忍住，低聲道：「我聽了些傳言，說是你們家老爺來了，不同意親事，我這心裡那個堵哦，要是連說兩門親都黃了，只怕黃家人要打上門來。」

杜嬤嬤笑道：「可不能說這樣不吉利的話，我們是什麼樣的人家，既然納了采，哪有不娶的道理！」

胡媒婆忙作勢打了自己幾下嘴巴，之後就歡天喜地地帶著杜嬤嬤跟一堆禮品去了黃家。

黃家一看胡媒婆帶進門的禮品就傻眼了，除了一對雞、兩條魚、兩頭豬之外，又像之前一樣帶來一對活大雁。

阿奇見了，一顆心直往下沈。

黃老爹不是傻子，自從阿奇進了家門，除了看病，一雙眼睛就跟著女兒跑。他對阿奇是十二分滿意，夜裡跟黃大嬸在被窩裡沒少嘀咕過這事，所以才會說出要跟周家把婚事說清楚那句話。

誰知道話音方落，胡媒婆就上門，之前他們已經答應人家，再沒有忽然反悔的道理。黃老爹到底還是高興的，一家有女百家求，這會兒他才體會到其中的得意之處。

黃二哥不用說，自然是巴不得妹妹嫁進高門；黃大哥只希望妹妹好，見周家這次同樣帶了活雁，沒有因為自家門戶高而瞧不起妹妹，不禁暗暗替她高興。

阿奇心中難過，悄悄出門去找黃英。

走到黃英屋門前時，阿奇卻是停下了腳步。要跟黃英說什麼？黃英又能說什麼？半年前若是自己返家後就託人來說親，也不會有今日之事。

雖然時日甚短，但阿奇卻覺得自己還算了解黃家人，周家不主動退親，黃家是不會毀約的。

他咬了咬牙，心想問名之後若是八字不合，這門親事也要作罷，與其讓黃英為難，不如自己回去找叔公想法子。主意一打定，阿奇就敲開了黃英的屋門。

黃英正在屋裡縫衣裳，見阿奇進來，她把衣裳往身後一藏，笑道：「可吃完了？那酒什麼味道？你別喝多了。」

阿奇眼中隱隱浮出淚光，強笑道：「我叔公一人在家，我放心不下，要來跟妳辭行。」

黃英有些吃驚，不捨道：「那也不急在這一時半刻啊，我去跟娘說一聲，準備些禮物給你叔公，還要讓二哥備車……」

阿奇卻道：「不用了，我一樣找老張家的送我回去就是，反正也不貴，如今妳大哥、二哥還有妳娘怕是不得空。」

黃英剛才做衣裳出神，並沒有聽見家裡來了人，這會兒一說話倒是聽見了動靜，不禁問道：「我家來什麼人了？」

阿奇搖了搖頭，不肯說是媒婆來了，只道：「我回去也找不到合適的梳子，不如妳將那把梳子送我，我好隨身帶著，倒是方便。」

黃英猶豫了一下，從身上拿出梳子遞給他道：「我讓大哥下回見了貨郎時多買幾把，託人給你捎過去。」

黃家人聽說阿奇要走，都攔著不讓，黃大嬸也是覺得萬分可惜。這孩子怎麼不早一點來呢？否則他跟自家女兒……搖搖頭，她回屋去拿錢，又到廚房包了些饅頭跟餅給阿奇。見阿奇非走不可，黃大哥堅持要送他，阿奇勸不住，只得由他。

等到阿奇要出門了，黃英才追過來，遞了個包袱給他道：「實在沒有時間，裡面的衣裳是娘讓我給你裁的，胡亂做的，你別見笑。」

阿奇捧著包袱，內心酸楚，強忍著難過上車走了。

杜嬤嬤不認得阿奇，見這家子對這小郎中如此之好，只是冷眼瞧著，心中暗暗盤算卻不說話。

胡媒婆帶了草帖，這一回全是按照禮書上的規矩，一絲不苟，跟范家那會兒截然不同。帖子上已經填好了周文星的出生年月日和時辰，到了黃家之後，又在這一寸寬、八寸長的紅帖上寫上黃英的出生年月日和時辰。

當著杜嬤嬤的面，胡媒婆將周文星的情況說了一遍，情況和阿奇說的並無出入；又把黃家的情形問了一遍，這才算是告知完畢。

因為上次在雲台寺出了事，這次便讓兩家把草帖供奉在正廳神佛、祖先之前，以卜算吉凶。若是三日之內雙方家中沒發生任何意外，就是神佛、祖先保佑，乃大吉之兆；不僅如此，還推薦了南山出名的算命先生來批八字，可說是事事妥貼，挑不出半點毛病來。

待杜嬤嬤與胡媒婆離開了，黃大嬸才去找黃英，一進屋就看見黃英在抹眼淚，大驚道：「我的大妞妞，這是怎麼了？可是歡喜得哭了？跟娘說說！」

卻見黃英抽抽噎噎地說道：「娘，我不嫁給周文星好不好？我想、我想嫁給阿奇。」

杜嬤嬤滿身塵土地進了周夫人的屋裡，見周夫人愁眉不展地坐著發呆，便輕聲道：「草帖，夫人可是要親自供上？」

周夫人大病初癒，瘦得雙頰都凹了下去，她長嘆一聲道：「也不知道這黃英是不是跟四郎前世有那扯不清的冤孽，總要去給祖先道個罪。」說著就伸出手來。

杜嬤嬤上前扶住她，兩人走到正堂佛龕前，初夏端來水盆，周夫人淨手後焚了三炷香，默默地禱告片刻，這才把草帖放在佛龕前面，吩咐道：「找個穩妥的婆子來看著，這三日不可再出意外了。」

出了正堂，周夫人停下腳步，瞧著懷瑾樓的方向，片刻後轉身回正堂，又打發初夏道：「去把四少爺叫過來。」

待初夏走了、周夫人坐定，杜嬤嬤才遲疑著開口道：「夫人身子不好，這會兒勞神，不如回去休息，改日再跟四少爺細說此事。」

周夫人搖了搖頭道：「我就是心累，思來想去，總不能瞞著他就把這婚事辦了，還是早點跟他講清楚為好。這孩子，總是會為周家著想的。」

杜嬤嬤見勸不住，只好從一旁拿了枕頭墊在周夫人腰後，讓她舒服一點。

周文星見到母親，行過禮，在一旁的太師椅上默默坐下。只見周夫人從袖中拿出一封信來，遞給周文星。

展信閱畢，周文星只覺渾身乏力，欲哭無淚地道：「月妹妹因我而死，我卻不能不娶這黃英。娘，兒子、兒子無能、無義、無信，如何有面目活在世上？」

周夫人再沒想到兒子已經消沈至此，眼淚流個不停地道：「傻孩子，你總要想想娘、想想周家上下幾百口人！你爹在朝堂之上不容易，聖上開了金口，這親不結也得結！」

原來那日朝堂之上，還沒等周侍郎想出許月英自殺的理由，皇上已經皺著眉頭開了口。

「朕記得你說過你們兩家並無結親之意，怎麼這會兒你又說你家夫人與許夫人有意結親，到底哪個才是真的？」

一番話把周侍郎嚇得渾身發抖地道：「聖上聖明！周家確實無與許家結親之意，只是賤內重情重義，又看著許姑娘長大，跟自己女兒一般，才會與許夫人協議結親以避禍；不過，若是真的結成了親，臣只怕會如王大人所說一般悔親！」

「可見你確是反覆無常的小人！」王御史乘機踩上一腳。

周侍郎聽了卻昂然道：「若是兩家訂親在前，臣自然不會做出悔親的不義之事，然而許家出事在前，許姑娘是留、是嫁，都當等聖上明斷之後再做主張，而不能行此投機之事，以嫁避禍。」

「我只問你，不是你逼子悔親，又或者你父子沆瀣一氣、逃禍悔親，許姑娘怎會羞憤自盡？」王御史冷笑道。

這麼東拉西扯一番，周侍郎的焦慮已得到了紓解，這會兒便胸有成竹地道：「小兒不過十六，卻已是秀才之身，讀過聖賢之書，怎會做此全小義、失大節之事？加上一心只想娶自己心儀的女子為妻，遂私立了婚書。許姑娘自幼熟讀詩書，寧為玉碎，不為瓦全，不肯為犯官之女而毀清白、苟偷生，這才懸梁自盡。」

王御史哈哈大笑道：「一派胡言！許姑娘自盡之時，許家父子尚未認罪，她又如何認定自己必是犯官之女？還有你那兒子，與他人私立婚書，婚書何在？」

周侍郎怒道：「她身為許家之人，如何不知許家之事？聖上是明君，又如何會放過貪瀆之人？至於婚書，只管命內侍去我家中拿來！你一堂堂御史，多少大事不關心，只糾結於此等小事；我為戶部侍郎，雖殫精竭慮，卻不敢說事事處置周全，你若是能查出錯處，將以補過，也不枉吃了聖上米糧！」

皇上被他們吵得頭暈，卻深深覺得周侍郎最後一句話說得好。這幫御史成天揪著雞毛蒜皮的小事吵個不休，國家大事卻說不出個子丑寅卯，實在是尸位素餐！許家之事他早就想打住，偏偏有不懂眼色的還窮追不捨，當即道：「想來你也沒這麼大的膽子敢捏造婚書來騙朕，那許姑娘倒是頗知節義，不過受了父兄之累，著禮部旌表；還有你那兒子私立婚書，可不能真做了周廷章，教王御史逮住，也給亂棍打死！」

原來那周廷章私立婚書、享盡溫柔鄉卻不娶王嬌鸞，之後另娶他人，最終被王嬌鸞告到御史跟前，遭亂棍打死。此時皇上對周侍郎說這件事，也有警告的意味。

聖口金言，周文星與黃英的婚事，再無轉圜餘地。

第十章　互不相讓

周文星回到懷瑾樓，他呆呆地坐在小樓上，看著假山，好像黃英正滿身髒污地趴在那裡朝他揮著手笑。「哈哈，那錦囊給我撿著了！」

自己的糊塗已經害了一位姑娘，莫非還要再害一個純真無辜的鄉下丫頭？

任俠見周文星又是一副魂飛天外的模樣，心中著急，勸道：「都說人跟人的姻緣是月老牽的紅線，說不定爺跟黃英這紅線早就綁好了，怎麼也扯不脫，不然怎麼那錦囊偏偏就被她撿了去，您又拿錯了她的庚帖？如今連聖上都要您娶她，爺，這事是天意，許小姐泉下有知，決計不會怨您。」

周文星皺著眉頭直直地瞧著任俠，喃喃道：「是啊……」

第二日，周文星稟明了母親，說要去雲台寺散散心。周夫人見他難得肯走動，便點頭答應了，細細囑咐任俠，又派了幾個家丁跟著，打定主意不讓他落單，再鬧出什麼事來。

周文星離開莊子去雲台寺，進了靜室，只留任俠一個在屋裡伺候，幾個家丁都在外面守著，他只說自己要練練禪定，叫他們不要打擾。

卻說黃英昨日說了不願意嫁給周文星的事，黃大嬸與黃老爹就為難。

這門親事是他們紅口白牙答應了的，不說周家同不同意退婚，就是自己這一關也是難過。

見妹妹哭了整夜，黃大哥便勸爹娘道：「成親的事沒有道理可講，不管周文星好不好，妹妹要是不中意，這一輩子都苦。我已經這樣了，不能看著妹妹也遭難。」

黃大嬸與黃老爹都是真心疼愛黃英，聽到這話也動了心，黃老爹愁道：「那你說，這要退親，總得有個由頭啊！」

搖搖頭，黃大哥道：「我也想不出什麼法子，但是如果八字不合，這親不就不能做了？妹妹的名字是雲台寺的老和尚取的，不如去找他，看看有什麼法子？」

黃大嬸與黃老爹想了想，認定這事不能先讓黃英知道，她便道：「你駕車，咱們去雲台寺一趟。」又交代黃二哥跟安氏看好黃英，三個人便往雲台寺去了。

安氏與黃二哥見黃英躲在屋裡不肯出門，家裡目前就他們夫妻管事，便為黃英送了碗麵條，再偷偷準備了一桌酒菜，兩口子躲進自己屋裡，一不小心喝了個爛醉。

黃英昨夜沒睡好，這會兒躺在床上睜不開眼睛，似睡非睡間，就聽見院門響動，傳來小姊妹孫草的聲音。「阿英姊，妳在家嗎？有人找！」

恍恍惚惚間，黃英覺得那個人一定是阿奇，喜得飛快地穿衣坐起，可推開門一看，再也想不到站在院子中的竟是周文星與任俠。

周文星見黃英臉色蒼白、眼睛紅腫，吃了一驚。這哪裡是之前一掌就能把他推翻在地，爬在高高的假山上、得意洋洋的傻丫頭？

黃英也是目瞪口呆。第一次見周文星，是脾氣不好、莽莽撞撞的俏郎君；第二次見周文星，是嘴硬心軟、跟任俠兩個活寶一般的少年郎。如今的周文星，看上去一下子大了好幾歲，面色慘白、瘦得搖搖欲墜，好像全靠旁邊的任俠支撐著才沒趴倒在地。

周文星跟黃英都沒開口，倒是一旁的孫草笑嘻嘻地嚷道：「阿英姊，妳也病了？瞧，姊夫來探望妳了呢！」

黃英聞言狠狠地瞪了她一眼道：「妳胡扯什麼？趕緊回家去！」

孫草做了個鬼臉道：「放心，我不耽誤妳跟姊夫說悄悄話，不過妳答應我的可要說話算話！」說完就一溜煙跑了。

黃英哪裡記得自己答應過孫草什麼，見她跑了，鬆了一口氣道：「你來得正好，我還要去找你呢。」接著便帶他往堂屋去。

兩人在屋裡坐下，黃英也不上茶水，開口就道：「你來可有話說？」

周文星抬眼望了望黃英，說道：「我藉口到雲台寺，從靜室裡翻窗跑出來的。」

見黃英無動於衷，他又說：「我一路過來，渴得厲害。」

黃英忍不住跺了跺腳道：「懶驢上轎屎尿多，你除了要喝，還要不要撒？」

面對這麼粗魯的話，周文星張口結舌。「妳……」

黃英道：「我怎麼？你們文雅人都不上茅房？要上茅房就趕緊去，我去給你打水來，進門右手邊往裡走，屋後那間小草棚就是了。」說著自己去廚房為周文星泡好茶，才又回到堂屋來。

不一會兒，周文星進了屋，忸怩道：「我、我沒找到洗手的地方。」說完就站著不肯坐下。

黃英恨恨地道：「你跟我來！」

她帶周文星到了屋後，從水缸裡舀了一瓢水，也不管濺沒濺到他的衣裳，大剌剌地倒了一瓢，讓他洗手。

周文星皺著眉頭看了看自己濕了幾處的衣襬，任俠忙掏出汗巾為他拭手。

看到周文星比女人還要嬌氣幾分，黃英氣就不打一處來。「好了，回屋吧，想站在這裡喝北風啊！」說完大步帶他回了堂屋。

坐下之後，周文星這才把寫婚書的前因後果說了一遍。

黃英嚇呆了，原來那婚書是這樣來的！可聽到許月英為了不讓他娶自己而自盡之時，卻是又惋惜、又憤怒地說道：「雖說她夠倒楣、夠可憐，可她也太瞧不起人啦！你就那麼高貴，我就那麼低賤，嫁給你，你就毀了?!」

周文星沈默片刻，看著忿忿不平的黃英，咬牙道：「她說得沒錯，自古婚姻講究門當戶對，妳我門戶懸殊，怎麼可能舉案齊眉？」

黃英瞪圓了黑黝黝的雙眼道：「我不懂什麼案啊眉的，不過我正好也不想嫁給你，你把婚書退了，我自會說服我爹娘。」

周文星大喜。他此行就是這個打算，只要黃家不肯結這門冤枉親，難道皇上還會管這種雞毛蒜皮的小事？

他連連點頭、喜形於色，終於看黃英順眼起來，說道：「所幸姑娘明理。姑娘不要擔心，其實那婚書不用退，我爹說了，沒經過官媒那一關，根本不能作數。」

黃英愣了一下，回道：「我以為是因為那紙婚書，你們才不得已上門求親，可如果婚書不作數，許家的事也結了，你家幹麼還要來問名？」

見周文星一時語塞，黃英的語氣頓時一涼。「我還以為你是個好人。」

周文星忙回道：「是因為聖上聽說了此事，令我別學周廷章。」

黃英莫名其妙地看著周文星，有些不好意思地說道：「那個，周公子，能不能拜託你，不要盡說些我聽不明白的話。聖上是誰？周廷章又是誰？也是你家的人嗎？」

周文星聽她問出這般匪夷所思的問題，實在憋不住，噗哧笑了出來，讓一旁的任俠與黃英都驚呆了。

自從許月英出事，周文星就一副死氣沈沈的樣子，哪裡笑過，任俠簡直感動到熱淚盈眶。

黃英則是第一次見周文星笑。真想不到一個大男人能笑得那麼好看，難怪時常聽人形容啥「笑得跟朵花似的」。

周文星見這兩人四隻眼睛盯著他，尤其是黃英一副驚豔的模樣，臉上一紅，有些尷尬地答道：「聖上就是皇上，周廷章是個負心漢，寫了婚書要娶一位小姐又悔婚不認，被打死了。」

黃英愣怔半天，突然臉色一變，哇的一聲哭了出來。「原來是皇帝要你娶我，你不想娶又怕死，才來找我，讓我悔婚，我還當你是好人，誰知差點就被你害了！」

她一邊說、一邊哭得上氣不接下氣，滿臉涕淚地從懷裡掏出一條手絹，一看是阿奇送她的那條，捨不得用，塞回袖裡，抬起胳膊用袖子擦拭。

黃英在家穿的都是舊衣，這兩年又抽高了不少，袖口磨得褪色，短得露出一大截手臂，實在是不怎麼雅觀，看得周文星趕緊把眼睛轉開，心裡說不出的尷尬，恨不能趕緊離開此地。

可面對她的質疑，他卻不能不解釋。「聖上只說我不能負妳，又沒說妳不能負我，反正妳本來也不想嫁我！」

黃英卻不肯聽他辯解，站起身來憤恨道：「皇帝說要成親，我不肯，不就是連皇帝的話都不聽嗎？這要砍頭的！你別以為我不知道，戲文都是這麼說的！你是奸臣，陷害忠良！」

周文星見黃英居然把他當成奸猾小人，還罵他是奸臣，也氣得站起來道：「妳簡直是以小人之心度君子之腹！我好意告知實情，不過是怕妳無辜受到牽連！妳肯嫁給我嗎？肯嫁我就肯娶，到時可別後悔！」

兩人隔著八仙桌怒目而視，火花四射。

黃英牙一咬，一挺胸脯道：「肯，怎麼不肯？要是後悔，你還能吃了我？怎麼也比掉了腦袋強！你還敢說怕牽連我，不都是你惹的禍！」

她越想越氣，轉身往膽瓶裡拔出雞毛撢子，揮舞道：「你，趕緊走！還想再惹多少禍？你真是個禍害！」

黃英沒真蠢到拿雞毛撢子往周文星身上招呼，可周文星仍是跳腳道：「妳、妳真是不可理喻的母夜叉！好，妳嫁，嫁過來以後，看我不整死妳個砍柴妞！」他一邊說，一邊往外跑。

任俠在一邊看得下巴都快掉了。許小姐過世後，爺就死了半截，什麼時候這麼生龍活虎過？他更加堅定地相信——黃英才是命定的四少奶奶！

可惜明月照溝渠，還沒等他狗腿地湊過去行禮討好，雞毛撢子就衝著他揮過來了，只見黃英罵道：「混帳小子！都是你，正事不做，成天閒著無事幫倒忙！快跟你家闖禍精主子有多遠，滾多遠！」

雞毛撢子啪啪地打在八仙桌上，揚起幾根雞毛，慢悠悠地掉在黃家黑漆漆的堂屋地面上，而周文星與任俠就這麼夾著尾巴逃了。

黃老爹、黃大嬸與黃大哥回來的時候，已經快要吃晚飯了，黃英早做好了飯，怕飯菜涼了，都放在稻草罩子裡暖著。

見黃二哥兩口子居然還醉著沒醒，黃大嬸氣得恨不能潑他們兩勺涼水，黃英攔住她道：「娘這是做什麼？這些日子來二哥跟二嫂也是累了。」

說著她咬牙低頭道：「娘，周文星剛才來過，說真是他自己瞧中了我，要娶我的；再說了，阿奇沒說要娶我，要是毀了這門親，阿奇又不上門，我該怎麼辦？」

黃英第一次對母親撒謊。反正她是不敢不聽皇帝的話，何苦讓一家子知道真相，擔心自己嫁過去日子不好過？

想起周文星，黃英本來該覺得憋悶或是發怒，可不知道為什麼，一想到他跳著腳生氣，一見著雞毛撣子就一溜煙跑掉的樣子，她的嘴角就浮起了一縷微笑。

一見女兒這模樣，黃大嬸心中一塊大石算是放下了。他們才進村就聽說周文星來了，只怕婚事有什麼變故，想不到周文星一副繡花枕頭模樣，倒是有幾分眼光，便興沖沖地說道：「我們今日去雲台寺就是為了這事，可見菩薩保佑，這香燒得靈！」

雲台寺的老和尚勸他們此事自有上天安排，犯不著在八字上動手腳，黃家人只好作罷，去佛祖前上了香，求老天保佑女兒一切順遂。

由於心虛，黃英聽了這話也沒說什麼，乾笑兩下就將事情揭了過去。

過了一陣子，周家就送來了聘禮跟喬嬤嬤、初春兩個人。

喬嬤嬤說道：「我們夫人與四少爺離京久了，府裡上上下下都掛念，老爺特地派人接了回去。夫人心想，黃姑娘從今日起便是半個周家人了，怕她到了京裡後人生地不熟，諸事不順，也怕親家母忙不過來備嫁的事情，特地派了老奴來，好跟黃姑娘說道說道這大家的規矩。」

黃大嬸也曉得這話雖說得好聽，其實不過是表示「你們這樣的鄉巴佬，女兒嫁進京裡大戶人家後不知道規矩，又怕備不出嫁妝出了醜，特別派個人來教教你們的」，可當下只能說道：「還是親家母想得周到。」

可是喬嬤嬤下面的話卻讓黃大嬸為難。「可這不是三言兩語說得清的，還請親家太太在臘月前給老奴還有初春這丫鬟安排一個住處，我們回頭就搬過來；若是府上實在不便，夫人說也能到我們莊裡去住，還請親家太太定奪，決定了以後就派個人送信來，老奴與初春都在莊子等著。」

喬嬤嬤跟初春一走，黃家人就開始清點聘禮，安氏在一邊羨慕得直嘆道：「哎呀，妹妹可是嫁到好人家去了，看看這些聘禮，這麼多，家裡只怕沒地方放呢！還有，要是傳了出去，山上的土匪來搶可怎麼辦？」

安氏最後那句話實在離譜，靈臺山一帶小偷小摸是有的，敢打家劫舍的土匪還真沒有。

要說周家的聘禮擱在京裡，稍微有點家底兒的人家只怕會嫌太過簡單，可是對鄉里人家而言，真的算是開了眼了——

吹班一隊、禮帖兩張、婚書、聘金、大餅、冰糖冬爪、桔餅、柿粿、福丸、豬腳、麵線、糖果、閹雞十二隻、母鴨十二隻、大燭十二對、禮香兩束、粗布十二疋、細布十二疋、錦緞十二疋、漳絨十二疋、赤金手環十二對、金戒指十二只等。

黃英看在眼裡，不知該怎麼反應？反正這全是做給皇帝看的，她乖乖接受就是了。

第二日，黃英找了個空，提著一壺茶去找黃大哥，說道：「我來拜託大哥一件事，大哥碰到貨郎擔子的話，多買幾把好梳子，阿奇要呢！」

黃大哥擔心地回道：「妳別犯糊塗，既然訂了周文星，就好好跟他過。」

只見黃英壓低聲音道：「我知道，可我答應過阿奇為他買梳子，大哥幫我辦了吧！」

黃大哥嘆了口氣，點了點頭。

得到應允後，黃英又道：「就算是為了我即將成親，大哥就低一次頭吧，總要讓小棍子回來送我出門。大哥，你真的不能待大嫂好一點嗎？」

黃大哥抱著頭，半天才回道：「我也想，只是，跟她說不了幾句話，火就壓不住。妳在家裡也是嬌慣了的，出了門，說話可不能專去戳人心，知道嗎？」

面對大哥的忠告，黃英抿著嘴，點點頭。

黃英回到家裡時，黃二哥卻在屋裡等著她，黃英還記得他嚷嚷的「別指望我去替她打漢子」那句話，沒什麼好臉色給他。

卻見黃二哥訕訕地道：「還生二哥的氣呢？我不過說了句實話，也沒耽誤妳結門好親不是？妳是我妹子，我能不盼著妳好？」

黃英「哼」了一聲道：「你找我就是為了這事？」

猶豫了半天，黃二哥才紅著臉道：「妳也知道我是個沒本事的，買不了什麼好東西給妳二嫂，我就是來跟妳打個商量，妳那些綾羅綢緞還有金戒指、金手鐲，能不能給妳二嫂留個一、兩件？算是二哥求妳了！」

黃英張口結舌，一肚子罵人的話好不容易忍著吞了下去，可是對二哥與二嫂的心到底又冷了幾分。「到時候再說吧，我也不懂人家的規矩。」

只見黃二哥有些生氣地說：「妳怎麼那麼小氣？妳嫁的是什麼人家，咱們家全填進去也不夠人家塞牙縫。爹娘砸鍋賣鐵地為妳置嫁妝、添臉面，我跟妳二嫂說一句話了嗎？那麼多的布，妳這輩子穿得完？孝敬一下妳二哥跟二嫂怎麼了？」

第十一章 匆促備嫁

黃英氣得拉起黃二哥，一路扯著他到黃老爹與黃大嬸屋裡，嚷道：「爹、娘，我今兒就當著你們的面說了，周家的聘禮我都要帶到周家去，留下沒得讓人笑話，說你們賣女兒！至於嫁妝，二哥說了，咱們家全填進去也不夠人塞牙縫，這話倒沒錯，咱家的東西，我別的都不要，把咱家堂屋裡那對膽瓶給我就成，總要有個娘家的東西做念想！」

聽到黃英這麼說，黃二哥脹紅了一張臉，黃大嬸與黃老爹的眼睛像刀子一樣落在他身上。黃二哥偷雞不著蝕把米，被自家老爹、老娘捶了一頓。

黃二哥垂頭喪氣地走了，黃大嬸則留下黃英商量喬嬤嬤與初春的事情。

想了想，黃英道：「我在家也沒幾日了，想住在這裡；再說沒有親還沒結，就住到人家家裡的道理。」

黃大嬸摸了摸黃英烏黑的頭髮道：「要是可以，娘一輩子都不想把妳嫁出去，既然妳這麼說，就把小棍子的屋子收拾出來給她們住。」

卻見黃英皺起眉頭道：「我才勸大哥去把小棍子跟大嫂接回來呢！」

黃大嬸拍了拍她的手道：「還是我的大妞妞懂事，小棍子回來以後就跟我還有妳爹住，沒事。」

可是第二日黃大哥垂頭喪氣地回來了，說是章氏不肯見他，只讓他帶走小棍子。
小棍子嚎啕大哭，黃大嬸道：「有奶奶在呢，別哭了。」又冷哼道：「她這是要上天了！就讓她住在娘家，你再也不許去接她，有本事她別哭著回來！」
喬嬤嬤跟初春來的時候剛過臘八節，她們吃的、穿的、用的就裝了將近兩車，把全村人看得眼熱得不行。周家可真是富有，兩個下人都這麼氣派。
孫草一直守在門邊幫忙抬東西，喬嬤嬤見了之後就問黃英。「這誰家的孩子，這麼機靈？」
黃英還沒回答，孫草就大聲說道：「我是孫家的，叫孫草，跟阿英姊說好了，以後做她的丫鬟！」
這是黃英許了周家的親事後隨口答應的，只是黃英之後思緒紛亂，一時沒放在心上。
待一切歸置好了，喬嬤嬤便帶著初春拿著一大張單子來找黃大嬸母女道：「親家太太、黃姑娘，成親之前的事千頭萬緒，我跟初春商量著寫了單子，妳們瞧瞧可有什麼不妥當的，早早定了，我們好準備起來，成親的日子訂在三月初八，算起來沒幾日了。」
知道黃家沒個識字的人，喬嬤嬤又道：「這頭一條，我們家前面三位少奶奶進門時，有帶四家陪房的，也有帶兩家陪房的；貼身的丫鬟有帶四個的，也有帶兩個的，不知道親家太太有什麼打算？」

黃大嬸與女兒對視了一眼，才訕訕地開口道：「我們家這家底兒還使喚不上丫鬟跟婆子，不帶成不成？」

初春只低下頭咬牙不說話。

喬嬤嬤道：「今兒那個孫草我瞧著倒是伶俐，買個丫鬟不費多少銀子，總是黃姑娘的臉面，日後也有個得用的。不瞞您說，我當初就是我們夫人的陪嫁丫鬟，初春她娘跟老子就是夫人的陪房。」

見她們母女都不說話，喬嬤嬤便道：「這一帶的牙婆跟我們家原是熟識，依我說怎麼也要兩個丫鬟才行，總得有人輪換，若是孫草算一個，就再買個年紀小的，五兩銀子也就夠了。」

無奈之下，黃大嬸只得應下。

過了兩日，牙婆便帶著五個年紀小、穿得齊齊整整的小丫頭到黃家的小院子裡。

喬嬤嬤讓五個小丫頭站成一排，挨個兒詢問年齡多大、家住何處、為什麼會被賣、會做些什麼事？問完一圈，她便跟初春商量道：「妳瞧著誰好？」

初春想了想，答道：「我看那個子最高的最好，說話靈巧，年紀也大一些。」

喬嬤嬤也中意這一個，便去問黃大嬸與黃英。

黃大嬸同樣覺得年紀大一點的好，不丁點的人，只怕還要妳去照顧她呢，可她還是問黃英。「大妞妞，妳說誰好？」

想了想，黃英走過去，繞著五個孩子轉了好幾圈，那個子高的起先還滿臉討好地朝她笑，見她轉了好幾個圈，就變得有些不安，換了換腳；其餘三個也開始不是咬牙就是晃肩，只有一個瘦小的女孩子，面帶菜色卻乖乖地一動不動。

黃英一笑，指了指她道：「我要她。」

初春與喬嬤嬤都皺了眉頭，喬嬤嬤笑道：「這孩子我瞧著單薄了些，年紀又小，只怕做不了什麼事。」

黃英笑道：「這樣吧，讓她們五個在這院子裡跑步，跑五圈，誰先勝了我就要誰，這樣選出來的總不單薄了吧？」

被黃英挑中的小個子一開始跑得不快，可她小腿飛快地換著，氣息也不亂，到了第五圈，以領先第二名半圈的優勢毫無懸念地贏得了勝利。

黃英笑盈盈地在一邊看，見她果然贏了，便得意地看著喬嬤嬤跟初春說道：「人跟牲畜沒什麼區別，越是胖、大的，多半體力都不行。」

聽到她的比喻，喬嬤嬤與初春一時無語。

這小丫頭留下來了，開心得咧嘴笑，嘴裡還缺著牙呢！

喬嬤嬤別無他法，只得道：「也好，這樣就是一個大的帶一個小的；還有，我們做丫鬟跟奴婢的都不帶姓，不如就由黃姑娘就為她們取名。」

黃英問道：「你們府裡的丫鬟都怎麼取名？」

初春道：「取一個排行字，再配一個自己的名字，排行字就看是誰的丫鬟。比方說夫人的丫鬟是初字輩，我就叫初春。」

正巧安氏端了幾碗麵湯過來，上面撒著青翠的小蔥，香氣飄揚，黃英便突發奇想道：「就叫她香蔥吧！」

初春聞言一愣，忍不住破功笑出聲來，突然覺得黃英挺有意思的，能管丫鬟叫「香蔥」。

喬嬤嬤也不禁笑了，勸道：「黃姑娘，我們府裡沒有這個規矩，您想想，回頭再多幾個丫鬟，難道要叫芹菜、蘿蔔？」

黃英笑道：「那倒好，叫上一天，飯都不用吃了。」然後看著那小丫頭道：「妳想叫什麼名字？」

那小丫頭餓了半天，正瞧著麵湯出神，猛然被主人家問話，脫口而出。「麵湯。」

這回初春再也忍不住，趴在喬嬤嬤的肩頭，笑得上氣不接下氣地道：「哎喲，這下可好，香蔥芹菜蘿蔔麵湯！」

喬嬤嬤也笑得前仰後合地說不出話來。

黃英卻拍了拍小丫頭的頭，笑著說：「拿一碗去喝吧，妳瘦得跟藤蘿一樣，就叫香蘿吧！」

香蘿就這樣跟喬嬤嬤與初春擠在一間房裡，這孩子安靜聽話，喬嬤嬤和初春叫她做什麼也不躲懶，倒叫喬嬤嬤對初春絮叨。「這未來的四少奶奶倒是會看人的。」

喬嬤嬤與初春那張單子上終於劃去了一項，下一項，卻是一直讓黃大嬸與黃老爹頭疼不已的嫁妝。

女人的嫁妝就是在婆家的腰桿子，其實黃大嬸早早就替黃英準備好了嫁妝，只是那些東西如今都不頂用了。

喬嬤嬤道：「我們家已經安排了個兩進的小院子做新房，一共二、三十間屋子。外院東、西兩個廂房，各有五間屋，還有一排倒座，也有十間房。內院有坐北朝南五間正房、兩間耳房，就是將來四少爺與四少奶奶起居的地方了，東、西兩邊還有各三間廂房。不過這院子沒有蓋後罩房，屋後全種了花樹、豎了假山，尋常也能當個小花園逛一逛。」

一番話說畢，黃大嬸與黃英都沒搭腔。這樣的地方住幾十口人都夠了，偏偏只是準備給么兒娶親用的，派頭真大。

喬嬤嬤接著道：「按上面幾位少奶奶的嫁妝論，都是量了正房尺寸、鋪嫁妝時就安了床，佈置妥當的。只是這親事急了些，我們老爺跟夫人的意思是，家具就不用算在嫁妝裡了，黃姑娘只要備些隨身的妝奩就好。」

黃英問：「隨身的妝奩都有些什麼？」

喬嬤嬤回道：「不過是妝鏡、妝檯，嗯，子孫桶什麼的也算。」子孫桶一般有三件：馬桶、腳盆跟水桶。

黃大嬸正要咬牙答應，黃英卻道：「聽說妝鏡跟妝檯要花費不少錢，我也不塗脂抹粉，何必浪費錢？我們家就陪嫁子孫桶吧！」

喬嬤嬤的性子本就疏懶，雖然是以周夫人的貼身丫鬟身分陪嫁過來的，卻不比杜嬤嬤是周夫人事事離不開的得力助手。她沒聽過只肯陪嫁子孫桶的人家，一時想不出什麼靈巧的話來應答，當場僵在那裡。

初春卻想得不同，看看黃英家的用具，再想到那子孫桶是周文星將來可能用到的，就有股說不出的彆扭，忍不住道：「嬤嬤，依我說，這一百步走了九十九，這些東西總要一套的才好看，不如我們回過夫人，這事就不要提了吧！」

黃英本來就一樣東西都不想陪嫁，他們家花了錢置辦，對周家來說還不是跟垃圾一樣？她想帶子孫桶，也是因為想起那日周文星說要上茅房時矯情的樣子，想故意氣氣他，見初春肯把事兒攬過去，便不再言語。

可黃大嬸卻覺得對不住女兒，暗暗琢磨著怎麼也要準備妝鏡跟妝檯。

喬嬤嬤見初春圓過了場子，便又按著單子往下面唸。「嫁衣、蓋頭還有一年四季的衣裳，這些不難，只是時間短，就讓黃姑娘繡蓋頭吧，我們這些人幫忙做嫁衣。還有就是百子千孫帳，怎麼也要一頂，這個，親家太太可有主意？」

只見黃大嬸為難道：「我原準備了，不過只是頂土紗帳，你們這樣的人家……」

黃英微皺了眉頭問道：「那百子千孫帳是什麼樣子的？」

喬嬤嬤道：「尋常都是綾羅做的，上面繡了形形色色一共九十九個孩兒的帳子。這是喜床要用的，總要黃姑娘自己動手，兆頭才好。」

黃英有些不以為然地說：「我娘跟我嫂子誰也沒這樣的帳子，還不是好好的。」

這話讓黃大嬸狠狠地在她背上拍了一巴掌道：「又瞎說！沒事，我來拿主意，到時候一定有一頂就是了。」

黃英哎喲喊了一聲痛，笑道：「好好好，聽娘的。這樣吧，這帳子咱們沒做過，不如讓喬嬤嬤與初春姊姊來做，嫁衣跟蓋頭我們自己來。」

又說：「還有給周家長輩們的針線，我哪裡做得過來？喬嬤嬤、初春姊姊，這事我看就交給孫草辦，她跟村民熟，託村裡的大姑娘、小媳婦一起幫忙納鞋底，妳們只管做鞋面就是。」

喬嬤嬤急道：「那帳子哪裡有我們動手的道理？」

黃英卻站起身來，伸了個懶腰道：「要讓我做，我就不做了，反正也來不及；不然妳們去回了夫人，就說婚期太急，再往後推遲可行？」

這行為頗是無賴，倒把喬嬤嬤跟初春給唬住了。

待喬嬤嬤與初春走了，黃英對黃大嬸說：「娘，咱家沒錢，何必打腫臉充胖子？」

黃大嬸搖搖頭道：「妳不懂，咱們家就是窮得只剩一間屋，也得分半間給妳，才不會讓婆家看輕妳。娘早想好了，正趕上年底，把之前他們家送來的那些牲口全高價賣了，用那筆錢為妳去冀州城置辦妝鏡、妝檯還有子孫桶，只是嫁衣，好的紅綢緞子一疋也要二、三十兩銀子啊！」

只見黃英笑道：「娘，嫁衣的事情您就別擔心了，我來想法子。」

黃大嬸搖搖頭，愁得摸了摸嘴上的水疱說：「妳呀，趕緊想著選個好的鞋樣吧，其他事別操心。」

從堂屋出來後，黃英去了安氏那裡。

安氏會過小日子，屋子裡早早貼上了紅紅的窗花剪紙，炕上鋪著陪嫁的龍鳳被、龍鳳枕，見她進來，有些皮笑肉不笑地道：「妹妹，這麼晚了，有什麼事？」

黃英道：「關於之前二哥說的事，我可以給妳一個金戒指。」

安氏臉上立刻笑開了，說道：「我就說妹妹是個大方的，坐。」

黃英挨著炕沿坐下，道：「不過二嫂要幫我做嫁衣跟蓋頭，就說是我做的。」

安氏吃驚地瞪大了眼，一想到黃英那棒錘一般的針線功夫，便坐地起價。「我要金鐲子。」戒指才多少金子，根本不划算。

黃英咬牙道：「那妳還得幫我做給他們家長輩的針線。」

她心想，鞋底讓孫草找村裡人幫忙，鞋面讓安氏做，喬嬤嬤與初春就做那頂帳子吧！安氏見好就收。要是黃英惱了，找了婆婆來，自己還不是得白幹？如今好歹得了個金鐲子。便點頭應了。

「我的話還沒說完呢，嫁衣跟蓋頭的材料就用周家送禮時綁的綢子，不過妳得做得讓人瞧不出來才行。」

安氏目瞪口呆，終於忍不住道：「真沒看出來，妹妹這麼精打細算！」

這筆交易後來讓安氏後悔得吐血三升，因為周家的長輩實在太多了。

倒是喬嬤嬤跟初春只專心做這百子千孫帳，好歹在三月三鋪嫁妝這日完工了。兩人放下針線，對視一眼，都是面帶菜色，欲哭無淚。這個四少奶奶實在太像土霸王了，誰也拿她沒法子。

黃家到底湊出一百兩銀子，替黃英備了十二抬嫁妝。送嫁妝那天，他們請了喜樂班子、駕著兩輛牛車，一路吹吹打打，往京城去了。

從送完嫁妝那日起，黃大嬸就住進了黃英的屋子，開始細細地為女兒傳授這半世的經驗。

只見黃大嬸道：「這夫妻在一起啊，也不是一開始好就會一直好，一開始歹的就歹一世。女人出嫁過得行不行，三分靠娘家、三分靠運氣，還有四分靠自己。娘家妳只怕是指望不上，不過運氣如今看來還不錯，那周文星雖是呆了點，可是瞧著心不歪，只要心不歪，妳只管往熱裡去搗他，早晚能熱呼起來。剩下四分靠自己，就是妳要立得住，可娘最愁的就是這個，女紅、廚藝、管家、理事，妳沒有一樣拎得起來的。」

黃英的頭緊緊挨著黃大嬸的胳膊道：「娘說的這些我不懂，可我瞧大嫂、二嫂，覺得在婆家要立得住，就得有人為妳撐腰才行。大哥不給大嫂撐腰，大嫂就過得不好；二哥給二嫂撐腰，二嫂就過得好。」

這話讓黃大嬸愣了一下，她倒沒往這上面細想過，便道：「妳還怪機靈的。我告訴妳，對付男人呢，不過兩條，一條就是要順著他，給他面子；一條就是要……」

她猶豫了一會兒，從懷裡掏出一個布包來，展開來是一塊兩尺見方的紅布。

黃英好奇地湊過去一看，臉蛋瞬間紅了，可又忍不住好奇，斜著眼看。

別說她了，黃大嬸也有些不自在，可是不說又不行。「凡是女人，都要經過這一遭的，兩個人好了，感情也就順了一半。這是娘當年的嫁妝，現在給妳，妳可要好好地學，一共有九九八十一式，沒事的時候自己琢磨、琢磨。」

看著紅布上的圖案，黃英不禁問道：「夫妻真的都要這樣子？怪彆扭的。」

黃大嬸擰了她的手臂一下道：「不彆扭怎麼生出妳來！」

說完貼著黃英的耳朵細細講解，黃英的臉紅得跟猴子屁股一般，一會兒咬牙，一會兒皺眉，一會兒又瞪圓了眼睛，表情甚是精采。

第十二章 成親之日

黃大嬸覺得自己還有很多很多話沒來得及說，迎親的日子就到了。

一開始黃英還咬著牙像個沒事人一樣，可是剛剛跨出屋門，看見在臺階上站著的父母，一對上黃大嬸的眼神，還沒等他們囑咐自己什麼，眼淚就奪眶而出。

兩個丫鬟一左一右地扶著她，都是一身簇新，倒也有模有樣。

周文星的小廝跟家丁們在院子外往裡面扔喜錢，一把一把的，來送嫁的親戚都催自家孩子去搶錢。鞭炮一掛掛地點燃，一地的紅紙屑，空氣中飄散著煙火的味道。

黃家的人還沒來得及為難周文星，不怎麼結實的院門就被一堆人壓垮了，一張蓋頭蓋了下來，黃英還沒看清周文星的模樣，眼前一紅，看不清周圍的景象了。

她覺得自己像作夢一樣被大哥給揹著上了轎，蓋在紅蓋頭下的臉，淚水早模糊了胭脂。她心想，難怪新娘子都要蓋蓋頭，不蓋怎麼能見人！

披紅挂綵的馬車載著黃英，一路搖搖晃晃、敲敲打打地走遠了，進了京城，那是富貴繁華地，功名熱鬧場。那裡沒有天真，也容不下天真。

黃英掀起蓋頭，從窗口偷偷望著高高的城牆，青磚白縫、高不可攀，她緊緊地壓下內心的恐懼，悄悄對自己說：「黃英，進城了，好好過日子吧！」

城門樓前，黃英暗自下定決心要好好過日子，卻不知道她已經成為侍郎府中無人不知、無人不曉、無人不八卦的話題中心。

「你可瞧見了，只有十二抬嫁妝，那妝檯土得笑死人，你們家旺財媳婦只怕都瞧不上吧？」

「可不是！最好笑的是那子孫桶，嘖嘖，四少爺站在那兒，只怕尿都尿不出來！」

好吧，侍郎府的下人們是有些誇大其辭，這樣好顯得他們比這位新進門的四少奶奶更有資格待在這裡；可另一頭，其他少爺的媳婦們說起話來也不留情。

「唉，我都不知道怎麼跟我娘家人說，當初我哭著、喊著才跟嫡母拿到一份像樣的嫁妝，現在這麼一個村姑跟我當妯娌，還是嫡子媳婦，以後我在娘家更抬不起頭來了。」說這話的是周二郎的媳婦，此刻她正愁眉苦臉、唉聲嘆氣。

「別說了，真是人比人氣死人，二哥好歹會讀書，早晚能出仕，到時妳就熬出頭了，不比我這天還不知道哪邊能亮呢！日後四郎要是有出息了，咱家還靠他呢，偏偏有這麼個不著調的媳婦，不過，說不定大嫂倒高興了！」開口的是周三郎的媳婦，一臉的精明，嘴裡說著愁，臉上卻帶著笑。

其實周大郎的媳婦焦氏可是一點都不高興。

周二郎與周三郎是庶出，雖然生下他們兩人的姨娘是一路鬥過來的，但他們的媳婦卻都是高門庶女，彼此很是志同氣合，既不管家，又不理事，只會往自己的碗裡扒好處。

周夫人一心要賢名，最怕別人說她虧待庶子，對這兩家子一向是能寬則寬，讓焦氏可說是心力交瘁。

焦氏一直盼望周文星能娶個得力的媳婦，好幫自己分擔，再不濟也有個能說話的對象，可偏偏是個只會砍柴的村妮子，瞧見那搬進來的嫁妝，她臉都綠了。

周文星從小就是家裡最得寵的，可說是個鳳凰蛋小叔子，從老太爺、老夫人到老爺跟夫人，誰也捨不得委屈他一星半點兒，別人得了一個金碗，他就能得三個。

如今黃英的嫁妝除了那頂帳子能用，那對膽瓶也比侍郎府中廚房的鹹菜罐子好不了多少。

焦氏無奈地回了周夫人，周夫人便拿私房往裡填，而她這個做大嫂的也不能全靠婆婆，跟著賠進去不少嫁妝，如此一番用心，總算把新房佈置得像個樣子。

黃英被周文星牽著紅綢、兩個丫鬟扶著進了洞房。她蓋著蓋頭，瞧不見什麼，只看見地板是青磚灰縫、平平整整，走在上面腳步都會打滑。

兩人坐到了新床上，周文星一臉漠然，聽到喜娘的吩咐，扯了自己的左衣襟壓在黃英的右衣襟上，這件事他倒是做得心甘情願，這叫「壓一頭」。

接下來黃英的頭上、身上被棗子、栗子跟花生砸了個稀里嘩啦，不知道是撒的人力氣太大，還是周家準備的東西太多，黃英覺得自己被砸得滿頭包。

周文星臉上也挨了幾下，他皮膚嫩，竟給砸出幾個紅點，總算讓他那表情冷淡的臉變得有點生氣。

黃英感覺到身邊人來人往，都說著些吉利話，又有滾床童子來坐床，也不知道是誰？此時有人嚷著揭蓋頭，周文星也不推託，拿了喜秤，一把就挑開了。

黃英本就生得濃眉大眼，養了幾個月不說，出嫁前又修了眉、開了臉，模樣竟是不錯，倒叫一些存心看笑話的人失望，連周文星都愣愣地瞧了她幾眼。

周圍立刻有人起鬨。「新郎官都看傻眼了，新娘子真漂亮！」

兩人彆扭地喝了合巹酒，喜娘說了一堆吉祥話，替他們結了髮，又替黃英蓋上蓋頭，領著周文星到前面喝酒謝客，最後差人關上房門，只留下黃英與兩個陪嫁丫鬟在屋裡。

孫草如今叫「香草」了，她見喜娘退出去，幾步跑到門邊，趴在門上說道：「這門可真好，一點縫都沒有，啥也瞧不見。」

倒是香蘿不敢東張西望，只問：「少奶奶餓不餓？要不要喝茶？」

黃英還沒回話，香草就叫道：「哎呀，這茶真好喝，來來，阿英姊，哦不，少奶奶也喝一口。」說著就端了茶碗過來。

黃英卻低聲道：「快，快找找，哪裡有淨房？」

「淨房」這個詞是喬嬤嬤的功勞，黃英出嫁前這段時間，她除了繡帳子，就是跟黃英嘮叨侍郎府的規矩。

三個人沒頭蒼蠅一般地轉了一圈，總算在進門左手邊的地方看見一道小門，推開門進去以後，她們都傻眼了。這屋子佈置得比安氏的臥室還要齊整，居然還放了一塊亮堂堂的鏡子，以便出門前整理儀容。要不是地上放著的朱漆蓋桶看起來就是黃英那份嫁妝，她們還不敢用。

香蘿小心翼翼地揭開蓋子，看到裡面放著一堆東西，便道：「少奶奶，這就是馬桶了。奴婢聽初春姊姊說過，四少爺用的馬桶裡都要放草灰香料，這裡面很乾淨，還沒用過呢！」

黃英湊過去，果然聞到一股沈沈的香氣，可是讓她坐在上面出恭，卻是太糟蹋了，她不禁苦著一張臉。這可怎麼辦才好，要是用了，不是人人都知道她還沒洞房就先出恭？

其實黃英從昨日就沒怎麼進食跟喝水，這都是新娘子必經的體驗，可是她也不知道怎麼回事，一坐上剛才的床鋪，她就覺得肚子疼，想上廁所。

她皺著眉頭想著。我不是跟爹一個毛病吧？一著急就要上茅房。

咬了咬牙，黃英看了看天色。說也奇怪，從床上站起來之後，她肚子倒沒那麼難受了，於是她決定忍一忍。

此時黃英仔細打量起這個房間，畢竟這是今後她要生活的地方。

這一排一共五間正房，是三明七暗的格局。除了進門的大堂屋，她的房間在東側，是個兩間連著的套間，裡面是臥室，外面是日常起居、丫鬟守夜之所，後面的耳房做了淨室。主間與次間之間有一道雙開的門，剛才香草看的就是這道門。

主僕三人看著屋子裡的東西嘖嘖稱奇，黃英心想，之前去周家的莊子就覺得格局跟佈置夠好了，沒想到跟這裡一比，還真是山雞比鳳凰！

她又走過去看新床，只見上頭鋪著紅豔豔的龍鳳被、龍鳳枕，上方則掛著初春與喬嬤嬤繡的百子千孫帳。

翻開被子後，果然露出一塊兩尺見方的白色絲絹帕子，黃英看到這帕子，肚子又開始隱隱作痛。面對嫌棄自己的周文星，娘交代的那些事，只怕一樣也施展不出來。

關於這件事，黃英在家裡已經想過很多回了。娘說新婚之夜如果沒有成事，女人在婆家就一輩子都抬不起頭來。她不是很在意婆家的人怎麼看她，但是她卻明白如果不成事，娘定會很傷心，所以無論如何她都要「成事」。

一想到這裡，黃英的肚子又開始作痛，她收起元帕，咬著牙，就像爬山爬不動時那樣，一口氣、一口氣深深地吸著，終於覺得擔心與慌亂漸漸散了去，她已經做好了萬全的準備，這一關無論如何都要闖過去！

黃英自己倒了杯茶，不敢一口喝下去，只是在嘴上抿了抿。接著她坐回新床上，吩咐道：「香草，妳到外面去把妳跟香蘿的鋪蓋安置好；香蘿，妳吃點東西、喝點水，如果要上茅房，就去院子裡上。」

香草不樂意地道：「我也要吃東西、上茅房。」

黃英瞪了香草一眼，說道：「就說妳不是做丫鬟的料，我現在是四少奶奶，我叫妳做什麼就要做什麼，不聽話，妳就回家去吧！反正他們家丫鬟多，我還愁拿不出妳的月錢呢！」

香草嘟著嘴，不敢再吭氣，乖乖地出去辦事了。

待她們都安置好了，黃英吩咐道：「香草要是想睡就去睡吧；香蘿不能睡，妳在門外守著，四少爺回來就告訴我。還有，等四少爺進來，妳要一直聽著我們房裡的動靜，一會兒如果沒聲響了，外面也沒有人走動，妳就輕輕地敲門，一直敲到我應門為止。」

香草聽了羨慕地道：「少奶奶要幹什麼？我也可以。」

黃英瞥了她一下道：「又來了，別亂打聽，這麼做總有我的道理，妳去睡吧！」

香草很不開心地出去了，她本想撐著看她們要做什麼，可這些日子實在太累了，頭一沾枕頭就睡得人事不省。

倒是香蘿得了吩咐，又喝了幾口釅茶，一雙眼睛睜得亮亮的，守在了門口。

周文星進屋時看上去已經醉得不輕，一堆小夥伴跟著要來鬧洞房。

見他沈著臉，有人只好道：「到底是自己瞧中的，春宵一刻值千金，咱們要是敢聽牆根，明兒他能找人把我們都給揍一頓！怕你了，走走走！」

一行人頓時做鳥獸散，各自忙著賭錢、喝酒去了。

香蘿見他來了，開口叫道：「四少爺，您回來了！」喬嬤嬤教過的規矩她記得清清楚楚，半點不錯。

此時對面屋子走出了一個漂亮的大丫鬟，身穿大紅褙子、石青色襖子，面如鵝蛋、明豔動人，正是周文星的大丫鬟守靜。

守靜見任俠扶著站不直的周文星，忙叫道：「爺醉了！得翠，趕緊端盆熱水來；得珠，快把醒酒湯給爺端上來。」說著她就扶周文星在堂屋的太師椅上坐下。

香蘿瞧自己半點都插不上手，只能咬著嘴唇，回頭看了看房門。

周文星半醉半醒地擦了臉，又被灌了半碗酸酸辣辣的醒酒湯，這才搖搖晃晃地往西側走去。

守靜不吭氣，只管扶著他，倒是香蘿急得不行，嚷道：「四少爺，新房在這邊呢！」

周文星抬頭看了看她，見是一個七、八歲的小丫鬟，還沒留頭，紮著朝天髻，兩邊喜慶地插著紅花，便道：「妳是誰？哪房的丫鬟？」

此時黃英在屋裡聽見了，萬分擔心他被那個大丫鬟給拉了去，心想：要是他不進來，我打也要把他打進來！

好在任俠已經認定了黃英這位四少奶奶，便把周文星架住，拉了過來，解釋道：「這是四少奶奶的陪嫁丫鬟，叫香蘿。」

周文星本來就頭暈，倒也沒掙扎，就這麼被任俠給半挾著進房，放到了新床上。

見黃英低頭坐在一旁，任俠討好地一笑道：「少奶奶辛苦，爺有些醉了，小的先退下。」說完行禮退了出去。

這邊黃英還在想著要不要抬頭，那邊周文星的手就伸了過來，粗魯地抬起她的下巴。黃英猛地一抬頭，看見周文星的臉雖然紅通通的，眼神卻一點也不渾濁，只是鄙夷地看著自己。

黃英扭開頭道：「你沒醉？」

周文星彎下了身子，朝她噴出一口酒氣，湊到她耳邊小聲道：「我有話說。妳既做了周家的四少奶奶，吃穿用度少不了妳的，但想要跟我做真夫妻，卻是不能。妳就自己在這裡待著吧，我去睡書房。」說著瀟灑一轉身，拔腿就要走。

豈料黃英猛然跳起身，幾個箭步衝到周文星身前攔住房門，直視他的雙眼，咬著牙低聲道：「我說嫁，你說娶，不是真夫妻還是什麼？你我喝過合巹酒，還結了髮，你不跟我圓房，怎麼算娶我？」

自從那天被雞毛撢子趕走後，周文星就想要給黃英一個下馬威，方才那些動作、表情還有那番話，都在他肚子裡翻來覆去練習過很多遍，他還以為黃英必定羞愧欲絕、撲床痛哭，誰知道人家竟跟個山大王似地截道。

周文星很有風度地慢慢湊近她道：「妳留下我，不過是自取其辱罷了！有元帕呢，明兒全府的人都會知道咱們沒圓房！」

黃英冷笑道：「圓不圓房我不管，今天這洞房花燭夜，除非你打死我，不然絕不可能出這個門！」

周文星像是看笑話一般，無所謂地說道：「好，妳要賭就賭吧！我可提醒妳，咬了手指在元帕上造假是行不通的。我乏極了，先睡了。」說完衣裳也不脫，手腳一伸就往新床上躺，沒多久便睡著了。

黃英聽見周文星均勻的呼吸聲，悄悄走到他身邊，只見他鼻翼一收一縮，睡得很沈。他的臉上有幾個紅點，眉毛是眉毛、嘴是嘴，比醒著時更好看了。

她心頭有股說不出的難受，輕聲道：「你想娶的許姑娘死了，我知道你心裡難過，可我也很難過，因為阿奇再也沒來找過我；我不會逼你圓房的，但是我也不能讓我娘擔心我，我會認真待你，好好跟你過日子。」

接下來黃英紅著眼眶，坐在椅子上，聲音不大不小，一個人開始喊道：「相公，別，哎呀……」

「啊！輕一點。」她一邊說著，一邊拚命搖晃椅子，讓它發出嘎吱的聲響。

黃英沒有經驗，只是胡亂揣度，見桌上的紅燭燒了一節，便從懷裡拿出那塊雪白無瑕的元帕，呆呆地看著，出了一會兒神。

沒多久，外面傳來敲門聲，黃英打開門，招手讓香蘿進來。

她示意香蘿別出聲，兩人一道去了淨房，淨房裡傳來嘩嘩水聲，接著香蘿就抱著一堆黃英換下來的衣裳出了門。

第十三章　拜見長輩

第二日一早，杜嬷嬷奉周夫人之命過來取元帕、催認親。

杜嬷嬷見他們兩個一個滿臉的冷漠，一個羞答答的，倒是有些新嫁娘的樣子。她打開手裡的紅木匣子道：「四少爺、四少奶奶，新婚大喜！老奴奉夫人的命來收元帕，接四少奶奶去認親。」

周文星漠然地看著，臉上露出冷笑，卻見黃英紅著雙頰低下頭，羞怯地把一條摺好的帕子放進了紅木匣子。

這讓周文星皺緊了眉頭，滿心疑惑。黃英到底在元帕上做了什麼手腳？

此時香草忽然拿手背抹著淚，嚎啕大哭地進了門道：「少奶奶，針線、針線不見了！」

按照習俗，新媳婦進門後要獻上自己親手做的針線給男方家的人當禮物。當初喬嬷嬷與初春帶了所有人的鞋子尺寸過去，黃英託香草找村裡的女人幫忙，還給了安氏一只金鐲子，安氏做得滿手傷，到底趕在她出嫁前做了出來，誰知進門的第二天卻發現針線不見了！

看著香草涕淚交流的小臉，黃英也慌了神，抬高了聲音問道：「裝東西的時候，妳可記得帶來了？」

香草憋著氣，點點頭道：「我、奴婢親手放進咱們隨身帶的箱子裡，那麼大一包，都用紅布包著，奴婢記得清清楚楚，確實放在箱子裡了！」

她一邊說一邊衝到箱子前面打開蓋子給他們看，只見裡面已經被翻得亂七八糟。

杜嬤嬤心裡暗暗搖頭。四少奶奶可真是少有的糊塗人，認親的針線都能弄丟，可也不能因為沒有針線就不認親啊！她無奈地催促道：「老太爺、老夫人跟老爺、夫人一大家子都等著呢，可別讓他們久候了。」

黃英急得想哭，跑到箱子前胡亂地翻找，嘴裡還唸道：「好好地，東西能飛了？昨天除了妳還有誰碰過這箱子？」

香草哪裡說得出來，昨天屋子裡人來人往，她一個也不認識，只能哭著道：「不知道，奴婢不認得！」說著急得在屋裡像沒頭蒼蠅似地東奔西跑、翻罈揭罐。

周文星看著眼前兵荒馬亂的樣子，不耐煩地說道：「家裡人都等著呢，妳走是不走？」

黃英聞言抬頭看著他，眼睛一亮，猛地衝到他跟前拉住他的衣袖。

周文星嚇了一跳，想要甩開她，說道：「妳拉拉扯扯地做什麼？」

黃英的手極有力氣，抓住了就不放，死命地把他往屋裡拉，轉頭問守靜。「書房，書房在哪裡？快準備紙筆，要紅紙，不要白紙。」

守靜也有些慌亂，忙指了指東邊，黃英便一路把周文星拉到書房案桌前說：「趕緊幫我寫一下！」

周文星看著她，內心有股說不出的厭煩，狠狠地甩開她的手道：「寫什麼？」

「欠據，寫欠據就行了啊！」黃英激動得雙頰緋紅、眼睛發亮，整個人就像一團火，雙眼似是要射出光來。

周文星不由得愣住了，這團火實在太過熾熱，像是要把自己燒焦一樣，他不禁慌亂地避開了她的眼神。

黃英見周文星一動也不動，拉住他的袖子說：「第一次見面，哪有空著手去的？東西總會找到的，反正給誰什麼我記得很清楚，你只管寫上就是！」

周文星咬了咬嘴唇，氣勢明顯弱了下來，只道：「我才不幫妳寫。」

黃英跺了跺腳，眉毛一揚，咬牙道：「我聽人家說你是周家學問最好的，連秀才都考中了，還不會寫字？你不寫，我明兒就四處去嚷嚷，說周文星進門第二天就故意讓自己的媳婦出醜，你覺得這樣你有臉嗎？」

其實黃英有些懷疑是周文星搞的鬼，否則她在周家跟人無冤無仇，誰會這樣害她？可是現在偏不是抓壞蛋的時候。

周文星又是一愣，黃英倒是擊中了他的要害。家裡只有少數的人知道這樁婚事的真相，別人都以為黃英是他拚死求來的，找藉口不肯圓房是一回事，在別人面前看著她出醜不伸手，又是另一回事。

這麼一想，周文星便乖乖地提筆，按照黃英的吩咐寫了一堆紅紙片，黃英讓香草把那些紙片裝進紅色拜匣裡。

周文星在一旁看著，終於忍不住翻了個白眼。這樣裝，剛寫好的字不都糊了？他隨手抽出一張生宣往紅紙片上壓了壓。適才用的墨是隔夜的，這一吸便沒事了，吸完以後他才將紙片放進拜匣裡，讓香草捧好，幾個人朝主院而去。

周老太爺與周老夫人喜歡清靜，在府裡選了個小院子住，因此主院是周侍郎與周夫人的居所，同樣是兩進的院子，但是比周文星的大了一倍。

一行人走來，只見院子門口站著兩個守門的婆子，衣著簇新，見他們來了，都行禮問安。

黃英見房前掛著一個大匾，寫著三個泥金大字，便問周文星道：「這院子叫饑穀院？」

周文星吃了一驚，忍不住問道：「妳識字？」

黃英笑道：「喬嬷嬷說的，好奇怪的名字。」

見周文星不理她，黃英便不再說下去。這副景象在外人瞧來，只覺得四少奶奶跟四少爺有說有笑，一點也不慌張，果然是四少爺自己瞧中的，官司少，不禁對這四少奶奶有些刮目相看。

今日人多，並不是在正房的堂屋認親，而是在一進與二進院子中間的大穿堂裡。

大穿堂早坐滿了人，上首正中是周老太爺與周老夫人，接下來是周侍郎與周夫人，旁邊下面左右各坐了一排人，周大郎與周大嫂焦氏、周二郎跟周二嫂莫氏以及周三郎和周三嫂徐氏。

除了嫁到外地的兩位庶女不在，周夫人所出的次女周文萃挨著母親坐著，睜著一雙與周文星有八分相像的桃花眼，好奇地看著自己這個從鄉下來的嫂子；她的下首則坐著八歲的庶女周文琪。周夫人已經出嫁的嫡長女周文慧也在場，還抱著自己的小兒子，其餘姨娘什麼的今日倒沒有讓她們來添亂。

黃英覺得自己的肚子又開始隱隱作痛，她吸氣又吸氣，暗暗握緊了拳頭，跟著杜嬤嬤與周文星走進穿堂。

杜嬤嬤呈上裝著元帕的紅匣子，周文星雙眼緊緊盯著。他希望人人都知道自己沒有跟黃英圓房，彷彿這樣才對死去的許月英有個交代，他只要推託酒醉未圓房即可，只要混過第一日，往後誰還會盯著你圓沒圓房？

周夫人接過匣子親手打開，揭起元帕一角，定睛瞧了瞧，面上卻是微微一凝，隨即露出滿意的笑容來，點了點頭。

眾人都笑了起來，只見周文慧揚聲道：「恭喜父親、母親，小四長大成親，又多一個人孝敬你們。」

周侍郎與周夫人都一副滿面春風的樣子，周文星低下頭，也不能跳出去說這不是真的。

他心想黃英倒有幾分本事，居然能造出假元帕，糊弄住母親；不過這事還有另一種可能，就是母親也許是在替自己遮掩，他心裡暗暗嘆了口氣道：月妹妹，對不起。

錦墊早就鋪好了，初春端著甜茶過來，黃英接過甜茶，規規矩矩地跪下向周老太爺與周老夫人奉茶道：「冀州黃氏女英拜見老太爺、老夫人，祝老太爺與老夫人福壽綿長。」

周老夫人聞言倒是有點意外，隨即呵呵笑道：「新娘捧茶手春春，良時吉日來合婚；入門代代多富貴，後日百子與千孫。」說罷接過茶碗飲了一口，然後擱在一邊。

周侍郎看了周夫人一眼，滿意地點了點頭。自己這個妻子做事到底還是周到的。周夫人自身也有點得意，不枉喬嬤嬤與初春在黃家住了些日子，黃英總算有點樣子了。

誰知道，黃英接下來說的話讓他們兩個一起黑了臉。

她跪在地上不肯起來，對周老夫人說道：「為家裡人做的針線，在嫁妝箱籠裡沒能找出來，實在是孫媳婦做事不妥當，請老太爺與老夫人原諒。」

噗哧！人群中有人笑了出來，黃英不知道是誰，臉瞬間紅得跟豬肝似的，但其他人都知道是周三嫂徐氏。周三郎不禁皺著眉頭，偷偷瞪了她一眼。

黃英那十二抬拼拼湊湊的嫁妝早在周府成了笑柄，而且東西早在鋪嫁妝時就送了過來，她隨身的不過是一個箱子，這樣都找不到，不成了天大的笑話，虧得她還打腫臉充胖子地說什麼嫁妝箱籠。

只見黃英咬了咬嘴唇，硬著頭皮道：「請相公幫我向老太爺、老夫人遞禮。」

眾人見黃英的貼身丫鬟香草遞了一個木頭匣子給周文星，還以為是周文星掏出私房代替黃英送禮，都好奇會是什麼東西？

卻沒想到黃英接著說：「好在相公幫忙想了這個主意，孫媳婦先寫了欠據，日後一樣一樣補上。」

說完她很實在地砰砰砰地磕了三個響頭，震得青磚地都有些晃動，磕完以後她抬起頭來，額上浮現一大塊紅印。

周老夫人吃了一驚，忙道：「這孩子真是實誠，才進門的新媳婦，臉面最要緊，要是傷著了可怎麼好。」

說著，周老夫人招手叫她。「英姊兒，過來，讓我瞧瞧。」

黃英依言站起來走過去，周老夫人拉著她的手，摩挲了一下道：「好在沒破皮，待會兒可別磕這麼實誠了，誰要敢怪妳，讓他們來找我老婆子。」

接著她滿面笑容地從手上拔下一對水汪汪的翡翠鐲子戴在黃英手上，吩咐道：「拾花，快去拿雪肌膏給她抹抹，這額頭上可不能留下印子。英姊兒，往後家裡誰要瞧妳實誠欺負妳，祖母給妳撐腰！」

黃英沒想到周老夫人會說這種話，有些驚訝，又有些感動，她有點心酸地想起了自己的娘，無論發生什麼，娘總是站在自己這邊。她不禁對周老夫人起了孺慕之心，真誠地說道：「謝謝祖母，往後我就叫英姊兒了，我喜歡這個名字！」

見黃英性子爽利、天真爛漫，周老夫人開心得合不攏嘴，指著她道：「好、好！你們都聽見了，以後都管她叫英姊兒！」

周侍郎面色尷尬，不由得暗自嘆息。到底是鄉下媳婦上不得檯面，委屈四郎了。周夫人也瞧了他一眼，何嘗不替兒子惋惜。

周老太爺賞了一個紅封，囑咐了些出嫁從夫的老話，英姊兒謝過他，屋裡其他人對她也是同一番話。

最後黃英送出去一堆欠據，收回來一堆金銀珠寶。

周夫人送了一套十二件的赤金紅寶頭面、周侍郎是一套女四書；焦氏送了金瓔珞項圈、莫氏是一支金釵、徐氏是一對綠寶耳墜；周文慧送了一套純金無寶的十二件頭面、周文萃是一朵珠花、周文琪則是一個自己做的荷包。

這些禮品自然不能讓黃英自己抱著，都由香草用一個朱漆木盤接了。

到周文琪那邊接過荷包，這一圈認親禮算是完結了。周文琪雖然才八歲，卻端端正正地坐在那裡，小小的瓜子臉粉嫩嫩的，一雙眼尾略微上挑的丹鳳眼看著黃英，眼裡有隱藏不住的不屑，還有一點幸災樂禍的笑意。

黃英看那荷包做得十分精緻，圓圓的猩紅素緞上繡了花好月圓的圖案，饒是黃英不懂得刺繡，也看得出用了七、八種不同的針法；旁邊又綴了一圈黑紅雙色纓絡，收口是摻金紅線，配上一顆綠瑩瑩、她叫不出名字的玉石當釦子。

此時黃英偷偷抬眼看向堂中各人的衣裳、首飾，反倒暗暗慶幸。還好安氏做的針線丟了，不然真要拿出來，才是出了大醜。安氏在鄉下算是巧娘子，可是到了這裡，卻連個八歲的小姑娘都比不上。

認完親，周夫人回到自己屋裡後便往炕上一歪，喝完一口熱茶，她急急拉著杜嬤嬤問道：「妳說四郎這是怎麼回事？我還想這元帕應該是乾乾淨淨的，怎麼也要替四郎遮掩過去。」

杜嬤嬤壓住了心裡的疑惑，說道：「造假也是有可能，聽說滴上一、兩滴雞血就能糊弄過去。」

周夫人伸手指了指，杜嬤嬤便心領神會地把裝元帕的匣子打開蓋子遞了過去。

伸手提起元帕一角，周夫人仔細瞧了瞧，遞給杜嬤嬤，搖了搖頭道：「看著倒是真的，這事也不好叫四郎過來問；再說那英姊兒，是個膽大的，四郎到底年輕，喝了酒把持不住也難說。對了，那邊的事打聽得怎麼樣了？」

杜嬤嬤道：「他叫阿奇，還是咱們本家，命不怎麼好，自小父母雙亡，那孩子跟著本家的老叔公過日子。兩人都會醫術，道行還不淺，誰知道前些日子那老叔公出了一趟遠門，回去後突然病倒了，如今還不知道如何呢？」

周夫人大嘆，咬牙道：「還是看看再說吧，這麼一個媳婦，老爺的意思也一樣，若是生了孩子便不好辦了，讓人去叫喬嬤嬤跟初春來。」

好不容易認完親，黃英算是能放鬆一下了。走到自己院子門口，看了看匾上的四個大字，眼珠子一轉，抬頭問周文星。「那些是什麼字？」

周文星白了她一眼道：「教了妳也不認得。」說完抬腳就要往裡走。

黃英眼明手快，一把扯住他的袖子道：「我跟你打個賭，只要你教我一遍，我就認得這四個字，總不能讓人家說我連自己家門上的匾都不認得吧？」

周文星有心為難她，說道：「打賭？妳拿什麼當賭注？」

卻見黃英湊到他耳邊低聲道：「若你教我一遍我就認得，你以後都得跟我睡。」

周文星被黃英這口氣一吹，十分不自在，再聽到她這沒廉恥的話，咬牙小聲啐道：「不害臊！妳要是不認得，我以後就都睡書房，妳還得替我保密，不可以跟任何人告狀！」他心道這倒是個好機會，免得她以後每天為了此事吵吵鬧鬧。

這番情形瞧在下人們眼中，就是四少爺跟四少奶奶交頭接耳地說悄悄話，那是蜜裡調油的好。

周文星指著匾上幾個行草大字道：「這是蘭宮桂殿。」

黃英抬頭看著那匾出了一會兒神，點頭道：「記住了，蘭宮桂殿。」

周文星睨著黃英道：「我已經教過一遍了！」心想：待會兒我變個字體，妳要是認得我就服了妳！

黃英也斜著眼看著他道：「嗯，我記住了，蘭宮桂殿嘛！」

兩人一前一後進屋，守靜先迎了出來，說道：「四少爺、四少奶奶，你們回來了！午飯已經送來，是在暖閣裡用還是在廳堂用？」

黃英看著她，從聲音認出是昨夜那個張羅一切的丫鬟，忍不住揚了揚眉毛，問道：「相公，我們是先吃午飯還是先認字？」

周文星急著看她出醜，便說：「當然是先認字！」

第十四章　內院不寧

兩人進了西側周文星的書房。

周文星鋪好紙，從墨壺裡倒出一點點墨，蘸墨提筆寫了個楷體的「宮」字。

黃英雙眼不眨地笑著說：「宮，這個是個宮字！」

其實周文星是特地從最簡單的字開始寫，接下來他便寫了一個草書的「桂」字。

黃英疑惑地皺著眉頭道：「你寫的跟門口的字不一樣。」

周文星冷笑道：「本來就有很多不同的字體，若是認不出來，妳就輸了。」

黃英左看右看，有些不確定地說道：「這是桂字。」

周文星不禁略微不安，心道：我還不信這砍柴妞就看了那麼一眼，馬上學會這四個字。

他當即寫了一個篆書的殿字，黃英卻笑道：「這好認，是個殿字。」

周文星皺著眉頭，突然領悟道：「妳騙我！妳是不是早就認識這四個字，故意跟我打賭的！」

黃英瞪著漆黑的眼珠，笑嘻嘻地說道：「願賭服輸，你也沒先問我認不認得這四個字，不是嗎？」

周文星急道：「不算！妳怎麼能拿認得的字來誆我？不行、不行，咱們得重新寫四個字！」

黃英挑眉道：「是你自己先低瞧我的，以為我什麼字都不認識，要是不貪小便宜，你怎麼會吃大虧？還刻意寫得怪模怪樣的，以為能難倒我，我都不跟你計較了，你還想要賴？我不管，我們說好的，那個什麼，君子說的話，拍馬追上也不能反悔！」

周文星後悔得想吐血，自己真的小看了這個砍柴妞，他不甘心地瞪著她說：「小人！」

守靜在一旁看著，頗有些不是滋味。周文星早就吩咐過她，說不必當四少奶奶是回事，可是他自己倒跟她有說有笑的。想到昨夜在門外聽見的動靜，難怪人家常說「一夜夫妻百日恩」，自己以後該怎麼對待四少奶奶呢？她在心裡嘆了口氣。

黃英冷笑一聲，以十分懷疑的眼神看著他說：「小人！那個把我的針線藏起來的人才是小人！」說著順便用眼角掃了守靜一下。

守靜冷不防嚇了一跳，不由得低下頭。

周文星卻怒嚷道：「我哪知道妳什麼針線！妳這是懷疑我了？我是坦蕩君子，怎麼會做這種狗偷鼠竊的事！」

「你既然是坦蕩君子，怎麼不願賭服輸？」黃英抬了抬下巴，以一種很是藐視的姿態看著他。

周文星無語，只得咬牙道：「認，我怎麼不認！守靜，趕緊幫忙去找針線，不然倒讓人說爺家裡有賊，什麼東西都偷！」

黃英卻道：「不用找了，找到也沒用，先欠著吧，以後慢慢做就是了。」

聞言，周文星與守靜都吃了一驚，香草懵懵地問：「找到為什麼沒用啊？」

「那些花樣這家裡的人誰穿得出去？幸好沒拿去，不然才是出了大醜，我倒要謝謝這個把東西藏起來的人呢！」黃英笑著說。

說罷，她揮了揮手道：「擺飯吧！」

兩人剛吃完飯，喬嬤嬤跟初春就來了。黃英一見到她們就開心地站了起來，迎過去說道：「昨兒我就想，要是妳們在就好了，雖然聽妳們說了那麼多家裡的事跟規矩，可我進了門還是兩眼一抹黑。妳們可聽說了，我帶來的針線不見了。」

四少奶奶寫欠據的事情，一會兒的工夫就傳遍了整個周家，替周家上上下下增加了不少八卦的內容。喬嬤嬤與初春從周夫人那邊過來，自然是知道的。

她們向黃英行了禮，喬嬤嬤說道：「少奶奶折煞老奴了，老奴跟初春見過四少爺、四少奶奶。」

周文星見到她們，想到自己打的那個賭，忙問道：「妳們誰教四少奶奶認字了嗎？」

喬嬤嬤與初春都有些茫然，對視一眼後搖了搖頭，喬嬤嬤道：「老奴跟初春在黃家雖說住了些日子，但都是忙著準備嫁妝，不曾有空教四少奶奶認字。」

這個回答讓周文星百思不得其解。黃英知道他還在琢磨自己認字的事情，也不管他，忙問：「喬嬤嬤與初春過來可有什麼事？」

這話讓喬嬤嬤與初春都有些不自在，喬嬤嬤說道：「剛才夫人吩咐了，四少奶奶剛進門，身邊正是用人的時候，命老奴與初春來幫忙，以後便在這院子住下，伺候四少爺跟四少奶奶。」

守靜在旁邊聽得臉色一白，心中後悔極了。

四少奶奶進門前，她找四少爺哭訴，擔心四少奶奶進門以後自己日子不好過。四少爺說不用擔心，四少奶奶什麼都不懂，以後這院子還是她管事，她便想著給四少奶奶一個下馬威，藏起她的針線，想著到時候幫她找出來，好叫她知道這院子離不開自己。沒想到不僅沒讓四少奶奶出大醜，反倒惹來這樣的禍端。

夫人是不是知道這事是自己幹的，這才派了喬嬤嬤跟初春過來整治她？以後這院子裡哪裡還有自己的位置？守靜一時欲哭無淚。

黃英也覺得意外，可是她只有兩個丫鬟陪嫁，比起上面三位嫂子另外帶了陪房，自己身邊確實是沒人可用，既是如此，再沒有比喬嬤嬤與初春更合適的人選了，當即開心道：「這真是再好不過，回頭我一定要好好謝謝夫人！」說完便讓她們下去自行安排，自己也準備回屋休息。

不料周文星也跟著進屋，問道：「沒人教，妳怎麼會認字？妳得告訴我到底是怎麼認得那幾個字的？」

黃英笑得像隻小狐狸道：「告訴你，我有什麼好處？」說著就坐在床沿把腳晃來晃去。

周文星有些猶豫地說：「難道妳又有什麼鬼主意？」

黃英嘟著嘴道：「不是什麼鬼主意，你就考慮考慮吧！若是你答應以後每日都教我四個字，我就告訴你這個秘密。」

周文星想了想。黃英名義上畢竟是周家的四少奶奶，若是她自己肯學，每日多教她幾個字也不算什麼，便道：「我若在家當然能教妳，若是出了門就不算數。」想到自己不久後就要去書院，他不想到時候食言而肥。

黃英笑得露出一口雪白的牙齒道：「那我就告訴你。說來簡單，一共就四個字，我只要記住每個字大概長什麼模樣、有哪些特點，就認得出來了。」

周文星找了一張太師椅坐下，打算好好聽黃英解說。

黃英接著道：「其實我也不用四個字都認全，只要記住三個字就行。就說這蘭字吧，頭上長了兩根小苗苗，跟花朵似的，很好記；還有，那個桂花的桂字，我成日砍柴，那桂字的左邊就像桂花樹的樹枝，就算你再怎麼亂寫，只要左邊像樹枝，就是桂字；宮字最簡單，上頭有個小帽帽，別的字都沒有。」

周文星這才恍然大悟地道：「若是寫個差不多的字，妳自然認不得了！」他惋惜萬分地說道：「我怎麼沒想到？原該故意寫錯讓妳認的！」

黃英笑道：「只怕不是你沒想到，而是你瞧不起我，覺得我大字不識一個，再怎麼也不會教一遍就認得那四個字。對，我是沒讀過書，可我不是傻瓜！」

這話讓周文星有些訕訕的。

黃英又道：「後日要回門，我得準備一些東西，等大後日咱們再開始學字。」

周文星點了點頭，有心問她元帕的事，可見香草愣頭愣腦地站在一邊，一雙眼睛直直地看著自己，便抬腳離開，也不知道到哪裡去了。

下午，黃英帶著香草、香蘿兩個丫鬟把自己帶來的東西，還有早上收的見面禮整理了一下。

周老太爺給的紅包裡是一張紙，黃英不認得上面寫著什麼，便叫了喬嬤嬤與初春過來，知道是一百兩銀子後，奇道：「這帶銀子的法子可真輕省，我正想置辦些禮品後日回門用，喬嬤嬤可有法子？」

喬嬤嬤笑道：「這倒不難，到帳房去換碎銀子就是；只是回門禮公中自然會準備，少奶奶這裡還是要有些壓箱的銀子，日後用錢的地方多著呢！」

黃英想了想道：「還是換了吧，拿張輕飄飄的紙還不如拿著沈甸甸的銀子實在！」

喬嬤嬤也不說什麼，去換了銀子，這邊黃英又吩咐守靜把在蘭桂院伺候的丫鬟跟婆子全叫過來，說有事吩咐。待喬嬤嬤回來，就見一堆丫鬟與婆子都在院子裡磨牙閒扯。

在周文星這裡伺候的人本來就多，除了定例配的四個一等丫鬟、四個二等丫鬟、四個嬤嬤外，周老夫人與周夫人之前又各給了一個大丫鬟，月例從她們的院裡出。如今黃英帶來兩個丫鬟，喬嬤嬤跟初春也算是她的人，這樣一來，院子裡竟然有十八個下人，還不算外面的粗使丫鬟跟婆子。

守靜等四人是一等丫鬟，以守靜為首；得珠、得翠等四個二等丫鬟，以得珠為首；四個嬤嬤中，以周文星的乳母申嬤嬤為首。

周老夫人給的大丫鬟叫拾柳，今年十七歲，生得婀娜多姿，行動起來如弱柳扶風，初春跟她一比都算不上是美人；周夫人給的大丫鬟叫見雪，肌膚如玉、豐腴如桃、性格溫順，今年十八歲。

眾人都知道四少奶奶進了門必要叫人來認一認，只是沒想到會這麼快。這會兒院子裡，見雪跟拾柳站在一處親親熱熱地說著話，守靜冷眼看著，內心惴惴不安。

見到喬嬤嬤，大夥都行禮問好，只有申嬤嬤微微點了點頭，算是見過了。

黃英看到喬嬤嬤回來了，這才吩咐道：「嬤嬤陪我出去吧！」

出了屋，黃英見眾人三五成群地散亂站著，便道：「妳們從高到矮站成一排。」

眾人都覺得好笑，再沒有這樣自己大聲嚷嚷、發號施令的少奶奶，於是全站著不動。

喬嬤嬤見不是個樣子，忙道：「還得煩勞守靜姑娘吩咐她們一聲。」

守靜聞言一喜，站了出來，卻道：「少奶奶若是要見她們，奴婢這裡有名冊，一個個點她們上前來見，豈不方便？」

黃英微微一愣，笑了笑道：「我並不識字。」也不理守靜，自己說完就吩咐香草道：「去給我抬張椅子來。」又對香蘿說：「妳過去，先站好。」

香蘿自然是一路小跑，到了院中站好。

黃英坐定了之後，才對眾人說：「妳們什麼時候按照我的吩咐站好了，咱們再說話。」她一邊說話，一邊看了初春一眼。

初春猶豫了一下，便乖乖地走過去跟香蘿站在一起。

守靜的臉脹得通紅。這回她的確是好心，而且過去一向是這麼點名的，沒想到這四少奶奶倒是厲害，頓時猶豫著要不要也站過去？

出乎意料的，申嬤嬤從人群中走了過去，站在初春與香蘿之間。申嬤嬤一動，剩下的三個嬤嬤也動了，可拾柳、見雪還有剩下的丫鬟卻看著守靜。

喬嬤嬤湊到守靜身邊，低聲道：「還不趕緊按少奶奶吩咐的去做。」

守靜見丫鬟們都看自己的眼色行事，頗有幾分得意，不願在她們面前失了威信，便道：「少奶奶新來乍到，不懂規矩，嬤嬤該勸著些，怎麼可以跟著一起胡鬧？如今還是三月初，這日頭看著暖，可照在身上卻不暖和，這麼多人站在外面，一會兒吹風著了涼，病上幾個，知道的人會說是少奶奶不懂規矩，不知道的卻會說少奶奶刻薄，才進門就折騰一院子的老人，嬤嬤說是不是這個道理？」

黃英在叫眾人站成一排這件事上倒沒有多想，只是因為當初她選小丫鬟的時候，那個牙婆讓她們站成一排，她覺得這樣好認人，可沒想到會鬧出這樣的事來。

若是此時低頭，以後這院子裡誰還會把她說的話當回事？那幾個已經站過去的嬤嬤也會難做人；若是不低頭，她性子刻薄的名聲只怕就要傳出去了。

黃英一時不知如何是好。

見一院子的人都看著自己，英姊兒覺得眾人的目光裡都是鄙夷，雖然誰也沒有說話，但是好像所有人都在數落——瞧那個砍柴妞，什麼規矩都不懂，還想擺四少奶奶的威風呢！

可她絕不能輸給這個大丫鬟，若是今日讓步，日後在這個院子裡便再也抬不起頭來。

想到這裡，黃英霍地站起身來，怒氣沖沖地走到外院跟內院中間的月亮門前，說道：「守靜，妳站到外院去！」

守靜有些心慌害怕，繼而又想起自己的身契在四少爺手上，她就不信四少爺會為了這鄉下妞趕自己出去。

見她站著不動，黃英這回真怒了。她恨不得衝過去把守靜給拉過來，可到底忍住了，只道：「香草、香蘿，去把她給我拉過來！」

初春看鬧得實在不像話，便走到守靜身邊一把拉住她，香草跟香蘿這才跟上，三個人合力把又哭又鬧的守靜給拉到了外院去。

黃英鬆了一口氣，對著院子裡站著不動的那些丫鬟道：「誰想到外院跟守靜一起的，我數三聲，趕緊去；不想去的，乖乖去站好！」

跟守靜一起的三個大丫鬟知道四少爺事事離不開守靜，又覺得她們都是四少爺的人，四少奶奶一進門就收拾她們，不禁起了同仇敵愾之心，都站到了外院去。

得珠等三個二等丫鬟猶豫了一下也去了外院，只剩下一個得翠乖乖地去站好；接著拾柳也跟著出去，見雪卻留了下來。

見人分成兩邊，黃英道：「日後跟著守靜的都只准待在外院，不許進內院！」

黃英知道申嬤嬤是周文星的乳母，心中感激，又敬重她，便道：「日後內院四少爺的事都由嬤嬤來掌管。」

喬嬤嬤聽了，心裡有些不是滋味。

黃英又道：「我這邊就交給初春了。」又吩咐香草、香蘿道：「以後有什麼不懂的事就問初春。」

接下來她轉頭對喬嬤嬤說：「日後嬤嬤就跟著我，只管提醒我各種規矩。」

喬嬤嬤老臉一紅，只得應下。

申嬤嬤到底是周文星的乳母，幾個丫鬟怎麼也不敢拿她怎麼樣，守靜只道：「還請嬤嬤不要急著分派事情，一切都等四少爺回來了再說。」

第十五章　事與願違

周文星回來的時候已經快要三更天了，他喝得渾身酒氣，剛進自己院子就被一群丫鬟們哭哭啼啼地攔住了，只見守靜哭訴道：「爺，求爺恩典，放了我們，奴婢們不會伺候少奶奶，被少奶奶攆了出來。」

這話令周文星的火氣倏地升起。這個砍柴妞真是不讓人安生，他若不是不想回來見她，又怎麼會在外面逗留到這個時辰？回來本想倒頭就睡，偏偏她進門第二天就敢動手收拾自己身邊的人，把整個院子弄得烏煙瘴氣！

他氣急敗壞地一腳踹開黃英的屋門，吼道：「四少奶奶好大的威風！這才半天工夫，原先待在我身邊的人居然被趕得乾乾淨淨，真是讓人刮目相看！」

黃英見他半夜回來就不分青紅皂白、怒氣沖沖地替一幫丫鬟出頭，本來就一肚子不滿了，此時更是火上加油，不禁喊道：「周文星！你昨日說的話都是放屁不成？你不是說我是周家的四少奶奶嗎？你那些丫鬟真是比老夫人跟夫人還眼高！老夫人跟夫人都喝了我的茶認了我，她們倒不把我放在眼裡，才進門就丟掉我的針線，我都不打算計較了，還要我怎麼樣？」

周文星怒道：「把她們都叫回來！不許她們進內院？那誰來伺候我？妳那兩個啥事都不

懂的小丫鬟嗎?!」

黃英寸步不讓地說道：「初春跟得翠不能伺候你？還有見雪與申嬤嬤，她們都認我這個四少奶奶，就進得了這內院！」

見周文星愣了一下，黃英冷笑道：「守靜大概沒有告訴你吧？本來好好地，我不過是想認認人，偏偏有人要作怪，我指使不動，只好請她們出去。我若告訴你，只怕你也是不信，不如明日你自己去問申嬤嬤！」說著自己躺到床上蒙上被子，背對著周文星，肩膀一抽一抽的。

黃英本不想哭，周文星進門前她也早就不氣了，可不知道為什麼，見周文星這樣偏心守靜，內心的委屈一下子湧了上來，眼淚不聽使喚地流個沒完，可又不願意當著周文星的面流淚，只好鑽到被子裡。

周文星見狀，火氣慢慢消了下去，只剩下無奈與疲憊，說道：「要認人也該晚兩天，初春沒在這院子待過，讓得翠與見雪來吧！」

在這個院子，得翠跟見雪畢竟不如守靜事事都是做慣了的，鬧騰了好一陣子，周文星才能安歇。

見周文星躺在床上背對著自己，黃英嘆了一聲道：「我知道你不情願，我又何嘗是情願的？可既然成了親，日子總要好好過。常言說得好，『夫妻本是同林鳥，巴到天明各自飛』，我們好歹是夫妻了，你白日裡要做什麼儘管去做，我絕不多問一句，只是有一點，你既然答應我，每日夜裡總要回來才是。

「白天你若是無處可去，也不必躲著我，願意在內院的小書房讀書也好，想在外院的西廂讀書也罷，我都不會去吵你。除了與我一起用早餐、教我認四個字以外，另外兩餐你都可以自己吃。外院的事我絕不伸手，都交給守靜，只是內院，不認我這個四少奶奶的，我誰也不要！」

見周文星半晌沒答腔，黃英便道：「你不說話，我便當你同意了。」

沒想到周文星悶悶地道：「守靜她們的事明日我問過申嬤嬤再說，不過有件事妳最好還是跟我交代一下，那個、那個元帕是怎麼一回事？」

得知元帕成了梗在周文星心裡的一根刺，黃英噗哧一聲笑了出來，故意賣個關子。「那也等明日守靜她們的事搞清楚了再說！」

第二日，黃英早早就醒了，見周文星還睡得很沈，她便輕手輕腳地下床，自己換上家常衣裳出了屋門。

香蘿聽到動靜，翻身從值夜的榻上爬起來，問道：「少奶奶起來了？奴婢去打熱水來給少奶奶洗臉。」

黃英擺擺手，低聲道：「妳去看看申嬤嬤起來了沒有？若是她起來了，就請她過來，然後妳再去叫香草，讓她給我打熱水來。」

香蘿有些不明白，但也不多問，轉身辦事去了。

黃英出了房門，室外還未大亮，一股冷風吹來，她只覺渾身舒坦，忍不住伸了伸腰。

喬嬤嬤不知道什麼時候過來了，說道：「少奶奶早，可不能讓小丫鬟們瞧見少奶奶這個樣子，外面風寒，趕緊回屋去吧，老奴這就去給少奶奶安排梳洗。」

一大早黃英不想跟誰拗強，只好回去屋裡，卻見周文星已經醒了，剛下床，正在套外褲，不料被她撞個正著。他一隻腿在裡、一隻腿在外，彎著腰，抬起一張傅粉施朱的面孔，一雙桃花眼淨是驚慌與狼狽。

黃英突然覺得他像一隻迷路的小鹿可愛極了，想也沒想就脫口而出。「相公，要不要我替你穿褲子？」

周文星面紅如血，窘極而怒道：「妳妳妳，太……」

「不要臉」這三個字他到底說不出口，只能手忙腳亂地去拉褲子，誰知用力過猛，褲子瞬間破了，而他自己則是使脫了勁，整個人朝後倒去。

黃英出於自然反應，馬上衝過去拉周文星，卻被他手上扯下的破褲子給絆了一下，整個人撲了上去，嘴唇正對著周文星的嘴唇，碰了一下，兩人都慘叫一聲。

喬嬤嬤聽見叫聲嚇了一跳，以為兩人打起來了，立刻推門進去，結果一張老臉紅得發紫，忙不迭地退了出來。

原來兩人碰到一起後牙齒磕到嘴唇，都流了血，聽見喬嬤嬤進門，黃英慌忙想站起身，一隻手往下壓，惹得周文星又是一聲慘叫，黃英更慌，手亂摸著說道：「我壓著你哪裡了？」

喬嬤嬤瞧見的就是這一幕，兩人衣衫不整，疊羅漢似的，黃英在上，周文星在下，而且還雙唇鮮紅。

周文星欲哭無淚，慌亂中去推黃英，觸手之處卻是軟綿綿、熱呼呼的。

黃英吃了一驚，低頭去看周文星，只見他雙眼緊閉、長睫如扇，面賽桃花、雙唇滴血。她心頭猛然一跳，雙手撐在周文星的肩頭上直起身子，好不容易才跳下床站穩了，結巴道：「你、你，怎麼亂摸！」

周文星覺得身上一輕，忙睜開眼，也爬起來吼道：「誰摸妳了？妳、妳撲上來想幹什麼?!」

黃英也不知道為什麼惱怒起來，怒道：「好心被狗咬，我給你拿褲子去！」

說著她轉身飛快地離開，結果才出房門，一張臉立刻紅得跟紅蘋果似的。

門外，喬嬤嬤、申嬤嬤、初春、得翠，甚至連見雪都站成了一排，一個個面色如常，好像根本沒聽見裡面剛才發生過什麼事一樣，申嬤嬤甚至面無表情地問道：「少奶奶叫老奴過來有何吩咐？」

黃英強壓羞意，清了清嗓子道：「正好大夥都在，得翠，妳去給爺拿一套衣裳來；申嬤嬤，回頭爺起了，妳跟他講講昨日發生的事，實話實說就是。」

待黃英與周文星都收拾完畢，當著所有人的面，周文星聽申嬤嬤說了昨日事情的始末。申嬤嬤道：「星哥兒，老奴多幾句嘴，若有道理，星哥兒就琢磨琢磨；若沒理，您也別往心裡去。以前這院子裡沒有少奶奶，事事以守靜為首，也沒什麼不妥當的，畢竟她七、八歲就進了這院子伺候您，恐怕誰都沒她更貼心知趣。可如今您成了親，這會兒若不立好規矩，以後可會亂了家。」

周文星聽了沈著臉，半天才朝黃英道：「主是主、僕是僕，主不像主，僕自然也不像僕。妳還要去向娘請安，今日便先如此，等回頭再來商議。」

這話氣得黃英連塞了好幾塊雪片糕、喝了好幾口熱茶，才沒在眾人面前讓他沒臉。

初春陪著黃英進了周夫人的屋子向她行禮問安，又見幾個嫂子都在，便一一問好。眾人寒暄了一陣子，就聽周夫人道：「聽說昨兒妳院子裡鬧得不消停，妳才進門，有什麼事多向妳幾位嫂嫂學學，我們這樣的人家，再沒有仗著自己是主子就對著奴婢們作威作福的。」

周夫人身為婆婆，偶爾敲打敲打媳婦們也是常事。本來新嫁娘進門總要留點臉面，便是要敲打也不必當著這麼多人的面，可她本來就不滿意這個媳婦，而且黃英進門才第二日就鬧出這麼多事，她覺得自己最疼愛的小兒子果然被這砍柴妞給糟蹋了。黃英越是若無其事地向她與眾人請安問好，她心裡的火就燒得越旺；若黃英一副誠惶誠恐的小媳婦模樣，只怕她還沒這麼生氣。

黃英見周夫人面色和善地說這些話，便沒認真，還笑著道：「沒事，是守靜不聽使喚，我沒打她、罵她，就是把她趕出了內院，娘不用擔心。」

一番話說得所有人無言以對，周夫人怒極反笑道：「妳可真能幹，才第二日就攆乾淨了四郎身邊的丫鬟們，只怕妳這幾位嫂嫂都要跟妳學學本事才是呢！」

其他媳婦見自己被牽扯進來，都不敢搭話，知道婆婆這是怒極了，誰搭話，誰遭殃。初春急了，偷偷拉了拉黃英的袖子，想讓她趕緊認錯。

黃英卻道：「拉我袖子做什麼？妳不也覺得我做得對嗎？那個守靜根本沒把我放在眼裡。」

周夫人不禁怒喝道：「放肆！我看妳才是沒把我放在眼裡！」

若是別人，早已嚇得跪下求饒了，可黃英不是普通人，她委屈地辯解道：「我沒有，不信娘問初春、問申嬤嬤，根本就不是我的錯！」

周夫人氣得太陽穴的青筋都要暴出來了，她用手扶了扶額頭道：「妳、妳，回去院子好好想想，想想自己錯在哪裡！好好學學規矩，半個月、半個月不准出門！」

黃英聞言急道：「娘，我明日還要回門呢！」

周夫人終於忍不住儀態盡失、咬牙切齒地吼道：「妳娘家太遠，也住不了人，這三朝回門，妳就不要回去了！」

聞。

黃英聞言面孔脹得通紅，咬著牙呆呆地站在原地，屋子裡十幾個人，卻安靜得落針可

三日回門、女子歸寧是自古以來的習俗，新郎與新娘要備禮回去探望新娘的父母，最重要的是，新郎要改口叫新娘的父母「爹娘」。可是新婚不能空著房，空了新房就是守空房，所以若是娘家太遠便不必回去，待新婚過後再找時間補上回門，或是用新郎、新娘的衣服放在新床上代替也可以。

此時周夫人以黃家太遠為由不准黃英回門，雖然人人都知道這不過是遷怒，可是也並非完全不通情理。

黃英卻覺得被深深地羞辱了。她知道周夫人是婆婆，進門之前也告誡自己無論如何都要孝敬公婆，可是那一句「住不了人」讓她覺得臉上被當場打了一個大巴掌，五根指痕都腫了起來。

她眼裡不知何時湧上了淚水，卻咬著牙沒有流下來，只道：「娘，我是您的媳婦，我在那裡出生、在那裡長大，我不是人嗎？我爹、我娘、我哥、我嫂子跟我姪子在您的眼裡都不是人嗎？」

周夫人被黃英抓住了語病，更加惱羞成怒。雖然在她眼裡黃家確實住不了人，可是這樣當面赤裸裸地說出來確實讓人詬病，她被氣昏了頭，喝道：「還敢強詞奪理，跟我頂嘴？妳確實該好好學學規矩了！來人，把她給我押出去，沒有我的允許，不許出蘭桂院半步！」

黃英覺得自己被欺負到了這個地步，眼淚反而流不出來了，她憤怒地喊道：「不用押，我自己會走！我是周家明媒正娶的媳婦，娘不當我是人，我得當我自己是人！」說完便頭也不回地衝了出去。

初春著急地向周夫人行了一禮，就飛快地追了過去。

周夫人直喘粗氣，心中後悔莫及。這是哪輩子的冤孽，居然給四郎娶了這麼一個不著調的媳婦！

初春急急忙忙地趕上黃英，她見黃英滿臉是淚，勸道：「少奶奶可知道頂撞公婆是大不孝，少奶奶今日這樣，夫人只發落您禁足已經是寬厚了，少奶奶。」

黃英猛地停下腳步道：「我頂撞公婆該罰、該打我都認了，哪怕她休了我，我也不怕！可是她，她憑什麼不讓我回門？擺明了就是欺負人！」

說著黃英抬起袖子就要擦淚，初春忙把自己的手絹遞給她。黃英接過以後狠狠地擦了擦眼淚跟鼻涕，看得初春忙別開了眼。這手絹不能要了。

初春又勸道：「才進門，少奶奶何必說什麼休不休的氣話，夫人不讓您回門也是為了您好……」

她話沒說完就被黃英打斷了。

「為了我好?!妳也當我是傻子嗎？不行！我得回門！我要是不回門，我娘家人在村裡一輩子都抬不起頭來，還不得說我在周家連個妾都不如！」
初春無奈道：「那您趕緊回去向夫人下跪認錯，好好求一求夫人，夫人其實再和善不過。」
「下跪？我跟妳說，我不怕跪，可是我不會去下跪，不是我的錯，我不會認！」
此時黃英突然想起什麼，開心地嚷道：「妳帶我去見老夫人！」
初春欲哭無淚地道：「少奶奶，不要再闖禍了，去見老夫人也沒用的，這事誰也幫不了您。早早回院子吧，奴婢怎麼敢帶您去見老夫人？」
黃英看著初春道：「我知道妳是夫人的丫鬟，自然要聽她的，不過妳也沒法子讓我回去，不信的話就試一試。妳最好帶我去見老夫人，不成我也不怨妳。」
初春知道黃英是把老夫人那日說的話當真了，有些可憐她，可是自己卻萬萬不能帶她去……
若是被夫人知道了，不會有好果子吃。
她心裡有了計較，便道：「那奴婢帶少奶奶去，您不要亂跑，乖乖跟著我就是。」
初春帶著黃英在園子裡七彎八繞的，黃英突然停下腳步道：「不對，這不是去老夫人院子的路，妳是不是想繞彎帶我回蘭桂院？」
黃英在山上繞慣了，對於方位一向很清楚，初時沒有留意，可越繞越不對，她便留心起來，隨即發現這是回蘭桂院的方向。

初春嚇了一跳，垮著臉囁嚅道：「奴婢……」

話音未落，就聽見一個懶洋洋的男子聲音說道：「弟妹，早！」

第十六章　求助無門

只見花木叢中慢慢走出一個翩翩美少年，他生得高鼻深目，雙眉如劍且微微地往上揚，頭包著簡單的玉色方巾，身穿同色的袍子，腰繫玫紅色的腰帶，那腰帶長得幾乎及地，在晨光中有股說不出的風流倜儻。他右手拎著一只湘妃竹鳥籠，裡面有一隻黃褐色的畫眉鳥，那畫眉鳥長長的白色眉毛極為醒目，還發出鳥囀宏亮的聲音。

黃英聽了，原本帶怒的面容一下子變成了笑臉，說道：「三哥早，在遛鳥兒嗎？這畫眉鳥叫得可真好聽，如意、如意！」

此人正是周三郎，只見他點點頭道：「嗯，帶牠出來遛一遛。弟妹慢慢走，我先告退了。」說著就轉身沿著一條碎石甬路去了。

初春先是鬆了一口氣，卻沒想到聽見周三郎對那畫眉鳥說：「別叫了，這就帶你去，知道你最喜歡老夫人院子門前的那叢四方竹。」

黃英大喜，邁步就跟了過去，初春如何攔得住，只得咬牙跟上。

到了周老夫人院子門前，周三郎摘了片竹葉逗鳥，那畫眉鳥叫得更急了。

院門悄悄開了，一個婆子走出來道：「喲，三少爺這麼早，老夫人聽見鳥叫，請您進去呢！」

婆子一回頭，看見站在周三郎身後不遠處的黃英與初春，愣了一下，黃英幾步上前道：「我來向老夫人請安。」

只見周三郎笑道：「老夫人見了新孫媳婦就會忘了我這個孫子，我就不進去討她老人家的厭了，嬤嬤向老夫人說一聲。」說完便拎著鳥籠走了。

周老夫人坐在羅圈椅上，穿著家常的衣裳，見黃英進來，笑道：「怎麼這麼早就過來了？你們早起去向妳婆婆請安，下午我歇完午覺才是到我這裡請安的時間，我喜歡清靜，大多時候都是免了請安的。」

黃英紅著臉，張著嘴不知道該怎麼把話接下去？

周老夫人見她紅著臉，笑了笑，先要拾花上茶，又說道：「坐吧，妳新來乍到，不知道規矩不怪妳，今兒下午就好好歇著，不用過來了。」

黃英咬牙，跪在地上道：「孫媳婦、孫媳婦是來求祖母替孫媳婦做主的，娘、娘不讓我回門。」

周老夫人嘆了口氣道：「拾花，趕緊扶她起來。英姊兒，妳才進門就跟妳婆婆鬧，還吵到我這裡來，祖母對妳真的很失望！」

黃英沒想到周老夫人連原委都不問就說出這樣的話來，不禁委屈得淚水直在眼眶裡打轉。

其實認親那天周老夫人是覺得黃英單純才那麼講的，若是牽扯到家中的安寧和平，那就是另一回事了。要說那是場面話也沒人會否認，只有黃英一個人當了真。

拾花拉著黃英起身，她低下頭一言不發。

周老夫人擺擺手道：「回去吧，若沒人問起，就別說妳到我這裡來過。」

黃英只覺得一盆冷水從頭到腳澆得自己透心涼，她點了點頭，僵著聲音道：「打擾祖母了，孫媳婦這就回去。」

走到門邊，黃英就聽見周老夫人對拾花道：「唉，一大早地倒把我給鬧乏了，扶我進去躺著。四郎的媳婦他自己不管，倒要我這個老婆子來操心。」

聞言，黃英愣住了。她忽然想到，四郎，周文星會幫自己嗎？

如果不是初春在後面一直拉著她，黃英早就跑回蘭桂院了。饒是如此，她也是走得飛快，初春得小跑步才跟得上，一院子的下人們見了都側目而視。

黃英進了門，第一句話就是。「四少爺在哪裡？」說完她就看見周文星面色沈沈地坐在堂屋的太師椅上，她心裡不禁打了個突。

周文星見她回來，也不說話，猛地站了起來，大步朝屋子裡走去。

此時黃英卻停下了腳步。她剛才一路回來腳步雖快，腦子卻沒停下來，怎麼做才能說服周文星幫自己呢？

黃英凝神想了想，咬了咬牙，湊到初春耳邊低聲吩咐了一句，初春便有些莫名其妙地出去了。

周文星在屋裡等了半天，滿心以為黃英必定會進屋跟他解釋今天頂撞母親的事情，誰知道許久也不見她進來，一腔火氣轉變成了悶氣，喃喃道：「這砍柴妞到底要幹什麼？真是家宅不寧！」

他坐不住，站起來轉圈，卻瞧見黃英不知道什麼時候把那對膽瓶給擺在臥室裡了，裡面還插著新的雞毛撢子。他忽然間有些恍惚，不過數月，在莊子上發生的一切，好像上輩子的事一樣那麼遙遠。

沒等周文星觸景傷懷個夠，黃英推門進來了。她關上門，見他站著，便討好地湊過去低聲道：「相公，你不是想知道元帕的事嗎？要不要我教你？」

周文星本來滿腔的傷感無奈，聽見這話不禁「呸」了一聲道：「混帳！我學這個做什麼?!」

話雖如此，他又壓不住好奇心地問道：「妳，說說，妳到底使了什麼詭計？」

黃英鬆了一大口氣，有些忐忑地說道：「你保證不會罵我？」

「我罵妳做什麼？」周文星隨口應道。

黃英沒想到周文星這麼好哄，便從袖中拿出一顆雞蛋來，說道：「其實很簡單，我往自己大腿上扎了一針，用元帕擦了，又往元帕上面抹了點蛋清。」

這樣一做，這個配方還真是造就出「色香味俱全」的一塊元帕，只怕誰也說不出真假。

周文星看著她，像看怪物一樣地說：「妳、妳怎麼懂得這個？妳的雞蛋從哪裡找的？」

黃英睜著一雙滴溜溜的大眼睛道：「我娘說……」

周文星脹紅了臉，指著她道：「妳、妳娘?!」

黃英想起自家娘那些日子在被窩裡教自己的東西，臉也忍不住紅了起來，說道：「我娘說女兒出嫁都要教這些的！這叫……叫人倫！」她當時也很驚訝娘居然知道許多文詞。

周文星自然知道這是女兒出嫁的習俗，便是大家閨秀也免不了這一遭，可他還有一件事不明白。「妳從哪裡弄來雞蛋的？」

黃英不明所以地回道：「我讓初春拿來的。」

周文星覺得自己真是雞同鴨講，跺腳道：「我是問那天的雞蛋！」

黃英聞言一笑，有些得意地說：「我自己準備的，出門時偷偷揣在身上了。一路上我就擔心，要是碎了，人家會不會以為我嚇出屎？」

說完她才意識到自己得意過了頭，講了不該講的話。

周文星卻有些悲哀地看著黃英，她的表情如此天真，就是有點小詭計也不是想害人。還未出閣時，她想的不是如何夫妻和合、花好月圓，而是挖空心思去想怎麼假造元帕？如果當初不是他那麼沒用……

想到是自己在雲台寺裡換了英姊兒的庚帖，因她頂撞母親而生的那份怒氣都變成了說不出的歉疚。她本來就不屬於這裡，卻因為自己的失誤被迫嫁過來，沒怨、沒恨，只是很單純地想要好好跟自己過日子。

周文星低下頭，沒有說話。

黃英有些緊張，紅著臉道：「對不起，我、我也知道自己太不像個姑娘家了，我會慢慢改的。」

周文星搖了搖頭道：「沒事，妳剛才找我什麼事？」

黃英的臉上露出委屈與擔心，低聲道：「我跟娘吵了一架，娘不讓我回門；我去求祖母，祖母也說我錯了。我知道我不該跟娘吵架，可是不管怎麼罰我，都不能那樣，相公能不能跟娘說說，等我回門之後再罰，加倍地罰都沒關係！讓我回門好不好？」

說著說著，黃英的眼淚又湧了上來，可她卻吸了吸鼻子，忍住不讓淚水滑落。

周文星坐了下來，沈默著轉起腦子。

黃英不知道周文星在想什麼，忐忑不安地站在一邊，心裡盼望他能看在她們畢竟是夫妻的分上幫幫她。

過了一會兒，周文星嘆道：「讓守靜她們回來吧，娘生妳的氣，不只是因為妳頂撞她，而是妳一進門就容不下人；若是妳讓守靜她們各歸其位，我就去跟娘求情，但要是娘不允，我也沒法子。」

黃英的期望有多高，失望就有多深，她握緊了拳頭，深深吸了口氣道：「我明白了，守靜她們待在哪裡跟我沒關係，反正我的東西又少、又不值錢，我先帶香草跟香蘿走，行李我回頭讓我大哥拉車來拿。」

說來奇怪，她這樣講的時候一點也不難過，反而如釋重負一般，連眼淚都自動消失了。妳哭，只有愛妳的人才會心疼，哭給不在乎妳的人看，別人只會當笑話。

無須再多說，黃英走到帶來的箱子前打開箱蓋，找出一個綁得緊緊的小紅綢布包，揣到懷裡。那是娘家親戚湊的添妝碎銀，雖然她還不知道要怎麼回去，卻知道有銀子就能雇輛車。

黃英轉身就要走到門口，她這一連串動迅速敏捷，幾乎沒有停頓。

這讓周文星驚呆了，他怎麼也沒想到黃英會一言不合就要離開，他從小到大認識的人，別說女子了，就是男子也沒有氣性這麼大的。

一個想法突然掠過周文星的腦海。莫非她故意這樣鬧騰，就是為了要和離，她根本就不想要跟自己長久地過日子，早就留了後路！

周文星的內心湧起了莫名的憤怒，其中還帶著屈辱感。

黃英在周家鬧得天翻地覆，然後頂著周家四少奶奶的名頭一輩子住在鄉下，恐怕是對所有人最好的做法；可是一想到昨日他完全昏睡過去前，她還一副推心置腹、要跟他好好過日子的模樣，今天卻翻臉不認人，周文星覺得自己受到了欺騙，猛地衝過去擋在門口。

看見周文星的舉動，黃英吃了一驚，只是她正在氣頭上，伸手就拉住了他的衣襟，怒道：「你想幹什麼？這是我自己帶來的錢！」

周文星被她一把揪住胸前的衣裳，不由自主地哆嗦了一下，卻聽見她冒出這麼一句莫名的話來。他低頭看著黃英，一張臉脹得通紅，話都說不俐落了。「妳、妳……錢、不是錢！」

黃英跟周文星大眼瞪小眼，瞧他那雙水汪汪的桃花眼裡寫滿了焦急，一張比姑娘家的皮還嫩的臉紅得跟朵花似的，又聽他這麼結結巴巴，不知道為什麼，剛才因為失望而激起的那些怒氣瞬間煙消雲散了。

她不退反進，幾乎逼到周文星的臉上，亮亮的黑眼珠盯著周文星道：「你願意幫我去跟娘求情了？」

周文星被黃英這麼一逼，身子不受控制地往門靠去，說道：「妳、妳放手。」

黃英這才發現自己還抓著周文星的衣裳，她放手的時候有些豪爽地稍微推了他一把，誰知道他身後的門只是虛掩著，加上他身子本就往後靠，被這麼一推，整個人便朝後仰天倒下。

眼看周文星就要後腦著地，黃英忙又伸手去抓他，結果那衣裳的料子滑不嘰溜，一下沒抓牢，周文星就這樣倒在地上，衣襟還給扯開了。

只見躺在地上的周文星光著白玉般的胸膛，衣裳凌亂，如果不是因為實在太痛，導致他的臉孔皺成一團，還真是一幅風流的美男臥地圖。

黃英本來不想笑的，可是這個情形真的太逗趣了，她禁不住笑了起來，又想憋住，可越是想憋住，越是笑得止不住。

周文星就躺在地上看黃英笑得前仰後合，彷彿她的歡樂傳染給他似的，他突然覺得沒那麼惱恨了，很是尷尬地伸手掩住胸口。

初春與香草本在門外守著，見周文星衣衫不整地摔出來，黃英還笑個不停，初春心裡不禁酸酸地想：剛才四少爺的臉明明黑得跟要殺人一般，這會兒倒是這般光景，到底是……唉。

她壓下心頭不快，幾步上前去扶周文星道：「爺可摔著了？快起來吧！」又高聲叫著。「得翠，趕緊去拿藥酒來給爺揉揉！」

黃英忙攔住道：「別揉，去打桶涼涼的井水來，冰敷一下，別讓那傷散大了。」

初春有些不明白地說：「為什麼不用冰？還有，怎麼不能用藥酒揉？」

「這天還有冰嗎？」黃英好奇地問道。

初春只得道：「少奶奶，府裡地窖有的是冰，真要用冰嗎？」

周文星見黃英剛才只是一味看笑話，連手都不伸，有點賭氣地說：「初春，扶我過去坐著，不知道是不是閃了腰？別聽她胡扯，她懂什麼？」說著用一雙桃花眼狠狠地瞪了黃英一眼。

初春夾在兩人中間左右為難，只得先扶著周文星坐下。

一旁熱鬧看夠了的香草笑道：「阿英姊，哦不，少奶奶在娘家時成日上山下水，最清楚該怎麼處理。扭著了，冰敷上兩日，才能用藥來散，不然包管那傷腫得老高，小傷都治成重傷了。我們成天有做不完的活，最耽誤不得工夫！」

周文星還想拗強不冰敷，黃英已經催促初春道：「我會害他不成？我還想讓他明日陪我回門呢！」

初春只得取冰去了。

周文星後腦勺給摔出一個大包來，只見他自言自語道：「誰要陪妳回門！」

「你不陪我回門，攔著我做什麼？」黃英走到他身邊，伸出手道：「我扶你到床上躺著吧，幫你瞧瞧腰傷著了沒？男人家的腰最重要了！」

言者無心，聽者有意，她一句話又把周文星說紅了臉，呸道：「妳這嘴裡都是些什麼沒廉恥的話！娘說了不讓妳回門，妳還想回去？」

黃英聞言站在他身邊發起愁來。「相公，你是我相公，你不管我誰管我？你不幫我誰幫我？我丟了臉你也沒面子啊，你說是不是？幫我去跟娘說說好不好？」說著她繞到周文星身後，討好地去捏他的肩膀。

她在家為爹娘捏慣了，手上有力，馬上就把周文星給捏得叫起來。「妳幹什麼？趕緊住手！」說著開始靈活地閃躲。

黃英咦了一聲道：「你腰好好的，沒事嘛，嚇了我一大跳。」

周文星不禁咬牙，心想，這女人真是詭計多端！

初春腳步匆匆地拿了一碗冰塊來，黃英接過來道：「妳們下去吧，我有話跟四少爺說。」

說完她便拿起冰塊在周文星後腦輕輕地揉起來。這回力氣倒是不輕不重，傷處的灼熱感漸漸消散，令周文星感到很舒服。

不過他內心相當煩惱，不為她說情吧，她就要打包回娘家；為她說情吧，可是娘少有發這麼大脾氣的時候，還叫了自己過去訓斥，自己答應回來會教訓黃英的，結果不但沒教訓到，反而撞了一頭包，就這樣跑過去癡纏，只怕娘也不會答應。

黃英見周文星一臉猶豫，便有些傷感地說道：「相公，我娘跟我爹把我當心頭寶養到這麼大，我都沒孝順過他們幾日，若是我三日回不了門，他們在村子裡一輩子都會抬不起頭來。你們瞧不起我，我認了，可是我爹娘有什麼罪，你們要這樣踩他們的臉？我還不是因為你做的糊塗事才嫁過來的，要是我嫁個鄉下小子，誰能不讓我回門？」

這話是戳在周文星的心口上了，他終於點點頭道：「別揉了，怪涼的，我這就去試試。」

第十七章　夜半出屋

過了一個時辰，周文星被周夫人身邊的丫鬟初夏扶著回來了，一起進來的還有灰頭土臉的喬嬤嬤，看樣子喬嬤嬤也被周夫人叫過去教訓了一頓。

黃英看見周文星的模樣，有些擔心地過來扶著他，問道：「相公怎麼傷著了？」

喬嬤嬤冷著一張老臉道：「回少奶奶，四少爺去找夫人求情，被打了一頓板子！」說著掏出手絹來擦淚道：「唉，老奴這張臉也丟光了。少奶奶，老奴求求您，您就消停、消停吧，才進門就鬧得家宅不寧，連我們都跟著遭殃，四少爺自小到大哪挨過打？」

周文星被黃英與初夏扶著，哼哼唧唧地俯趴到床上。

黃英見狀，很是內疚地說：「是拿什麼打的？可見了血？」

「大板子，打了三大板，也不知道打破了皮沒有？」喬嬤嬤插嘴道。

黃英聞言鬆了口氣，三板子而已，能傷到哪裡去？她看周文星一副疼得要斷氣的樣子，不禁覺得好笑，只是他既挨了一頓打，回門的事多半是不行了。

初夏遞給她一盒白瓷藥盒道：「少奶奶，這傷用這藥膏散瘀止傷最好不過，早晚抹上，幾日就好。」

黃英有些心不在焉地接過藥盒，不死心地問道：「夫人還是不答應我明日回門？」

看著懷抱最後一絲希望的黃英，初夏有些不自在地清了清嗓子，放輕了聲音道：「夫人命我給四少奶奶傳幾句話。『嫁進周家就是周家婦，要懂得孝敬公婆、規勸丈夫。這次念妳初犯，就罰妳禁足一個月；若是以後再犯，必請家法處置』。」

黃英的臉隨著初夏的話慢慢地脹紅了，忍不住怒道：「我便是犯了天大的罪，也沒有不許我三日回門的道理！公婆自然要孝敬，可我爹、我娘生我、養我，我要不孝敬他們，就是狼心狗肺！」

喬嬤嬤在一旁著急地嚷道：「少奶奶啊，您怎麼這麼不懂事！夫人說了，在門口守著的婆子誰要敢放您出去，統統打三十大板攆出去！您再這麼鬧下去，我們這些人一個個都要跟著您吃掛落兒！」

她剛才被夫人叫去好一頓訓斥，說她沒辦好差事，四少奶奶進了門卻一點規矩都不懂。她真是覺得太憋悶了，怎麼就攤上這麼一個半點人事都不懂的主子呢？

周文星的臀部還火辣辣地疼著，聽見黃英如此口不擇言，不禁勸道：「妳就死了這條心吧！從小到大，娘就沒動過我一根指頭，今天我只是為妳求情都挨了打，妳就不要再為難別人了！」

他見一屋子站滿了人，知道黃英說的話少不了要傳到母親耳裡，不免嘆道：「初夏，四少奶奶說的那些，妳就當沒聽到吧，我記著妳的好！妳們都下去吧，剛才的話，出了這裡，誰也不許傳一句！」

眾人點頭退了出去，黃英見狀便把門關牢了，拿起那藥盒說道：「我幫你上藥吧！」

周文星只覺得腦子都要炸開了。黃英是真不懂還是假不懂？他能讓她在自己屁股上搽藥嗎?!他低聲吼道：「把藥給我！誰要妳搽藥?!」

其實黃英方才根本沒想到這藥是要擦在哪裡，這會兒突然明白過來，不由得臉上一紅，羞怒道：「我也是好心，不要就不要，你吼什麼吼！」

說著她把藥盒重重地擱在他手邊，拿起一旁的祭紅茶壺倒了杯茶一飲而盡後，才氣沖沖地去了淨房。從早上起來到現在，她還沒有一刻閒下來過。

解決完內急，黃英從一旁的水桶中舀了一瓢水洗手，一抬頭，看見淨房裡有兩扇窗戶，她腦子裡一個念頭飛快地閃過，有些激動地判斷了一下方位。

黃英走到朝後院的窗前，推開窗一看，只見後院種滿了各種花木，高的桂花樹枝葉繁茂，矮的蘭花沿著小徑兩邊高高低低、錯落有致，有股說不出的幽靜，難怪這院子叫作「蘭宮桂殿」。

那青灰色的院牆看上去跟她差不多高，翻過去倒是不難，難的是不曉得從另一側跳下去會不會摔得腿瘸？

黃英暗暗尋思。要是有樹藤……她猛地想起，自己嫁過來時擔心箱子在路上被人偷了東西，所以左三圈、右三圈地綁了麻繩。

她的眼睛亮了。

黃英回到屋裡，見周文星已經翻過身來，想來是搽過藥了，便一臉堅定地說：「我，哪怕一個人也要回去！」

周文星忍不住恥笑她道：「妳要插翅飛出去嗎？」

黃英不理他，走到自己的箱子旁，從箱子後面拿出那綑麻繩道：「我翻牆出去，今晚就走。你如果能來，明天就找個藉口坐車出門，我在城門外等你；要是到了巳時你還不來，我就自己回去了。」

周文星震驚無比地說：「妳以為我們家跟你們家的小院一樣，一邁腳就出去了？我們家是三大進的院子，二門每天戌時二刻就落鎖，妳只怕連二門都出不去！」

黃英故意忽略周文星話中的諷刺，低下頭道：「總要試一試！我很會認方向的，夜晚天上有星星，在山裡怎麼轉都迷不了路，你們家再大，能有靈臺山大？」

周文星沈默了，他第一次佩服起這個砍柴妞的倔強，內心浮現出了詩句：

誰家寒食歸寧女？笑語柔桑陌上來。

歸寧本該是如此美好的事，可是……他看了看黃英手上的麻繩，突然有些替她難過，覺得特別對不起她、很想幫她。

「妳……咱們再想想辦法吧！」周文星轉過頭去，有些含糊地說道。

黃英見周文星這麼說，有些吃驚，又有些感動，因為他說的是「咱們」。

她沒有回話，只是重重地點了點頭。

周文星為了自己的媳婦求情被打的消息，還沒到中午，整個周府都知道了。全府上上下下，包括周老太爺、周老夫人都遣了人來問，什麻、杜仲、田七一包包地送了過來，還有雪白的人參糕、金黃的燕窩酥跟透明的水晶餅。

黃英見了直咋舌。「這麼一點點傷就這樣，你真是太受寵了！」

周文星一點食慾都沒有，看著那些精緻的吃食，他腦子突然冒出一個想法，說道：「就是咱們不能回門，也該準備禮品送過去，順道向妳家裡人說一聲。」

黃英原本的想法是，她既然要翻牆，自然帶不得東西，可若是遣人送禮物回去，她只要想法子混上車就行了。這麼一想，她壓下心裡的喜悅道：「還是相公最聰明！」

又忙叫來香草吩咐道：「妳跟初春說一聲，讓她帶妳去找大少奶奶，就說我明日回不了門，問她這回門禮還送不送？能不能派人回去跟我家裡說一聲？如果成，就讓他們帶妳一起回去報個信。」

周文星有些意外地看著黃英，想不到她的思慮挺清晰的，腦子轉得也快。

黃英湊近他低聲道：「你看著好了，我一定能想出法子混上那輛車的，還要多謝你！」

這話讓周文星微歪了頭，暗暗動起心思來。

不一會兒香草就回來了，還帶來了焦氏。

焦氏身穿百蝶穿花的綠色褙子，下面是黑色繡落花滿地縐紗裙，一進了門她就問：「聽說小弟挨了板子，傷得重不重？我才理好外面的事過來瞧瞧，你大哥也擔心得不行。」

黃英從床沿上站起來，有些拘謹地扯了扯自己的衣襟道：「大嫂好！」

只見焦氏笑了一笑，說道：「弟妹趕緊坐下，一家人這麼客氣做什麼？回門的事，以後再找機會回去好好解釋也是一樣的，何必為了這個惹娘生氣呢？妳放心，都安排好了，駕車的人是我陪房家的兒子，當初接親就有他，他叫七風，辦事最妥當不過。明兒卯時出發，香草就跟著他一起，禮品都是按照分例準備的，兩隻金豬、一對紅公雞，還有果品兩籃、點心兩匣跟喜餅兩擔，我當年的回門禮也是這些。」

焦氏沒說的是，這都是公中的分例，她回門帶的可不只這些；不過黃英已經覺得很滿意了，滿臉笑容地謝過焦氏。

周文星卻指了指那些剛送來的點心道：「把這些也帶上吧，給他們嚐嚐鮮。」

這些點心都是周老太爺跟周老夫人平日裡享用的精緻好東西，黃英聞言歡喜地看他，周文星便有些不自在地別開了眼。

焦氏看著，心裡暗道：明明看著那麼不般配，怎麼倒真是蜜裡調油的好！她免不了豔羨，自己都嫁過來這麼久了，跟大郎也只是相敬如賓而已。

身為長媳，焦氏要忙的事情很多，既然人情已經送到，她也不多坐，寒暄了幾句便離開了。

黃英放下心中的大石，匆匆吃過午飯，便一心要養足精神，脫下衣裳上了床，一覺睡到了天黑。她醒來一看，發現周文星不知道什麼時候已經起身，不見了。

她有些失望，但還是飛快地將替換的衣裳與添妝銀子包成一個小包袱，又交代香蘿。「吃過晚飯我就上床歇下，妳在門口守著，除了四少爺，誰也不許進來。」

爬窗出屋到了後院，黃英先找了棵靠牆的桂花樹，在樹上綁好繩子，又順著樹枝爬到牆頭上，隨後把繩子扔到牆外，順著爬了下去，還不忘把繩子打個大結又扔回內院，這才朝北方悄悄地前進。

這院子坐南朝北，北面有大門，外院東、西各有一個屏門，西面有角門，還有車馬房。

黃英偷偷摸摸、東張西望地走了一陣子，沒被什麼人發現，走了好一會兒，終於看見了一扇瓦頂朱漆的捲棚垂花門。這就是二門了！她心中大喜，確認左右無人，跑過去用力推門，然而讓人意外的是，門竟然已經上了鎖！

站在那一扇緊緊關閉的木門前，黃英內心有說不出的憋屈。還以為勝利在望，怎麼二門卻提前關了?!退回去，提高被人發現的風險；不退回去，她又有什麼辦法能跨過這道門？

周文星說過這門戌時二刻關，卻沒說什麼時候開，等到天亮開門，不知道能不能趕上七風的車？早知道那繩子就不扔回內院去了！

黃英暗暗嘆了口氣，決定沿著院牆的抄手遊廊走一走，看看能不能幸運地找到一個可以爬過去的地方？

這道牆的作用在於分割內、外院，為了美觀，每隔一丈左右牆上便會開一道漏窗，離地不過四尺高，都是用老竹做成的，圖案各異，有萬字、有菱花。看著這一扇扇漏窗，黃英又看到了希望。

她瞧了瞧天色，只怕守二門的婆子還沒入睡，外院說不定也還有人走動。想了想，她找了一個假山石洞藏了起來，雖然既擔心又害怕，可更多的卻是激動，就等著半夜去破窗翻牆。

等啊、等啊，也不知道等了多久，激動已經變成了疲憊，黃英才終於聽見遠處傳來「三更啦，天乾物燥，當心火燭」的打更聲。

她按捺住內心的不安與恐懼，鑽出假山石洞，在地上拿了一塊大甬石後，來到了漏窗前面。仔細地聽了聽，確認外面沒什麼動靜了，她便小心翼翼地用石塊一點一點地將那插在牆灰裡的竹子往外推，生怕發出聲響。

倒楣的是，黃英才推了沒幾下，就瞧見內院那邊遠遠地走來一個人，她哆嗦了一下，趕緊翻過欄杆，藏在遊廊下的花叢裡。

那人提著一個燈籠、裹著一件青色披風，到了垂花門前，伸手去叩門道：「今日是哪位嬤嬤看門？開門，我是四少爺院子裡的守靜。」

黃英吃了一驚。守靜大半夜地跑到這裡來幹什麼？

不一會兒，就聽見有婆子道：「我是榮祥家的，是守靜姑娘啊？今兒得了吩咐，早早就關了院門，沒有大少奶奶的對牌，這門不能開。」

守靜道：「妳倒是個守規矩的。四少爺今日挨了打，這會兒疼得厲害，睡不著覺。任俠那裡有好的傷藥，四少爺寫了藥名，煩妳跑一趟跟他拿來，我就在這裡等著。」說著，她從門縫裡把一封很像信的東西塞了進去。

黃英聽了只覺得有些奇怪。相公那傷這麼厲害嗎？大半夜的要找藥？疼成這樣？她見守靜守著門，頓覺煩躁不已。

好在沒多久那婆子就回來了，守靜拿到藥，就提著燈籠離開了。

黃英暗暗叫苦。這可怎麼辦，守門的婆子這會兒醒了，自己要是再去推那漏窗，只怕被聽見。她只得悄悄回去假山石洞裡躲藏，一心期盼那婆子快些再睡得昏死過去。

等到街上傳來丑時的梆子聲時，黃英覺得自己不能再等下去了，再度跑到了漏窗前面。剛要繼續推窗，就發現又有人敲門，這回黃英真是急得眼淚都要掉下來了，懊悔自己怎麼不早點動手！

她正要跑回去貓著，就聽人說道：「榮嬤嬤，四少爺今日要去早市淘換些東西，只怕就要過來了，我在這裡等著。」

榮嬤嬤道：「是任俠啊？四少爺不是昨日才挨了打，疼得厲害嗎，怎麼倒要去逛早市？」

任俠道：「我那藥可靈了，誰讓我老挨揍呢！四少爺說想去找點好東西送到四少奶奶娘家去，四少奶奶回不了門，算是賠禮。」

榮嬤嬤笑道：「哎喲，四少爺對四少奶奶真是再好不過，要我說啊，四少奶奶也不能仗著有四少爺撐腰就跟夫人對著來，能有她什麼好處？」

任俠的話讓黃英從心窩到腳都變得暖洋洋。周文星要來，自己只要假裝成他的丫鬟就能出門了！

她偷偷摸摸地沿著來路找了個隱蔽的地方藏身，果然，不一會兒就看見一盞紅燈籠由遠而近，黑暗中緩緩出現了周文星的身影。

黃英一輩子都忘不了當時的情景，周文星身上披著一件藏藍繡金玉蘭花大氅，漂亮的面孔被紅紅的燈籠映照得半明半暗，他腳步極慢，袍服被微風輕輕地撩起，緩緩朝她走來。

她覺得心中有眼淚般的東西在流動，暖暖的、酸酸的、甜甜的。她走了出去，用自己都沒聽過的溫柔嗓音叫道：「相公！」

周文星有些愣怔地看著她，低聲道：「妳這副樣子，還是整理一下吧！」

黃英看了看自己身上的衣裳，一件薄薄的青花夾襖，下面是一條黑布裙子。這還是她的舊衣裳，來的時候送給香草的，這會兒倒派上了用場。

她臉上一紅，從懷裡掏出一把小梳子，重新梳了梳頭髮，又整理了一下身上的衣裳，說道：「這樣差不多了吧？你就說我是我娘家帶來的丫鬟，帶著去問我爹娘喜好的，那榮嬤嬤不會認得我是誰。」

周文星點點頭，兩個人就這樣走向了二門。

第十八章　順利回門

京城的早市向來是淘換老物品的好地方，那些敗家子最愛在這光線不清的地方把值錢的家當換成銀子，免去白日被人認得清清楚楚的尷尬。

城門要卯時才會開，這個時間也只有這裡可以逛了。

任俠留下看車，周文星把那件惹眼的大氅留在車裡，拿了一件褐色粗布披風把自己從頭到腳地罩嚴實了，這才帶著黃英開始慢慢地逛攤子。

黃英見每個攤子不過三、五尺寬窄，一家連一家的，好奇地道：「這麼早，怎麼這麼多人來做買賣？」

周文星懶得說話，只顧提著燈籠往攤子上看。

有個矮瘦漢子聽見了，便來搭話。「這位姑娘第一次來吧？咱們這曉市趕的就是一個早，寅時開市，到了交辰時就散得乾淨。來來來，我這攤裡有對粉水晶的桃花耳墜，姑娘買了去，必定能尋得好姻緣。」

黃英見他遞過來的那對耳墜閃亮晶瑩，一對桃花開得跟真的一般，笑盈盈地搖了搖頭道：「我已經尋到好姻緣了，你留給別人吧！」

周文星聽到以後腳步頓了頓，前言不答後語地問道：「你們家的雞毛撣子現在插在什麼地方？」

黃英愣了愣，回道：「隨便找了個罐子插。」娘家的膽瓶變成她的陪嫁品，只好另外找東西插雞毛撢子。

周文星指著一旁攤子上的一對大膽瓶道：「妳瞧那個好不好？」

黃英一看就笑了起來，說道：「我們家那對多漂亮啊，一個畫著嫦娥奔月，一個畫著蟾宮折桂。這一對有點綠，上面還什麼都沒有。」

周文星看那對汝窯膽瓶形制端正、色澤均勻，就算是仿品也不會便宜，見黃英不識貨，內心嘆了口氣，索性道：「給妳娘家買的，妳自己挑吧！」

黃英滿心的喜悅都要湧出來，說道：「好，我想要那一對。」

那一對是喜上眉梢粉彩瓶，周文星也無心再看，走過去隨意講了價錢，讓一旁的人扛著，對黃英道：「妳陪他們把東西送到車上去，我再逛逛。」

黃英回到車上時，任俠正打著盹，之後兩人有一搭、沒一搭地閒聊，在車上等待周文星，不過兩刻鐘的工夫，他就回來了。

上了車，周文星隨意扔給黃英一包東西道：「給妳的！」

黃英接過來打開一看，臉色變得十分難看，眼圈悄悄地紅了。

城門一開，馬車就趕著出城，朝冀州的方向駛去。

自從打開那包東西，黃英就一直在發呆。裡面是一支鑲粉水晶的金釵、一對粉玉鐲子，還有，那一對粉水晶桃花耳墜。

黃英看見那一對桃花耳墜的瞬間，就覺得自己一顆又軟又暖的心被人用冰錐扎了一個大洞，不痛，卻有些麻木，空盪盪、無依無靠地冷。

她覺得周文星的意思非常清楚，只是她不明白，她都已經嫁給他，他也想方設法地幫自己在三日回門，為什麼還要這麼做？

如果不希望自己跟他和離，當初又為什麼要擋住門？

黃英很想拉住周文星的衣襟大聲質問，可是她忍住了，為了爹娘跟大哥忍住了。她歷盡艱辛才能夠回門，一定要笑著走進家門，眼淚流在別人看不見的地方就好了。

周文星見她難過得要哭，又拚命忍住不哭的樣子，心裡也不好受。

他陪她回門的本意，不過是覺得虧欠了她，想給她周家四少奶奶的體面，也不忍心傷兩個老人家的心；但他不希望她誤會了自己的意思，他永遠都無法接受英姊兒這樣的女人做自己的妻子。

只見黃英慢慢地伸出手把那些首飾都收了起來，還硬生生地擠出了一個笑臉道：「謝謝相公！」

然後她閉上了眼睛，倒在車裡堆著的靠枕上，好像剛才那句話用盡了她全身最後的力氣。

恍惚間，黃英甚至搞不清楚自己是昏倒了，還是睡著了。

女兒嫁出去這段時間，黃大嬸就沒有睡過好覺。從小捧在手心裡長大的嬌女兒，人人都說嫁得好，可黃大嬸就是覺得這顆心跟飄在半空中一般，落不到實處。

女兒是田間地邊長的蒲公英，可周家那是什麼地方，便是牡丹進去也得挨剪子。一想到女兒不知道是怎麼過日子的，黃大嬸就愁得不得了。

這一日，黃大嬸早早就起身，打發丈夫與兒子們把昨日已經打掃得乾乾淨淨的小院子又掃了三遍，還讓大兒子去把火盆裡的柴仔細挑過，火不能大，也不能小。

今天黃家的院子裡會擺上五張桌子，本家與外家的親戚，還有半個村子沾親帶故的人都被請來吃這頓回門飯。

黃大嬸知道周府離得遠，女兒與女婿就算天不亮就出發，只怕也要未時過後才能到，可是一顆心跟手腳就是放不下來，總覺得這樣時間就能快點過去一樣。

好不容易挨到了午時，黃大嬸正在灶下跟安氏與村裡一群媳婦們想著法子往小包子裡放各種難吃的餡整新郎，就聽見外面有聲響。

她幾步奔了出去，卻見章氏的娘家大哥與大嫂帶著章氏站在院子門口，只見黃大哥滿面怒容，正在跟他們嚷嚷。「你們這是什麼意思？明知道我妹子今日回門，上門來找晦氣的嗎？」

章氏低下頭躲在後面一言不發，手上挽著一個小包袱。

卻見章氏的娘家大嫂眉毛一挑道：「誰不知道今日是小姑子三日回門啊？這方圓百里誰家不羨慕！我們是親家，這個時候上門認親，本來就是應該的！」

此時黃大嬸再是怒氣攻心，也不能把章氏給趕回去。當初去接人，她拿喬不肯回，這回倒趕著來了，可不是應了那兩句——貧在鬧市無人理，富在深山有遠親。

黃大嬸臉上不快，但還是罵黃大哥道：「這會兒強個什麼勁兒？你招待她大哥跟嫂子去屋裡坐。」又對章氏說：「回來就回來吧，還不趕緊進去幫忙！」

眼看午時就要過了，親朋鄰里擠滿了小院子，之前黃英成親時的熱鬧眾人還遠遠沒看夠，這會兒都等著瞧她三日回門如何風光呢！

又過了大概一個時辰，就見一輛馬車載得滿滿地進了村，一時全村轟動，小孩子們都飛快地跑到黃家報信。「來了、來了！」

黃大嬸忙跑到門口去看，可遠遠地看見那輛馬車，心就揪成一團。她見過也坐過周家的馬車，這一輛只有一個小青棚子，一看就不是周家主人用的。

伸長了脖子往後看，並沒有別的車輛，黃大嬸拉住來報信的一個孩子問道：「你瞧見幾輛車？」

那孩子興奮地把剛才黃大哥給他的喜糖塞到嘴裡，含糊地說道：「一輛！裝得滿滿的！」

黃大嬸身子一晃的當口，那輛車就駛近了。

七風來黃家送過幾趟禮，見那麼多人堵在黃家門口，黃大嬸跟黃老爹等人的臉上滿是期盼，頓時不知道該怎麼告訴他們四少爺跟四少奶奶今日回不來了？

黃大嬸抓住黃老爹的手，幾乎要哭出來地說：「你說、你說大妞妞是不是出什麼事了？」

只見黃老爹怒罵道：「呸，老娘兒們懂個屁？說什麼胡話！」又問七風道：「小哥一路辛苦了！你們四少爺跟四少奶奶什麼時候會到？這一院子的人都等著呢！」

七風低下頭開不了口，卻見香草從小青棚子裡鑽了出來，一臉歡喜地說道：「黃大叔、黃大嬸，四少爺跟四少奶奶在後面，只怕早晚就要進村了！」

香草話一說完，七風就震驚地看著她，她卻頭一昂，也不理他，自己麻利地跳下了車。

七風忙不迭地一把拉住香草，低聲在她耳邊道：「妳怎麼能撒這麼大的謊？」

香草送他一個白眼，說道：「你待會兒可不許胡說八道，四少爺吩咐的，他們一會兒就到！」

七風自然不會當惡人，臉上當即堆滿笑容道：「親家老爺、親家太太，四少爺吩咐小的先把禮品送過來，他們馬上就到！」

眾人一擁而上，七手八腳地幫忙往院子裡抬禮品。

看到這一幕，章氏的嫂子對丈夫低聲道：「小姑子可真是傻得沒邊了，黃家眼看著就要興旺起來，好大一個香餑餑到手了，還想扔給別人撿便宜，真是！」

章大哥連連點頭稱是。

一串串鞭炮劈劈啪啪地響了起來，炸得整個老柳村瀰漫煙霧，黃英就這樣被周文星扶著，在這喜慶的氣氛中跨過火盆，受人群簇擁走進了黃家的院門。

周文星穿著一件雪青色的錦袍，腰纏藏藍繡金色玉蘭花腰帶，手神俊美、風姿瀟灑；黃英身穿棗紅色的緙絲裙褂，上面繡著滿地的花開富貴，下身著黑色的馬面裙，頭上插著金釵、耳上掛著玉墜、腕上戴著一對碧綠的翡翠鐲子。

才出門三天，黃英身上穿的、頭上戴的，都是村民幾輩子都沒見過的東西，哪裡還有那個滿山跑的野丫頭模樣？

直到多年以後，提起當初黃家的小姑子三日回門一事，老柳村的老人家們還能說上個三天三夜。

見著女兒的模樣，黃大嬸的心總算是落在了實處，歡喜得眼淚不住地流，黃老爹見狀又笑又罵。「妳以為妳那張老臉哭著好看啊！」

黃大嬸提起拳頭就往黃老爹的肩膀上打，黃老爹縮著脖子不敢吭氣，眾人都跟著起鬨笑鬧。

黃英見到了母親與父親，滿臉的笑裡流下兩行熱淚來。

黃家的堂屋跟院子裡都擺了席，周文星跟著黃英挨桌敬酒、打招呼，最後在黃老爹與黃大嬸面前跪下敬酒，恭恭敬敬地叫了一聲。「爹、娘！」

看著父親與母親開心得嘴都合不攏的模樣，黃英的眼淚止也止不住。只要能讓他們開心，自己吃的那點苦算得了什麼？

眾人入席，周文星隨手撿起一個核桃大小的小包子一口咬下去，頓時鹹得齜牙咧嘴。他本來生得俊秀，一舉一動也一板一眼，這一變臉，把一屋子的人都逗得前仰後合，黃英忙遞茶、遞水給他，眾人都開始起鬨。「媳婦愛我我愛他，媳婦看我長得好，我愛媳婦一枝花！」

黃英被狠狠地打趣了一回，羞得抬不起頭，黃大嬸見機忙把她拉到屋裡去。

一見身邊只有母親，黃英才要開口，眼淚就掉下來了，索性撲到她懷裡大哭，黃大嬸慌神道：「大妞妞，可是過得不如意？」

黃英哭著搖頭說：「我、我就是想家、想娘了！」

黃大嬸何嘗不是想這個閨女想得飯也吃不下、覺也睡不好，母女倆各有各的心思，當下抱頭痛哭起來。

回門不能留宿，路途又遠，黃英在娘家不過吃了一頓午飯，前後待了一個時辰左右，便又要啟程了。黃家人一路送他們到村口，見馬車走遠了，這才回去。

回程香草坐的依舊是七風的車，任俠這輛車上只有黃英與周文星。見黃英一直哭，周文星無奈地說：「以後到莊子裡來玩，或者回本家的時候，妳還可以回去看看。」

黃英聞言猛地抬起頭來，她看著周文星，似笑非笑地慢慢拿下頭上的金釵、耳上的玉墜、腕上的鐲子，仔細地用布包好後，才拿出那對粉水晶耳墜，一字一句地道：「你送我這個是什麼意思？」

有些話其實不需要講得太明白，可這個原則顯然不適合黃英。

周文星有些惱羞成怒地說：「我、我的意思妳不懂嗎？」

黃英頭一昂，怒道：「你要和離就直接說好了！」

周文星咬牙道：「妳明明知道我們不能和離，我這樣也是為了妳好！洞房之夜我就說得很清楚了，妳是周家的四少奶奶，吃穿用度、該有的體面我都會給妳，但想要跟我……」

這一回，不知道為什麼，下面那句「跟我做真的夫妻，是不可能的」，周文星卻有點說不出口了。他懊惱地轉過頭，正對著車棚，也沒什麼好看的。

黃英擦了擦眼淚，面上露出不屑，道：「原來你今天做的這些都是怕我鬧著要和離，怕真的和離了，你會被皇帝說是陳世美，要拿鍘刀鍘你的頭！」

周文星原本滿心氣惱，聽見黃英這麼說，不知道為什麼就是覺得她像三歲娃娃胡鬧般好笑，回道：「是，我怕皇帝拿鍘刀鍘我的頭，我怕得要死！妳滿意了？」

黃英被這麼一堵，竟生出些莫名的歡喜。她想了想，壓下內心的落寞，非常認真地再問道：「我就想知道，你不願意是因為許姑娘，還是……還是認為我配不上你？」

周文星真心覺得黃英直接得讓他有些難以招架，可也知道她那「不達目的不甘休」的性子，反正早晚都是一刀，早說早清靜，便咬牙說了實話。「都有。」

黃英雖然對這個答案早有心理準備，可是周文星這樣說出來還是傷了她的自尊心。既然周文星瞧不起她，她也不會賴著他。

下定了決心，黃英就不再拖泥帶水。「你想好了？我不想一輩子守活寡，連個孩子都沒有。三年，最多三年，如果三年後你還是不想跟我做真的夫妻，我們就和離。」

周文星嘆口氣道：「如果能和離，當初就不用成這個親了。」

黃英卻不以為然地道：「活人還能讓尿憋死？三年工夫還想不出個法子來？」

周文星心頭一動，暗暗琢磨起皇上的歲數。自古帝王長壽的少，他終於點了點頭。

黃英見他點頭，壓下心中的百般滋味，打起精神道：「還有，我要謝謝你祝福我早日找到好姻緣，可這好姻緣總不會從天上掉下來。」

說著，她小心地把那對粉水晶桃花耳墜戴在耳朵上，道：「我從今日起就戴著這對耳墜，希望它能給我招來好姻緣。在我找到之前，我都是周家四少奶奶，你不可以缺我吃、缺我穿！」

想了想，她又補充道：「還有，蘭桂院我做主！」

周文星見那對小小的耳墜掛在黃英白白淨淨的耳垂上，隨著馬車一晃一晃的，晃得他有點頭暈，忙別開了眼，沒聽見她的補充條件。

因為放下了回門這樁大心事，黃英講完話以後就靠在車墊上打起盹。她睡得歪歪扭扭的，一直打鼾，把周文星與任俠都逗笑了。

任俠道：「四少爺從昨日起又是挨打、又是欠人情，好不容易才幫四少奶奶回門，怎麼一句都不提，偏偏要拿棍子捅老虎的鼻孔眼，瞎說什麼大實話？」

周文星怒道：「你又多事！上次的教訓還不夠嗎？擱到別的主子身上，你不死也得扒層皮！」

任俠有些委屈地說道：「我這不是半句不敢透露嗎？爺，聽小的一句勸，四少奶奶是您命中注定的對象，您好好過日子不成嗎，何必非得強著來？」

周文星搖了搖頭道：「夏蟲不可以語冰，你懂什麼！」

過了一會兒，黃英就被周文星叫醒，她幾乎從座位上跳起來道：「到家了？娘是不是氣得要對我動家法?!」

周文星無奈道：「本來今日就不可能趕得回去，就算到了，城門也關閉了。原打算到莊裡歇著，沒想到路上下了雨，走得慢。」

黃英揉了揉眼睛，拍拍胸口道：「嚇得我夢都醒了，那這是哪兒？」

周文星還沒回答，就聽任俠在外面叫道：「四少爺跟四少奶奶下車吧，裹好了披風，外面雨還大著呢！」

第十九章　醋意橫生

兩人下了車，眼前是一座青磚大宅，一位管家模樣的老者撐著一把大油傘，笑道：「任小哥，怎麼這會兒來了？哎喲，還有四少爺，這位是……四少奶奶！請進、請進！」

任俠說道：「有勞薛管家了。這天黑雨大的，怕趕路讓四少爺跟四少奶奶有個閃失，想到府裡借住一晚，不知道方便不方便？」

薛管家笑道：「這是請都請不到的貴客呢，歡迎都來不及了！族長這會兒有點事要處理，我先送你們進屋漱洗一番，待會兒一起吃晚飯。」

一行六個人，薛管家在前，任俠在後，周文星與黃英走在中間，七風跟香草則殿後。眾人沿著二門內的抄手遊廊朝穿堂走去，卻見旁邊一間廂房裡猛地跑出一個人，頭也不抬地朝著他們幾個跑來。

薛管家忙喝斥道：「真是沒規矩！這麼亂跑，可不驚嚇了客人！」

那人抬起頭來，只見他形容枯槁、滿臉淚水，薛管家一愣，黃英卻驚訝地叫出聲來。

「阿奇，你怎麼在這裡?!」

這一聲，叫傻了所有的人。阿奇看見周文星站在黃英身邊，悲憤莫名地說：「誰、誰認識妳！」說完他推開薛管家就要跑。

薛管家一把拉住他道：「往哪裡跑！你叔公若是地下有知，必要埋怨我們沒有照顧好你！」

黃英聞言驚得不知如何是好，問道：「阿奇，叔公怎麼了？他出什麼事了？」

雖然只有一面之緣，但黃英知道那個中氣十足地罵她的老頭子對阿奇有多重要，他怎麼會幾個月的工夫就去世了？

黃英的關心簡單直接而坦蕩，阿奇就站在那裡愣愣地看著她。叔公已經離去，現在這個世界上，也許唯一一個真正關心他的人就站在面前，而他卻再也沒有親近她的機會。

阿奇冷靜下來，默默地推開攔著他的薛管家，掏出一條手絹擦了把眼淚道：「叔公還在家裡呢，我只是去陪陪叔公。」

說完他逕自朝外走去，走過黃英身邊時一眼都沒看她。

見阿奇這樣，黃英不怪他，只是替他難過，默默地看著他一路離開，瘦高而孤單的身影消失在深褐色的大門外。

薛管家見黃英站著不動，大聲地清了清嗓子道：「五老太爺前些日子去了趟京城，回來就病了，也是年事已高，拖了一陣子就這樣走了，丟下阿奇一個人。他今兒來是商量喪事的，沒想到撞見你們。」

黃英這才轉過頭來，眼圈有些紅紅地說：「可有人陪著阿奇？他這樣一個人跑出去，要在哪裡吃飯？」

薛管家掃了面帶寒霜的周文星一眼，覺得這位四少奶奶真是個不懂人情世故的棒槌，當著自己新婚丈夫的面對別的小郎噓寒問暖。

可他不能不答，忙一邊邁開腳步往前走，一邊道：「外面雨大，趕緊進屋暖和暖和，阿奇那裡，我這就派人去看著，順便送點吃的去。」

既是周氏族長，家境自然不差。這青磚大院相當寬敞，客房也佈置得整整齊齊，天氣潮濕，屋裡居然燒了一個火盆子，把屋裡烘得暖洋洋的。

見周文星一張玉臉如冰，任俠把東西往櫃子裡一放，交代一聲就夾著尾巴跑了，屋裡只剩下周文星與黃英。

黃英猶沈浸在震驚與傷感中，她一顆心掛念著阿奇，掏出手絹拭了拭眼角。

周文星方才瞧阿奇手上的手絹好像什麼時候見過，這時突然想起來，那次去黃家，英姊兒捨不得用手絹擦眼淚，拿出來又塞回去，那條手絹就跟阿奇剛剛拿著的一模一樣。他當時還感到疑惑，一個姑娘家的手絹怎麼不是嬌紅、嫩黃，反而是石青色的？

他見黃英魂飛天外、完全不準備向他解釋任何事情的模樣，怒氣一陣陣地翻湧，半晌，終於忍不住怒問道：「妳跟他什麼關係?!」

黃英見周文星怒氣沖沖，莫名其妙地回道：「和他什麼關係？他？你是說阿奇嗎？」

周文星找了張椅子坐下來，一副洗耳恭聽的樣子。

黃英卻覺得還是不要說得太多比較好，只道：「以前認識的人，我救過他，他也救過我。」

周文星有些吃驚，睜著一雙桃花眼，很是急切地問：「妳救過他？怎麼救的？」

黃英見周文星恨不得馬上知道答案，眉毛一挑，白了他一眼道：「就這麼救的唄！」

雖然只相處不到三日，可黃英很快就發現周文星是個很有好奇心的人，凡事都想弄個明白，可是這次她不打算再解答了，心道：好奇死你！

果然，周文星見她不肯說，更著急了。「妳為何不說？他又怎麼救了妳？」

黃英裝模作樣地扶了扶腰道：「哎喲，坐了一天馬車，這腰疼得，我得去躺一躺。」說著就往旁邊的床上一躺，拉開被子裝死去了。

周文星見黃英手臉不洗、衣裳不換就往床上躺，忍不住嫌棄，又見她故意不回答問題，火大地說：「別以為我不知道，妳是不是送過他一條手絹？」

他覺得那兩條手絹一模一樣，肯定是英姊兒做了送給阿奇的。

黃英聽了噗哧一聲笑道：「送了又怎麼了？許姑娘沒有送過你東西？」

她這句話等於承認阿奇跟她是類似周文星與許月英的關係。

周文星一下子沈默了，半天才沒趣地說道：「他不就是妳的好姻緣？」

黃英聞言，一顆心有些酸酸的。

阿奇沒有來求親，不知道是不是因為叔公的事？如果早知道他叔公病了，自己還會不會因為心頭堵著的那一口氣，就借著什麼皇帝老兒的由頭，一口答應嫁給周文星？自己嫁給周文星，是不是有一點「別人都覺得我嫁不好，我偏要嫁給你們看」的心思？

她自己也不明白。

周文星見黃英不說話，更覺得憋悶，只道：「我出去走走！」

黃英累極了，可內心卻亂糟糟的，不禁想：這個時候阿奇在幹什麼呢？

她在床上翻來覆去地睡不著，便從隨身的包袱裡拿出幾塊碎銀子，起身到隔壁去找香草。

香草見到她，從床上爬起來，哭喪著一張小臉道：「那車坐得奴婢都要吐了，少奶奶，奴婢明日可不可以跟您坐啊？」

黃英毫不猶豫地點了點頭，道：「香草，我知道妳累了，可是阿奇之前替我們全家看過病，又救過我二哥，現在他叔公沒了。香草，這一時之間也找不到香燭、紙錢，妳拿著這碎銀子，讓七風帶妳去阿奇家一趟好不好？請他無論如何都要收下。」

香草深感無奈，只得哼哼唧唧地爬起來去找七風。

吃過晚飯，周文星被族長留下來說話。黃英自己回到屋裡，一推門就驚呆了——阿奇竟然在屋裡，虛弱地靠牆站著。

阿奇瞧見黃英就像看到了久違的親人，滿眼悲傷地看著她，突然痛苦地擠出一句話。

「叔公，叔公是我害死的！」說完整個人反身趴在牆上，哭得渾身顫抖。

黃英不知道該怎麼安慰他，一迭連聲地否認道：「阿奇，不會的，不是你！」

「是我、是我，是我的任性害死了叔公！我說要娶妳，非求著叔公去京城拜託周家悔婚！我們到了周家，門房沒人認識我們，只當我們是去打秋風的。叔公很生氣，便站在周家門外等周侍郎下朝，誰知道竟下了雨。叔公淋雨後病了，回來就、就……是我，是我害死叔公的！」

阿奇一邊說，一邊哭得肝腸寸斷、不能自已。

黃英眼淚不停地往下流，她忍不住去拉阿奇，說道：「阿奇，是天意，都是天意！你不要怪你自己，叔公看見你這樣，該有多擔心啊！」

阿奇聽到黃英提到叔公，更是痛苦得拚命拿頭去撞牆，一下比一下狠。

黃英死命拉他卻拉不住，乾脆心一橫，雙手一張，緊緊地抱住他，大聲叫道：「阿奇！我知道你很難過，可是叔公不是你害死的，不是！」

突然被英姊兒抱住，阿奇瞬間不知所措，連撞牆都忘記了。

他過來，本只是想把香草送來的錢還給黃英，可沒想到一見到黃英就悲從中來，這些話憋在心裡太久了，他不敢跟任何一個人說。

當初他已經剋死了父母，如今又剋死了撫養自己長大的叔公，他就是一個不祥的人！

如果不是答應了叔公，他一定會跟著叔公一起去的，可是如今黃英卻怕他傷到自己而不避嫌，不忌諱地抱住了他，這一刻，他內心深處生出一種強烈的渴望——一輩子都想跟這個女子在一起！

阿奇的背靠在黃英懷裡，還沒來得及說什麼，門就開了，周文星正站在門口。

雖然周文星嘴上說阿奇是英姊兒的好姻緣，可是看到這一幕還是想都沒想就衝了過去，狠狠地一把拉開黃英道：「妳放手！」

黃英被他拉得一個踉蹌，不滿道：「你幹什麼?!」

周文星把她扯到身後，惡狠狠地吼道：「妳閉嘴，回頭再跟妳算帳！」然後咬牙切齒地對阿奇說：「看在五伯公屍骨未寒的分上，這次我就當沒看見！要是你們敢再有下一次，我一定不會放過！」

在黃英面前，周文星一向是個很好說話的人，可今日他說的這些話卻帶著騰騰的殺意，讓她不禁打了個寒顫。

阿奇擦了擦臉上的淚，對周文星深深一鞠躬道：「都是我的錯，請你善待她。」說完不捨地看了黃英一眼，決然地轉身出門。

見周文星一臉寒霜，黃英才後知後覺自己已婚，剛才的舉動確實越界了。她有些感激周文星沒把事情鬧大，低聲道：「謝謝，相公。」

周文星只覺得「相公」兩字萬分刺耳，惡狠狠地道：「別叫我相公！以後都不許叫！」

「那、那要叫你什麼？」黃英有些不明所以。

「叫四爺！」

周文星餘怒未消，上前猛地一腳把半開的門踢上，轉身喝斥道：「妳知道妳在幹什麼嗎？這樣的事情要是被別人瞧見，你們都會被浸豬籠、被沈塘！真是、真是玷辱我周家的名聲！兩情若是久長時，又豈在朝朝暮暮？他要是真願意等，就老老實實地等妳三年，在這三年裡，妳既是我周家的四少奶奶，就要守規矩、守本分！」

誰知此時門忽然被推開了，卻見阿奇一臉決然地站在門口道：「我都聽見了，我會等！四郎，謝謝你。阿英，妳放心，我守完三年孝就來娶妳！」

周文星跟黃英驚得不知所措，待阿奇說完後轉身走開，他們才看見門旁還站著另一個目瞪口呆的人，香草。

看見香草，周文星頓時怒氣攻心。這丫鬟一直躲在一邊望風的吧？他狠狠地踢了一下門道：「妳滾進來！今天這事給爺說清楚！」

香草又驚又怕。她帶阿奇過來以後去了趟茅房，怎麼就惹出這樣的禍事來呢？她嚎啕大哭地一步一步挪進來道：「奴婢……少奶奶。」說著淚眼汪汪地看著黃英。

黃英也不知道為什麼香草會留阿奇一個人在屋裡？可見她抖得渾身好似篩糠、可憐兮兮的模樣，便上前將香草往外一推道：「周文星，這不過是個誤會，別拿我的丫鬟撒氣！香草，妳先回屋。」

香草得了這句話，逃得比兔子都快。不能怪她沒義氣，若阿英姊真要殺人滅口，也不需要她幫忙。

「誤會？我親眼所見，妳當我瞎了？什麼誤會讓妳去抱一個男人?!」周文星怒極反笑。那個阿奇不都認了嗎？說三年後會來娶她，他倒要看看他能不能做到！

黃英怒道：「男人怎麼了？難道看著男人去死也不能救他？」

周文星氣暈了頭，吼道：「原來妳說救過他、他救過妳，就是這麼救的？」只怕他們這樣摟摟抱抱不是第一次了！

黃英聽出他話中的諷刺，更氣了，說道：「你陰陽怪氣的做什麼？我只跟你解釋一遍，你愛信不信。我不知道他怎麼會一個人在屋裡，他一直拿頭撞牆，我想攔著他，就這樣！」

說完她走到床邊一屁股坐下，氣呼呼地瞪著周文星。

周文星怒得狠狠地踢了身邊的椅子一腳，卻踢到腳趾頭，咬著牙倒抽一口氣道：「妳的丫鬟妳去封口，別傳出什麼不該傳的話！」

黃英點點頭。

周文星又氣呼呼地道：「已經發生的事情我就寬宏大量，不再追究。我們就算是假夫妻，妳也不能與人苟且，這三年，妳要保證不會再跟他單獨見面！」

黃英愣了一下，問道：「且『狗』是什麼意思？」

周文星一時語塞，半晌才回道：「就是、就是不要跟男人發生不該發生的事情。」

黃英火大地說：「今天的事就是場意外，又不是故意的，我怎麼能保證？」

周文星的火氣又升了起來。自他認識英姊兒以來，真是少有不生氣的時候！「他一個人在屋裡，妳可以跑出來喊人啊！他撞牆，妳可以叫人來拉他啊！」

黃英想了想，說道：「不過一點點事罷了，真是煩死人，我最多答應你以後不跟他單獨見面。」

一番折騰下來，兩個人都很疲憊，可周文星見床上的被子亂七八糟，心裡說不出的膩味，道：「妳自己睡吧，我去任俠那邊跟他說點事。」

第二日，他們早早吃過飯就辭別周氏族長一家。下過雨後路上泥濘，馬車行得極慢，走了一陣子，周文星就叫停了車。

周文星下車說道：「七風，你帶著少奶奶跟香草先往家裡去，我與任俠有事要辦。」

黃英一方面不想自己先回周家，另一方面也想知道這兩人要搞什麼鬼，便道：「四爺，我與香草跟你們一起去吧？我保證不打擾你們辦事。」

周文星聞言皺了皺眉頭，略一猶豫後，突然冷笑一下，乾脆地告訴黃英道：「我要去為許姑娘掃墓修墳，妳也要去嗎？」

她都能跟別人摟摟抱抱了，自己去掃墓修墳又有什麼不可以？這事也沒什麼好瞞的。

一旁的任俠心情卻十分複雜。

許小姐之死，多少是因為他多事造成的，可是四少爺新婚回門就去為別的女子上墳，太委屈四少奶奶了。他看了看黃英，倒希望她鬧騰起來，大家都不要去才好。

黃英本來以為周文星跑出來是為了幫自己三日回門，沒想到還有這一齣，虧她還那麼感動。他以為這樣就能難住她？不就是墳嗎？靈臺山上的墳還少了？她在山上轉悠的時候，可沒少偷別人的祭品吃呢！

「去！為什麼不去？」

第二十章　整頓下人

馬車停在了眾妙庵前。

眾妙庵後靠青山，灰瓦黃牆，從外面就能看見裡面古樹蔚然。前面寬敞的院子以青石鋪地，平平整整，足可停上幾十輛馬車，看得黃英嘖嘖讚嘆。

院門打開，從裡面走出一個長相清秀的小道姑，身上穿著黑白水田衣。

周文星規規矩矩地行了個禮道：「小師父辛苦了，妳師父可在？」

那小道姑儀態優美地回了一禮道：「師父在後山上呢！」

周文星猶豫了一下才道：「昨日雨大，我擔心許姑娘的墳塋被水沖壞了，今日前來，是想託令師幫忙請些石匠好好修一修。」

小道姑聞言笑道：「這事卻是巧了，前些日子朝廷派人來為許姑娘修墳、立碑、豎牌坊，本來昨日便應該完工，卻遇雨延期，今日天晴，師父跟禮部的幾位官人正在辦落成禮。」

說著，小道姑看了黃英一眼，話語頓了一頓。「公子，要攜家眷上去觀禮嗎？」

周文星聽見禮部有人在這裡，心中一凜。看來是不能上山去了。他嘆道：「我們順路過來而已，還要趕著回京。」說著用眼神示意任俠。

任俠隨即遞了一個沈甸甸的素布包裹過去。

周文星道：「這是五十兩銀子，煩小師父請令師替許姑娘好好打一場醮，平日雇個農人常上去清掃看護，我明年必會再來。」

黃英聞言瞪圓了眼睛。五十兩?!自己的添妝銀子才不過十兩，周文星是不是太會敗家了！可轉念一想，再敗家也是人家的銀子，自己只能看著，不能插手。

一邊想，黃英的思緒又跑遠了。那許姑娘不知道是什麼模樣，想必跟嫦娥似的，連死了都有皇帝派人來給她修墳，還辦典禮，也不怨周文星瞧不起自己了。

她偷眼打量周文星，想不出什麼形容男人好看的詞，只覺得他真的很斯文、很漂亮，一舉一動都跟自己不同。嫁了這麼個相公，別人看來只怕是自己燒了高香，可只有她才知道箇中滋味，真真一點都不好受。

就要回周家了，日子可怎麼過？還有阿奇，三年後，他真的會來找自己嗎？

黃英心想，人人都瞧不起她，但她不能服軟，自己得瞧得起自己才行！

進城前，周文星讓七風停車，換到黃英車上。眼見家門越來越近，他也越來越忐忑不安，雙腿微微發軟；可一看黃英，卻見她神色肅然，並無半點慌張失措，他莫名地有些慚愧。

其實黃英倒不是不擔憂，而是緊張過了頭，全身僵直，心中做好了最壞的打算。

他們到二門下車，卻不想喬嬤嬤早在門口張望，沒等他們站穩，她就像看見救星一般衝了過來，草草問過安，便急道：「夫人病了，跟杜嬤嬤去了莊子上養病。」

聽到這個消息，黃英身子晃了一晃，差點沒站穩。這就好像她正使足了勁跳起來要跟人拚命，卻撲了個空，那種感覺不是如釋重負，而是找不著北。

周文星卻呆了一呆。母親這是被罰了？出手的是父親，還是祖母？喬嬤嬤等在這裡，想必有話要單獨跟他說。

他強壓下心中的不安，深吸一口氣對黃英道：「妳先回蘭桂院，我有點事要辦。」說完示意喬嬤嬤跟著他。

黃英緩過勁後，忽然覺得奇怪，暗想：若是急病，不是應該待在家裡養病嗎？難道那病會過人？

她想不明白，也懶得多問，帶著香草回去蘭桂院。

蘭桂院靜悄悄的，大門緊閉。黃英抬頭看了看「蘭宮桂殿」四個大字，心裡鼓了鼓勁，讓香草去敲門，誰知道香草都快把門給砸破了，也沒人應門。

香草每喊一聲「少奶奶回來了，開門」，黃英的怒氣就上升一分，眼看足足一炷香的工夫過去了，門硬是不開。

黃英脹紅了臉，叫住香草。「別叫了，她們故意不開門，妳喊破嗓子也沒用！」說著走過去低聲吩咐了她幾句。

香草一聽，立刻來了勁，飛快地朝外院跑去。

此時正是晚飯前，院子裡人來人往，見黃英站在那裡，都叫她一聲「四少奶奶」，卻不問她為什麼站在院子外面。

不一會兒，香草迅速地跑了回來，興奮地說道：「少奶奶，讓奴婢來吧？」

黃英看了她一眼，伸出手來，香草有些捨不得地把手中的東西遞給她。看著那把雪亮的斧頭，黃英掂了掂。果然比自己以前用的沈多了。

她幾步走到門前，二話不說，拿出看家的本領，挺腰吞氣，狠狠地就給了大門一斧頭。

院子外面的人全跟中了妖法一般地停下了腳步。這真是千古奇聞！有哪個主子回自己的院子要用斧頭砍門的？

此時院子裡終於有了響動，傳來丫鬟的哭叫聲。「守靜姊姊，有人拿斧頭砍門！要殺人了！」

黃英在家砍柴砍了十幾年，這扇門又是內院的門，本就不甚結實。香草見那門已被砍開一個大口子，手伸得進去了，忙跑過去說道：「少奶奶，不用砍了，奴婢把門閂撥開！」

只見黃英滿臉寒氣，手握斧頭站著不動，看得院子外面的僕婦們一個個打寒顫，心想：四少奶奶就是個活閻王，啥都敢幹，千萬別惹她！

待黃英邁著大步、提著斧頭進了院子，就見丫鬟跟婆子全縮成一堆，滿臉恐懼地看著她，跟看怪物一般。
她拎著斧頭慢慢走到眾人面前問道：「誰不准開門的？」
只見申嬤嬤從人群中站出來，抖著聲音道：「少奶奶，昨日您與星哥兒回門，夫人知道了，就來院子裡鎖門，說日後這院子還是守靜做主，大家都要聽她的。我們這些人有夥同少奶奶與星哥兒逃跑的嫌疑，沒有守靜的許可，不准靠近大門半步，否則一律打一頓拖出去發賣！」
見到黃英手提斧頭的狠勁，守靜有些膽怯。剛才她吩咐人不許去開門，本想讓四少奶奶在院子裡多站一會兒，出出醜，四少爺回來她自然就讓人進來了，誰知道這位四少奶奶居然能在這一會兒工夫拿斧頭砍門！
守靜心想，她相當於有夫人賜的尚方寶劍，又覺得四少奶奶再厲害，也不能拿斧頭砍她，便一挺細腰道：「四少奶奶回來，怎麼不讓守門的婆子通傳一聲，卻拿斧頭砍門，這是哪裡的道理？」
黃英簡直被守靜氣笑了，她把斧頭遞給香草抱著，說道：「妳們家四少奶奶就是不喜歡走尋常路！香蘿呢？」
她急著進門主要是擔心香蘿。別人不開門就算了，香蘿沒道理不來，除非香蘿出了什麼事。
申嬤嬤忙道：「香蘿那丫頭可吃了大苦頭了！夫人說她知情不報，打了她十大板子，現在還在床上躺著爬不起來呢！」

黃英心頭一緊，忙一把拉住她道：「快帶我去看看！」

香蘿本來就瘦小，這會兒躺在被子裡都看不見人。黃英伸手揭開了被子，倒抽了一口氣，眼淚瞬間就下來了。

此時香蘿身上的血跡已經乾透，褲子被黏得纏作一團，慘不忍睹。她的頭上有傷口，頭髮被剃掉一塊，剩餘的也被剪得長長短短，剩不到一寸，哪裡還是那個乾乾淨淨、乖乖巧巧的小丫鬟？

一時之間，黃英只覺得嗓子發腥，恨得雙眼發紅。香蘿一向老實聽話，只是個不到八歲的小娃娃，誰竟下了這樣的狠手！

香蘿見了黃英，立刻哼哼地哭了起來，中氣不足，聲音跟貓兒叫似地細。

一旁的香草眼淚也不住往下流。她再沒想到，到周家不過幾日，香蘿居然被打成這樣，也不知道命還保不保得住？

黃英淚眼模糊，吩咐香草。「去找任俠，無論如何都要尋個大夫來給她瞧瞧，記得帶著斧頭去！香蘿，妳別怕，有我在，我在呢！」

接著她又對申嬤嬤說：「嬤嬤，去燒熱水放涼給香蘿收拾收拾，換上乾淨衣裳。」

香蘿只是嗚嗚哭泣，半天過後終於能說出完整的話來。「少奶奶，奴婢是不是很醜，不能當丫鬟了？守靜姊姊說、說奴婢頭髮上有蝨子，少奶奶、少奶奶，奴婢沒有，奴婢真的沒有，別趕奴婢走！」

聽見此話，黃英內心怒恨交加，一雙黑眼幽深發亮。她緩緩地站起身，走出門去，香蘿聽見她說：「妳放心，我給妳報仇！」

說起來，守靜要是不機靈，也不會當上大丫鬟了。申嬤嬤帶著黃英去探望香蘿時，她就知道事情不妙。按照四少奶奶的魯莽勁，肯定會把她拖過去，照樣剪了她的頭髮，那她怎麼見人！

所以，申嬤嬤與黃英一往屋裡走，守靜就一溜煙地跑出了院門，等黃英過來抓她的時候早沒影了，氣得黃英恨不能手裡再有一把斧頭，把院子中的桂花樹全砍了出氣。

她掃了站在原地不敢隨意走動的丫鬟與婆子一眼，不知道接下來該怎麼辦？翻牆、砍門難不倒她，可是如何跟這幫丫鬟和婆子打交道，她卻完全沒主意。

原以為只要換了人做頭、把守靜趕到外院就沒事了，誰知道申嬤嬤雖是周文星的乳母，卻半點拿不住守靜。

黃英還記得當初見雪與得翠都是選擇留下的，她便揮了揮手道：「得翠、見雪，妳們兩個把所有人都叫到堂屋去，我有話問。」

見雪立刻脆生生地應了聲。「是！」

她看了得翠一眼，吩咐一旁一個肥胖的嬤嬤道：「少奶奶才進門，想是又渴又累，麻煩妳去廚下沏壺熱茶送過來。」

接著再對另一位頭髮有些花白的嬤嬤道：「妳老人家熬得一手好粥，不知道四少爺一會兒回不回來吃飯？大廚房雖然預備了，只怕東西有些油膩，煩妳老人家去熬兩碗白粥來。」兩個嬤嬤看向黃英，黃英瞧見雪安排得井井有條，也有些吃驚。她點了點頭，兩個嬤嬤便去忙了。

相較於見雪，得翠卻有些磨磨蹭蹭地縮在後面，頭都不敢抬起來。

黃英進了屋，在上首的太師椅上坐下，見人到齊了，第一句話便問：「初春呢？」

見雪低聲道：「初春姊姊也被打了十大板子，她家人接她回家養傷去了。」

黃英又倒抽了一口氣。看來她身邊的人唯一沒被罰的就是喬嬤嬤，難怪她要在二門等著他們。

這次事情鬧得這麼大，可是見雪卻這樣積極，難道不怕嗎？她瞥向見雪，卻意外地從她漂亮的眼睛裡看出一種難以掩飾的激動。

黃英有些莫名其妙地盯著見雪，見雪被她看紅了臉，有些羞赧地說道：「少奶奶還有什麼吩咐嗎？」

她點了點頭道：「把門關上，上門閂！」

得翠抖了一下，突然跪倒在地道：「少奶奶，奴婢也是被逼的，求少奶奶饒了奴婢！」

在這個當口，見雪已經聽話地去把門給門好了。

黃英也不理得翠，只道：「對香蘿動手的，除了她還有誰？」

眾人都不說話，黃英突然提高了聲音。「躲得過初一，躲不過十五，妳們莫要以為守靜還能給妳們撐腰，她要是真的腰桿子硬，這會兒也不會逃了！」

這院子一共有四個嬤嬤，三個都派了差事，剩下最後一個嬤嬤也跪下道：「少奶奶，是夫人吩咐我們都要聽守靜姑娘的，不能怪我們！」

黃英突然笑了，說道：「見雪，去點根蠟燭來。」

見雪一路小跑去拿了蠟燭點上，交到黃英手裡，關了門的屋子裡頓時被這紅紅的蠟燭照得有幾分亮堂。黃英的臉在光線中忽明忽暗。她既然選了做潑辣貨而不是受氣包，就只能在這條路上走到黑了。

「誰第一個說香蘿頭上長了蝨子的？」也許是燭光一閃一閃的緣故，這話聽起來很是陰森。

「是、是守靜姊姊讓奴婢說的呀！少奶奶，奴婢真的沒有辦法，那時候奴婢選擇留下，她們就打定主意不肯放過奴婢了！少奶奶，我們都是誰大聽誰的呀，少奶奶！」得翠害怕得聲音打顫。

黃英舉起紅燭笑著道：「別求饒了，我聽著膩味得慌。我也知道妳們沒有辦法，夫人要罰，誰攔得住呢？就是我在，只怕也是一樣的結果。」

她頓了頓，話語裡沒有半點餘地。「可香蘿才八歲，又是我的丫鬟，受了這樣的罪，我不替她報這個仇，還配做人嗎?!」

黃英又看了看下面的眾人，說道：「不用擔心，這種造孽的事情，我不會讓妳們動手的！」

說著她站起身來，走到得翠身邊，一把扯住她的頭髮。

得翠嚇得不敢亂動。燒掉了頭髮還能再長出來，燒傷了臉可是一輩子都毀了！儘管如此，她還是哭得聲嘶力竭。

頭髮被燭火燒去，散發出一種特別的焦味，一屋子人誰都沒說話，連大氣都不敢喘，但是所有人一輩子都忘不了那個奇怪的味道。

四少奶奶才進門，大家只當她是不懂規矩的鄉下姑娘，如今人人都知道了，她膽子比誰都大、手段比誰都狠、對身邊人比誰都護短。

拾柳偷看著見雪，有些後悔當初的選擇。夫人也好，老夫人也罷，日後難不成能天天在這院子裡守著？自己得罪了這麼一尊活閻王，以後可怎麼辦？見雪這丫頭實在太狡猾，馬上就靠了過去，自己現在要表達忠心，會不會有點晚了？

那個嬤嬤初時還以為可以倖免，此時見得翠的一頭長髮被燒得只剩短短一截，馬上就輪到她了，終於忍不住跳了起來，轉身就朝外逃去，還嚷嚷道：「閻王打架，小鬼遭殃。老奴的身契在夫人手裡，不聽夫人的聽誰的？」

黃英立刻把手中的蠟燭遞給見雪，自己則三步併作兩步，一把拉住了那嬤嬤。那嬤嬤也顧不得尊卑了，伸手就去推黃英，兩人頓時纏在一起。

說真的，黃英本來不想動手打人，可是這會兒也由不得她了。

那嬤嬤體格高壯，黃英還矮了她半個頭，她雖不敢真對黃英動手，只求能逃出去，可黃英卻死拉住她不肯放手，她只得使出吃奶的力氣。

兩個人都是常年做粗活的，這一鬥，鬥了個旗鼓相當。所有人都驚呆了，再沒見過誰家少奶奶會跟家裡的粗使嬤嬤這樣打架的。

見雪想去拉架，卻插不了手，正急得團團轉，有人卻早了她一步。

別看拾柳身形纖細、風一吹就倒的模樣，其實極善舞蹈。這會兒，她不知道從哪裡扯了條腰帶衝過去，快手快腳套住了那嬤嬤，接著一綁一縛，那嬤嬤頓時便動彈不得。

拾柳綁完了人，還嬌滴滴地罵。「嬤嬤這是失心瘋了嗎？敢跟少奶奶動手！」

黃英此時已是頭髮散亂、衣衫不整，見狀終於鬆了口氣，俐落地伸手扯開了那嬤嬤的髮髻。

那嬤嬤嚎天喊地，還罵拾柳是不要臉的小蹄子，鬧得天翻地覆。

黃英忙叫見雪。「趕緊給我找把剪刀來！」

剪刀在手，黃英半點猶豫也沒有，喀嚓剪了下去，豈料那嬤嬤頭髮太多，黃英又用力太猛，剪刀卡住了不說，頭髮還沒斷。

此時守靜在外面拍門叫道：「開門，快開門！四少爺回來了！」

那嬷嬷一聽，翻身又要逃跑，黃英急了，喝道：「給我抓住她，今日不把她的頭髮剪了，誰也不許去開門！」

眾人這會兒好像被打開了什麼開關一般，聽到黃英的吩咐，立刻一擁而上，把那嬷嬷壓在地上，黃英就這樣把她的一頭長髮剪得亂七八糟！

第二十一章　怒火中燒

周文星在門外只聽見裡面亂成一團，他焦躁不已，急得用腳踢門。

守靜道：「爺，仔細別踢傷了腿！」又哽咽著說：「也不知道少奶奶會怎麼搓揉姊妹跟嬤嬤們？」

兩人在外面等了半日，門終於呀的一聲打開。

周文星眨了眨眼，定睛一看，頓時被眼前的場景驚呆了。

黃英端端正正地坐在上方的太師椅上，身穿一件猩紅色比甲，衣襟上繡著喜上眉梢圖案；下穿水紅雲紗百褶裙，頭挽高椎髻，綁猩紅髮帶、插丹鳳金釵，面色端凝。她本就生得濃眉大眼，被這身大紅一襯，竟是豔光四射。

周文星不禁揉了揉眼，覺得自己一定是氣得腦眼充血，才會看得恍神；可再定睛一看，又見拾柳與見雪分站她兩旁，底下丫鬟跟婆子如雁翅排開，站得整整齊齊。

這當中，只有得翠與一個叫不出名字的嬤嬤悽悽惶惶，得翠滿頭秀髮早燒焦成一小團、一小團的；身旁嬤嬤的頭髮則被剪得長長短短，有如瘌痢頭一般，甚是滑稽。

此時，屋子裡瀰漫著令人噁心的焦味。

守靜見此情形，驚呼一聲，哆嗦了一下。要不是她跑得快，這就是她的下場！

她頭一低，眼圈就紅了，委屈道：「爺，您瞧瞧，奴婢說了半句假話沒有？爺，您是沒瞧見，少奶奶手上提著斧頭，凶神惡煞要殺人一般！我們這些下人就是再不濟，也是從小伺候您長大的，不看僧面看佛面，打狗還須看主人，我們有什麼不對，教導才是正理，這樣打罵羞辱，豈不是半點也不把爺的臉面放在眼裡？」

守靜一邊說，一邊用一條軟煙羅的繡花手絹擦著眼淚。

周文星拍了拍她的肩頭道：「別怕，有爺呢！」轉身對眾人吼道：「妳們全都退下，遠遠地避到外面去，我有話跟四少奶奶說！」

「四少奶奶」這四個字，他說得簡直是咬牙切齒。

待屋子裡只剩下黃英與周文星，周文星才疲憊不堪地上前幾步，歪歪扭扭地坐在黃英另一側的太師椅上。他用左手支住自己的額頭，半天才開口。「我……真的好累，這才四日，我簡直不知道往後的日子該怎麼過！」

黃英原等著周文星朝自己發飆，不斷思考著要怎麼吼回去，可沒想到他竟然來軟的。黃英的個性吃軟不吃硬，被他這麼一說，倒一時羞愧起來。

自己今日這般行事，莫說是大家媳婦，就是老柳村，也沒有誰家媳婦才過門，就敢拿斧頭砍夫家的大門的。她當時一來怒上心頭，二來擔心香蘿，現在想來自己也有些害怕。那斧頭要是砍傷了人，自己如何收場？

黃英語無倫次地回應道：「相公，哦，對不起，四爺，我、對不起！」

周文星剛才進門前就想清楚了，若自己還是一味發火，跟黃英硬碰硬，只怕這倔強的野丫頭會鬧得更狠，所以才來了個哀兵之計，沒想到這麼管用。

他精神一振，怒氣半消，道：「我也知道妳的難處，可是對待下人要如春風化雨，有什麼事都得慢慢來，就是晚一時三刻進門，又有什麼？我回來了，誰還能不讓妳進門？本來妳有理，可是妳這樣喊打喊殺地衝進來，那是山大王！門砍壞了，妳有理變得沒理，還得賠錢！」

「什、什麼？我還得賠錢？」黃英急得說話都結巴了，那大門不知道要多少銀子？

見黃英急得話都說不索利了，周文星一愣，怒火全消，好不容易忍住了沒笑出聲來。這英姊兒也太好騙了！

門自然是要修的，但肯定是公中出銀子。他隨口拋出這句話，也是因為路上聽七風說，英姊兒背著自己派了香草給阿奇送銀子。當時他沒感覺，誰知道心頭好像扎了根毛刺，忍不住想知道她到底送了多少？

周文星翹了翹腿，裝作不在意地問道：「妳還剩多少銀子？」

黃英急道：「我還剩五兩，不知道夠不夠？」

周文星只覺得心口被什麼東西撞了一下。她手邊就這麼點銀子嗎？他去過黃家，也知道黃家家境不太好，可是五兩不過是妹妹們的月例銀子，還不夠用，而英姊兒全部的添妝銀子居然只有五兩?!不對，這是除去給阿奇的。

他不禁問道：「妳原來有多少？」

「原來……原來有十兩。」她決定跟周文星說實話。與周文星給許姑娘做法事跟修墳一出手就是五十兩比起來，她覺得自己給阿奇那點銀子不算什麼。

周文星沈默了，說不出是微微的感動還是小小的嫉妒。這個傻大姊就這麼喜歡阿奇嗎？一出手就是半副身家。

黃英見周文星默默無語，並不知道他的感受，只是失望地想：這些錢肯定不夠！自己才嫁過來四天，一輩子的添妝銀子就都沒了！以後可怎麼辦?!

她垂頭喪氣的，突然間想起了什麼，驚喜地叫道：「哎呀，我怎麼沒想到，還有老太爺給的一百兩銀子呢！這回總夠了吧？謝天謝地！」說著自己就傻樂起來。

周文星瞪了她一眼，想了想，說道：「那一百兩不能動！要是哪天老太爺問起那錢妳怎麼花的，妳難道要說，『回老太爺，孫媳婦砍門當柴燒，拿去修門用了』？」

被他這樣打趣，黃英也覺得尷尬，噘著嘴道：「那我只有五兩銀子，你說怎麼辦？」

周文星搖頭晃腦，慢慢地道：「這樣好了，這錢我來出，不過，我有個條件。」

英姊兒聽見他肯出錢，有種闖禍後有人幫忙擦屁股的感激，眼裡都發出了光，忙道：「你說、你說！」

「守靜的事情就此打住，將來這院子裡裡外外的事還讓她來管，妳就享清福，輕輕鬆鬆做個四少奶奶。」

在周文星看來，這是最好的辦法。守靜確實狡猾了些，可管理家事時，事曲則全，直來直往絕對不行。

守靜這樣使絆子，要的不過是跟過去一樣管著這院子的雜事，他本就沒想英姊兒能管家，所以這事在英姊兒進門前他就答應了守靜，如今守靜又得了母親的吩咐，就是為了娘的臉面，也不能不用她。

至於香蘿，頭髮上有沒有蝨子，誰說得清？人是母親吩咐打的，難道要把母親也按住打一頓為個小丫鬟出氣？已經罰了兩個人了，沒必要再不依不饒。

黃英卻失望地看著周文星，覺得自己好像一隻小狗，被人用顆包子扔來扔去地耍著玩。自己在周文星眼中原來連個丫鬟都不如，虧她還自作多情，以為周文星在幫她解決困難！

壓抑著內心的憋悶、屈辱，她冷笑道：「繞這麼大的彎子，原來在這裡等著我呢！守靜的事，你答應過我的，這院子我做主！」

周文星哪裡知道自己之前漏聽了一句話，只認為黃英簡直是不知道好歹、眼高手低，怒道：「我什麼時候答應過妳？我又怎麼可能答應妳！妳什麼都不懂，做什麼主？妳做主？出嫁從夫，我做主！」

黃英心想，周文星瞧不起自己這件事她認了，可是他不能不講信用，不能繞著彎地耍她玩！

她怒吼道：「你又不是我真的夫君，我憑什麼要聽你的！我確實不懂你們這些個顛倒黑白的彎彎繞繞，可是我知道做人不能說話不算話！我說到做到，明兒，我一定要把她頭頂上那幾根毛薅下來！」

周文星這回真的信了守靜那幾句挑撥離間的話，英姊兒確實是半點不把他的臉面放在心上，不把母親的臉面放在心上！

他為了讓她的父母臉上有光，不惜忤逆母親，想方設法幫她回門，結果害母親被父親責罰，說她管家不力，被送到莊裡反省！自己沒責怪她半句，反而苦口婆心地講道理，結果她半句都聽不進去，還像個潑婦一樣胡鬧！

周文星鄙夷地站起身來，雙眼如冰、眉毛倒豎地道：「妳敢?!」

黃英被他的寒氣嚇了一跳，可也越發覺得周文星可鄙，說話不算話，兩邊倒，算什麼男人！

她一拍桌子站起來，雙眼似火、濃眉飛揚，寸步不讓地道：「你看我敢不敢！」

周文星見黃英完全沒有反省的意思，不禁更加心寒，他冷哼一聲，跺腳轉身而去。

這一夜，周文星沒有回來。

黃英明明累得骨架都要散了，卻翻來覆去地睡不著覺。不管這夫妻做得是真是假，她都跟他說好了，晚上一定要回來睡的。

誰知道昨天為了阿奇、今天為了守靜，兩人連吵了兩日，周文星一到晚上就跟縮頭烏龜似地跑得不見人影，可見他根本沒把他們之間的約定當一回事，是個出爾反爾的小人！

黃英眼角濕潤，恍恍惚惚間，她想起娘說的話。「要笑臉迎人，顧全自己男人的臉面，男人才會疼妳。」

守靜的話她也聽見了，明日一早，她要是真把守靜的頭髮給燒了、剪了，只怕打的不單是周文星的臉面，連夫人的臉也一起打了。就算自己要和離嫁給阿奇，也是三年後的事，這樣做的話，往後三年怎麼過？可是守靜才是一直作怪、給自己難堪的那個，這樣對她讓步，不僅對不住香蘿；讓她掌管院子，她一顆心也像被一根繩子扯到了嗓子眼一般，片刻不得安寧。

要是在家裡，還可以跟娘商量該怎麼做，可是這裡……香草與香蘿還是孩子；見雪跟拾柳，誰知道她們是怎麼想的？喬嬤嬤不用說，就是夫人的眼線；初春，也許可以信賴？

第二日，黃英匆匆吃過早飯，就帶著香草往二門走去。

到了門口，她們就被門房婆子給攔住道：「四少奶奶，這大家的規矩，女眷是大門不出、二門不邁的。要出門，一是要大少奶奶的對牌，二是要備好車轎，難道四少奶奶打算就這樣走到大街上去不成？」

縈祥家的瞧黃英連紗帽都不戴就這樣大剌剌地要出門，忍不住替這位四少奶奶發愁。怎麼她身邊連半個提點規矩的人都沒有，只帶著一個也是從鄉下來的半大丫鬟到處亂闖。

黃英愣住了，隨即紅了臉。她急著出門，卻沒想到周家不是黃家，雙腳一邁就能出去。前日自己吃這二門的虧還不夠嗎？怎麼就不長記性呢？難道還要再用斧頭砍開門闖出去？

想到這裡，黃英匆匆道了一聲。「多謝嬤嬤指點。」說完便帶著香草去焦氏住的梅鶴院。

梅鶴院與她住的蘭桂院隔著周夫人的饑穀院，如今周夫人不在家，饑穀院大門緊閉，梅鶴院倒是有個衣著光鮮的婆子守著大門。

見黃英跟香草朝梅鶴院的大門而來，那看門的婆子老遠就滿臉堆笑地幾步跑過來道：「四少奶奶早！不知道四少奶奶過來有什麼事情？要不要先到倒座喝杯茶？」

這殷勤的態度讓黃英嚇了一跳，她才要說話，香草就嘴快地道：「我們四少奶奶想要對牌出門，去看初春姊姊，還需要馬車或轎子。」

那婆子的笑容半點不變，只道：「哎呀，我們大少奶奶這會兒還在日照館理事呢，每日總要到快午時才能回來，四少奶奶要對牌跟車馬，打發了人去日照館就是。」言下之意，主子們再沒有自己滿院子亂竄要對牌與車馬的。

黃英見這婆子不過是在焦氏外院看門的，說話辦事卻都十分伶俐，她卻……

今日見了周家兩個看門婆子，都比她斯文、懂規矩，難怪周文星昨日會說她什麼都不懂。倒不是人家小瞧自己，而是自己真的擀麵杖吹火，一竅不通！她不由得有些喪氣，頭都抬不起來。

那婆子見黃英低下頭悶悶不樂的樣子，也不出言譏笑，反給她遞臺階道：「若是四少奶奶這邊騰不出人手，我找個婆子替四少奶奶跑一趟？」

黃英聞言勉強笑了笑道：「不用，謝謝嬤嬤了。我突然想起一點事，回頭再來看你們大少奶奶。」說著再也無顏在這裡久留，帶著香草轉身飛快地回去蘭桂院。

一路上，黃英一直想著梅鶴院的守門婆子有多能幹，難怪大嫂能管家理事。也許守靜不是完全沒有道理，當初自己要是聽她的，按照名簿點名，也許就不會鬧出後面那麼多事情來了。

黃英的心意動搖起來。守靜的事，要不要聽周文星的？

回到院裡，黃英先去探望香蘿。昨日用了藥，申嬤嬤又找了條好看的白底紅桃花頭巾為她裹頭，看上去好多了。

她到的時候，申嬤嬤正拿了藥來。香蘿端起黑漆漆的苦藥一口就喝了個底朝天，一雙亮晶晶的眼睛彎成一對月牙道：「少奶奶，奴婢會乖乖喝藥，趕緊好起來，給少奶奶守夜、看門。」

黃英看著香蘿乾乾淨淨、跟小雞一般信賴的雙眼，那句「咱們就放過守靜」的話到了嘴邊又吞回去。守靜她一定要收拾，可周文星與夫人也不能得罪，她絕對要想出辦法來。

三個臭皮匠，勝過一個諸葛亮，黃英回屋就叫見雪與拾柳來次間商議。她們昨日既然出手幫忙，跟守靜就不是一夥的，自己可以試著相信她們。

見雪和拾柳不知道黃英有什麼吩咐，規規矩矩地站著，悶不吭聲。

這次間原是供黃英日常作息之用，靠窗放了一個條案跟兩把官帽椅，靠牆則砌了一道炕，丫鬟值夜時就睡在這炕上。

黃英坐在炕沿上，看著眼前這一對美人，心裡怪彆扭的，覺得讓她們站在那裡實在是罪過。想起在周老夫人與周夫人屋裡，得臉的僕婦都是坐在小凳子上的，便道：「妳們讓人去抬幾張小凳子過來放在這屋裡。」

見雪點頭稱是走了出去，不一會兒就有婆子搬了四張小凳子過來，外面裹著錦布、裡面墊著棉花，看上去就是一個個錦墩。

黃英這才叫她們倆坐下，又讓香草到外面去守門，接著鼓足了勇氣，放下自尊心，咬牙開口道：「妳們也知道，我才進門，家裡的規矩一概不懂。妳們一個是老夫人那裡出來的，一個是夫人那裡出來的，日後不知道妳們願不願意幫我？」

見雪與拾柳心中一喜。她們要的不就是這個？兩人聞言連忙站起來，躬身恭敬道：「少奶奶有話只管吩咐，奴婢們必定盡力去辦！」

黃英見她們態度甚好，心中一塊大石頭落了地，身體放鬆下來，往後面的大抱枕上靠了靠，說道：「如今就有一樁為難事，守靜的事，妳們說該怎麼辦才好？」

見雪跟拾柳沒想到黃英一下子就把最大的難題扔了出來，不禁面面相覷。四少爺要保，四少奶奶要搞，她們要是給出謀劃策，四少奶奶勝了固然站穩了腳跟，可要是敗了呢？守靜可不好惹！

第二十二章 各懷心思

黃英對大家這些個通房、小妾的規矩完全不懂，喬嬤嬤與初春當初也不可能上趕著告訴她這些。

見雪和拾柳兩個，其實是周夫人與周老夫人送給周文星的預備通房。只是周文星一心讀書，又不想在許月英進門之前就弄一堆通房給她添堵，這才不上不下地晾著這兩人，一向由守靜管著。守靜平日裡可是把她們盯得牢牢的，輕易不讓她們在周文星跟前露面。

黃英進門時，見雪與拾柳本來還一直擔心自己的命運，心想四少奶奶是四少爺自己瞧中的，兩人好得跟扭股兒糖一般，哪裡有她們插針的分？誰知道這位少奶奶一來就跟守靜對上了，倒讓她們收了漁翁之利。

見雪覺得黃英占了名分，又有周文星撐腰，還有初春的意思只怕就是夫人的意思，所以見初春跟了四少奶奶，自己也留了下來；拾柳卻認為，通房比大丫鬟還要招少奶奶們的恨，自己留下來也沒個好，不如靠著守靜，日後少奶奶若要整治自己，還有個幫手。誰知道四少奶奶手段狠，又護自己人，守靜卻在關鍵時刻自己跑了，根本靠不住，所以她才臨陣倒戈，站到這邊來了。

黃英哪裡知道內宅鬥爭的事，她不過是病急亂投醫，沒魚蝦也好而已。

且不說這兩個丫鬟這麼多的心思，黃英見她們久久不回答，有些不耐煩地說：「拾柳，妳先講！」

拾柳看了見雪一眼，她本來想等見雪先說的，如今只好道：「少奶奶，依奴婢說，守靜靠的不過是四少爺，只要把四少爺說通了，還有什麼為難的呢？」

黃英瞪大了眼睛看著拾柳。自己怎麼那麼傻，這麼簡單的道理都想不明白！守靜一個下人，仗的不全是周文星的勢嗎？明明是守靜沒理，自己只要好好勸說周文星，他的面子問題也就解決了！黃英頓時覺得一團亂麻好像找到了頭，滿懷希望。

拾柳卻以為自己說錯了話，咬了咬嘴唇，低下頭，露出一截雪白的頸子道：「少奶奶，奴婢說錯話了，四少爺怎麼會不站在少奶奶這邊呢？看奴婢糊塗的！」她為了顧全黃英的面子，真是睜眼說了瞎話。

黃英看那頸子看得晃了眼，心道：這皮膚真是好，怎麼養出來的？忙又收回眼神，坐直了身子，擺了擺手笑道：「妳沒說錯話，這主意很對，可是我不知道怎麼樣才能說通四少爺，妳可有法子？」

拾柳聞言大喜過望，抬頭一笑，真可說是千嬌百媚。黃英心裡又忍不住嘆道：這周家的丫鬟一個個怎麼都跟畫上的仙女一樣呢？

只見拾柳道：「奴婢也沒什麼好法子，不過這會兒就要正午了，不如整治一桌好酒菜，派人去請四少爺回來，少奶奶跟四少爺邊吃邊說，喝上兩盅，還有什麼說不通的呢？」

黃英連連點頭，忙不迭地吩咐道：「妳趕緊讓人去準備飯菜，然後去請四少爺回來！」

這話著實讓拾柳呆住了。四少奶奶不是該防賊一般防著自己接近四少爺才是嗎，怎麼倒派自己去找他？這簡直是天上掉下來的好機會，沒道理不接著，這次看來是投靠對人了！

見拾柳歡天喜地辦事去了，黃英這才想起來還沒問見雪的想法，她緩緩轉頭看向了見雪。

見雪猶豫了一下，伸手撩了撩垂在眼前的髮絲，方道：「奴婢有幾句話，也不知道當說不當說？」

黃英皺了眉頭。這些人有什麼話不能爽快一點地說，偏要這樣磨磨蹭蹭的！

見雪見黃英皺眉，忙道：「依奴婢說，少奶奶才剛進門，何必非要跟四少爺與夫人拗著來？少奶奶是主，守靜是僕，就是讓她管事，少奶奶發話，她敢不聽？要是她不聽，就是她的錯，到時候少奶奶要打、要罰，就是四少爺跟夫人，也沒法子說少奶奶錯了。」

黃英聞言一拍手邊的炕桌，砰的一聲，把見雪嚇得跳了起來，以為自己這樣說惹她生氣了。

這回黃英是實實在在地服氣了。自己的腦子怎麼就那麼不清楚呢？把周文星叫過來相勸，說到底還不是要他按照她的意思辦？可看他護著守靜的模樣，他怎麼可能願意？見雪這個主意才是真正高明！

黃英瞧見雪一副害怕的樣子，忙放柔了聲音道：「妳坐下吧！見雪，我不知道妳為什麼要幫我，不過妳既幫了我，我必不會虧待妳！以後妳就跟在我身邊，凡事提醒我；還有，我知道妳是夫人的人，可是我是夫人的媳婦，只想好好孝敬她、討她歡心，妳可要幫我，教我怎麼做才好！」

這話半點彎都不打，見雪實在有些不習慣，卻又覺得一顆心暖暖的，暗暗思忖道：少奶奶今日能把香蘿當人，日後也會把我當人！

想明白了，見雪便站起來肅然道：「奴婢本來就是來伺候少奶奶和四少爺的，夫人也是一心想要你們過得和美，奴婢得少奶奶看重，萬沒有不盡心的！」

黃英索性招了招手，讓見雪坐近一點，讓她細細告訴自己家裡的規矩。

她們兩個人說得正歡，拾柳就垂頭喪氣地回來了，說道：「少奶奶，對不起，四少爺……四少爺不在家裡，外院的人也不知道他去哪裡了。」

黃英先是愣了一下，隨即揮揮手道：「沒事，妳也辛苦了，先去歇著吧！」

可拾柳卻站著不動，黃英頓時有些不明白這是怎麼回事？

見雪道：「那桌酒席花了多少錢？」

黃英聽了一驚，忙問道：「那酒席還要自己出錢嗎？」周家明明很有錢，怎麼能那麼小氣？修個門要自己出錢不說，就連吃頓好的也一樣。

拾柳有些不安地說：「平日吃的分例自然不用，想要好的就得添錢。奴婢說是少奶奶吩咐的，這就先置辦起來了。」

黃英直覺這件事很是不妙，那五兩銀子估計是留不住了！她問道：「多少？」

「五兩。」拾柳一心立功，只往好的點菜。

黃英不禁伸手摀住胸口。好痛！才成親四日，她就敗光了添妝銀子，以後日子怎麼過？

她無奈地讓拾柳隨著香草去拿錢，求救地看著見雪說：「這酒席，除了咱們自己填飽肚子，可還有什麼別的法子？」

就這樣吃下去，只怕她們真要跑茅房了，自己的肚子哪來那麼大的福氣！

看著黃英信賴的眼神，見雪略思索片刻，微微低頭笑道：「倒是有一個辦法，就是不知道少奶奶怎麼想？」

黃英迫不及待地催促道：「快說！」

見雪垂下眼道：「四少爺有兩個貼身的小廝，還有兩個得力的管事，少奶奶認識幾個？」

這話問倒了黃英。每次見到周文星，他身邊都是跟著任俠，其他的她完全不曉得，現在她不禁有些後悔。當初非讓喬嬷嬷與初春繡帳子，結果周家的事幾乎都不了解！

她愣愣地腦子轉了個彎道：「妳是說讓我請他們過來吃飯？」

見雪忍了忍，心想，哪有少奶奶請管事跟小廝到內院來吃飯的道理？顧著黃英的面子，她沒笑出來，解釋道：「兩個管事，一個是夫人身邊陪房大管事龍叔的兒子，叫作自誠，管理爺名下的鋪子生意；一個是老爺撥過去的，叫作自忠，管理爺名下的田莊、地畝。」

黃英吃驚地瞪著見雪道：「又沒有分家，怎麼他有這些東西！」她忍不住酸溜溜地想，難怪周文星上個眾妙庵一給就是五十兩。

見雪也不是很清楚周文星有多少私產，卻知道周家的規矩。周家雖是詩書傳家，可從來不輕視庶務，男滿十二、女滿十三，就要從公中拿出一間鋪子跟一個田莊慢慢學習管理，以免日後當家理事時沒頭沒腦，幾下就把產業敗光。

周文星是嫡出，分例翻倍，夫人與老爺再貼補一二，他的私產就相當可觀了。不過這些帳目都在外院由另一個小廝仗義管理，每月定例補貼內院一百兩，由守靜到外院支取掌管。

黃英聽說這一院子的人除了定例之外，周文星一個月還要補貼一百兩，而這些都要過守靜的手，心裡暗暗咋舌。乖乖，我們家全部的家當還沒有一百兩呢！我要是守靜，我也不想放手！

見雪看黃英聽得入神，便道：「這幾個人都是爺離不開的，少奶奶這桌菜不如連酒一起賞了他們。」

她見黃英的表情有些疑惑，以為她不願意，忙解釋道：「本來按規矩，少奶奶進門後要打賞下人們的，上面那幾位少奶奶都是賞一個月的月錢。」

「一個月的月錢?!」英姊兒差點從椅子上跳起來。「那得要多少？」

見雪不禁嘆了一口氣，心道：喬嬤嬤去換了錢，怎麼也不提點一下少奶奶，底下人都等著呢！

她看了看黃英，小心翼翼地說：「大丫鬟與管事嬤嬤有二兩的分例；二等丫鬟八百錢；粗使丫鬟與婆子不由咱們這院支取。」

黃英盯著見雪，已經算不過來這數了，她有點灰心，又有些肝疼地點了點頭道：「妳去辦吧！」

她心中不免感激老太爺給的那筆錢，可是解了她的大急。

周文星直到快用晚飯的時候才回來，渾身風塵僕僕。守靜歡喜地忙著吩咐人端茶、送水，又拿了家常的衣裳讓他梳洗後換上。

待周文星舒舒服服地洗過澡，得珠便拿著大棉毛巾為他擦頭髮。他半靠在羅圈椅上，見守靜半根頭髮也沒少，心氣平了，打趣地問道：「今日少奶奶沒來找妳拔頭髮？」

守靜挺挺腰身嗔道：「爺說的什麼話？有爺護著，誰敢動我一根汗毛？」她想了想，決定把今日拾柳過來請四少爺的事情給瞞下。

周文星不禁有些得意，心想黃英嘴上說得狠，到底還是不敢做出這種事，不覺嘴角帶笑道：「妳也是，以後少去惹她，她厲害著呢！」

守靜卻不接話，反倒端上一碗熱湯道：「爺這一日也是累了，喝碗參湯解解乏。」

周文星伸手接過參湯一飲而盡，這湯溫溫熱熱、不濃不淡，清香四溢又十分爽口，他滿意地點點頭道：「誰也沒妳伺候得周到！」

守靜溫柔地笑道：「那是奴婢的福氣！誰有爺這樣的主子，還能不盡心伺候著，那可真是不知道惜福了！」

周文星用指頭敲著桌面，不知道怎麼地就覺得有些無聊。

得珠換了塊毛巾，周文星的頭髮還是濕濕的，他心想：我若就這樣披頭散髮地走進去，不知道那砍柴妞會不會嚇到？

這個念頭一起，他就開心了起來，伸了伸懶腰道：「不用擦了，我這就回內院去！」說著就要站起來。

守靜忙一把拉住他道：「爺！這會兒太陽下山了，外面陰寒，你濕著頭出門，再吹了風，會頭疼。」又罵得珠。「爺急著回去見少奶奶呢，妳就不知道手腳快一點！」

周文星被她說中心事，有些訕訕地道：「不急、不急，得珠，妳慢慢來！」說完隨即拿了本書看了起來。

見狀，守靜忙悄聲命人添了蠟燭。

周文星這一日騎馬來回奔波，本來就累了，這一看書，便有些昏昏欲睡。

卻說拾柳今日出了這個主意，沒拉回周文星，反倒讓黃英賠了銀子、讓見雪得了利，懊喪得跟什麼似的。從下午起，拾柳就一直盯著外院，周文星一回來她就知道了，急急忙忙地去通知黃英。

黃英卻有些作難。周文星若是知道自己白日差人去請他，必是知道自己已經低頭，怎麼也該回來說句話才對，可是此時卻待在外院不過來。

想了想，黃英又叫見雪來商量。

見雪說道：「爺才回來，必然疲憊，咱們這些人也不知道怎麼伺候，不如就讓他在外院梳洗乾淨，休息一陣子；若是爺自己回來了，豈不是正好？若是爺沒有回來，咱們再做打算。」

可是左等周文星不回來、右等周文星不回來，黃英的火氣就開始騰騰地往外冒，拾柳忙道：「少奶奶，不如奴婢去問一聲，看爺回不回來吃飯？」

黃英快沈不住氣了，勉強地點了點頭。

可拾柳沒一會兒就滿臉羞臊地回來了，只道：「說是已經吃了，這會兒都沐浴過了。」

黃英聞言霍地站起身，見雪忙勸道：「少奶奶，想來爺今日累了，不如明日一早再去請他？」

只見黃英滿臉怒氣，雙眉一挑、黑眸一瞪道：「周文星也太不把我當人了，今日我非要跟他說個清楚！」

明明說好會回來睡的，他當自己是什麼？一日、兩日地不進門，連個交代都沒有，是屬烏龜的嗎？就知道縮頭！

黃英越想越氣，尤其是想到自己這一日一直在謀劃怎麼給他面子，連守靜的事都準備忍了，結果人家卻為了個丫鬟要扯下自己的臉皮！

她一把推開見雪道：「讓開！妳別勸我！」又喊拾柳。「妳去不去？」

拾柳哪有不去的道理，忙緊跟著。見雪別無他法，只得跟過去，心中暗暗著急：這是又要打起來了嗎？

黃英帶著見雪與拾柳直奔外院而來，穿過月亮門後，卻不知道周文星是在東廂還是西廂？

拾柳只道：「爺必是在書房！」說完逕自往西廂而去。

她們剛走到門口，得珠就擋住了去路，有些怯懦地道：「見過少奶奶，爺今日甚乏，已經歇下了。」

黃英怒氣沖沖地咬牙喝道：「讓開！」

門內傳來守靜不大不小的聲音。「爺、爺，少奶奶在門口呢！」

門外聽不見周文星是不是嘀咕了什麼，只聽見守靜道：「奴婢回稟過爺了，爺沒說要見少奶奶，少奶奶請回吧！」

這話說得極為巧妙，若是普通的大家閨秀，只怕這一句話就會覺得沒臉，羞怒之下必定轉身離去；可是黃英不是什麼大家閨秀，她現在想的就是「有話說清楚」，周文星想做縮頭烏龜，門都沒有！

她喝道：「見雪、拾柳，把得珠拉開！」

得珠慌慌張張的，並不敢真的拚命擋門，被見雪與拾柳一個人拉住一邊，一下子就給扯開了。

黃英伸手去推門，卻發現門從裡面閂上了。

第二十三章　局勢不利

黃英怒得大口吸氣又吐氣。這守靜也是夠狠，她也氣周文星，明明人就在裡面，卻任由這個丫鬟跟自己鬧騰！

這門跟院外的門不同，朱紅色的連扇門，下半雕著蟾宮折桂，上半截是鏤空花的格，糊了明紙，為的是讓屋內亮堂一些。要打爛這扇門根本用不著斧頭，可黃英卻不想再賠錢修門了。

天色已暗，她轉頭四處看了看院子，也分不清哪裡是什麼，只好對拾柳道：「給我拿把薄片刀跟剪刀來！」

拾柳也不知道自己為什麼興奮不已，她腳下半點不停，飛快地跑到東廂拿了東西。

黃英接過薄片刀片，往門縫裡一塞，手臂一用力，那門閂一下子就被挑開了。

見雪與拾柳都沒想到黃英撥門閂這麼俐落，忍不住以崇拜的眼神看著她。

黃英卻沒看她們，畢竟撥門閂這種事她在家可沒少幹，並不覺得有什麼了不起。要不是外院的大門一看就知道門閂太粗，她也不會粗魯地砍門。

守靜原想著黃英再怎麼樣也不會明知道周文星不見她還硬闖進來，這才閂上門，可萬萬沒想到，這位四少奶奶不但這麼快就進來了，手上還拎著一把刀，看著就令人膽寒。

她剛才可聽見了，四少奶奶還要了剪刀，這不擺明了衝著自己來的嗎?!

守靜急得欲哭，想向周文星求救，可他卻睡得昏死過去，怎麼推也推不醒。她只得從椅子上拿了一個又大又厚的織錦坐墊，護著半邊的頭跟臉就往外闖去。她就不信四少奶奶真敢拿那刀砍她！

黃英沒有拿薄片刀砍守靜，相反地，她還把拿刀的手背在了身後。門口就那麼一點地方，黃英一伸腳，守靜就整個人絆倒，摔了出去。

不等守靜站起身來，黃英已經用膝蓋狠狠地頂住了守靜的背，一隻手按住她的腦袋，另一隻手拿刀背架住她的頸子道：「本來看在四爺的面子上想饒了妳，妳偏偏要作怪！信不信我給妳剪個禿頭！」

守靜掙扎著哭嚷道：「不信！妳敢?!」

黃英火上心頭，周文星說她不敢，這死丫鬟也說她不敢，她倒要讓他們看看自己敢不敢！她怒喝道：「拾柳，拿剪刀來！」

守靜厲聲尖叫，雙手胡亂揮舞道：「四少奶奶殺人了！救命啊！」

這可怕的聲音在周家安靜的院子裡迴盪著，遠遠地傳開了。

拾柳忙不迭地抽出條腰帶來，幾下就綁住了守靜的雙手，又掏了條手絹塞到她嘴裡，吐出一口氣道：「少奶奶要剪她的頭髮嗎？我來吧！」

自從她投靠黃英，就跟守靜撕破了臉，今兒她跑了兩趟，哪一趟不是被守靜給夾槍帶棒地躁得慌，這會兒總算是報了仇。

見雪卻一把拉住黃英，急急勸道：「少奶奶，少奶奶還是先去見見四少爺吧！」

守靜掙扎不休，黃英差點被掀翻在地，不禁怒道：「妳再動，信不信我抓隻毛毛蟲給妳扔進衣領！」

此時正是春天，毛毛蟲隨處可見，守靜聞言嚇得縮在地上，不敢再亂動。

黃英故意高聲喊道：「拾柳，動手！」

見雪急得直跺腳道：「少奶奶，使不得！」又勸拾柳。「妳幹麼不勸勸少奶奶，要四少爺跟少奶奶真惱了嗎？」

聞言，拾柳有些猶豫地看著黃英，鬆了手。

黃英見周文星沒衝出來護著守靜，忍不住覺得奇怪。她們這麼鬧騰，周文星早該醒了吧？等等，剛才守靜喊叫的那一句並不是向周文星求救，難道她知道他不會醒？

她腦中靈光一閃，忙叫見雪。「妳進去瞧瞧，看看爺怎麼回事？再怎麼睏，這麼鬧也該醒了！」

只見守靜的身體突然僵了一下，黃英心中升起一種猜想：難道守靜給周文星下了蒙汗藥?!

見雪領命跑了進去，出來以後臉色很難看。黃英也不問她了，見得珠在一邊站著，便問：「得珠，說，昨日爺是不是也是這麼早就睡死了？」

得珠有些慌張地低下頭，點了點頭。

看著被自己壓在身下的守靜，黃英怎麼也無法想像這個丫鬟的膽子居然這樣大、心這麼壞！為了離間自己與周文星，竟然給他下藥。見雪的法子行不通，這丫鬟非得收拾不可！

黃英看了看手裡拿著剪刀、不知道該怎麼辦的拾柳，磨了磨牙，這會兒不剪，等周文星醒了，不曉得又會說些什麼，便喊道：「拾柳！剪！」

拾柳上前扯開守靜的頭髮，喝道：「教妳成日跟少奶奶作對！」說著一剪子就剪了一大綹頭髮下來。

守靜猛地一下拱起身體，力氣大得差點把黃英撞歪，撞到刀尖上。

黃英怒極，把手中的薄片刀背狠狠地壓在守靜的脖子上道：「妳動，妳動啊！再敢動一次，我就往妳身上扔毛毛蟲，動幾次、扔幾次！」

此時院門猛然被推開，一大隊人馬出現在門口，黃英抬頭望去，只覺眼前一黑，險些栽倒在地。

除了不見周老太爺與周侍郎，包括周老夫人在內，周家所有的主子都到齊了。周老夫人居中，右邊站著周家的大哥、二哥、三哥，左邊站著大嫂、二嫂、三嫂，再加上一堆丫鬟跟婆子，把院門堵了個嚴實。

要說這道門，昨日被黃英砍開以後就沒人關上它，只是虛掩著，來修門的工匠剛補好洞，還沒上漆呢！

拾柳見到這個陣勢頓時嚇得腿軟，連剪刀都快握不住，只是臉色蒼白地看著黃英。

黃英也傻了，就是再不懂事，她也知道自己現在這副模樣見不得人，怎麼也沒想到人來得這麼快、這麼齊。

院門口眾人更是個個目瞪口呆，周老夫人不禁唸了一聲佛，活了大半輩子，她從來沒見過這種場景！

黃英披頭散髮地跪騎在下人身上不說，手中還拿薄片刀架在人家脖子上，別說一個堂堂的少奶奶了，就是那街井潑婦也少見這樣凶惡的。

守靜見連周老夫人都來了，喜上心頭，便不再掙扎，反而把頭靠在冰涼的地磚上，縮成一團嗚嗚哭著，裝出一副完全不敢反抗的可憐模樣。

周老夫人見黃英只是看著大夥，仍不起身，氣得把手中的龍頭枴杖往地上敲了敲，喝道：「混帳東西！還不趕緊起來！當著我們的面，妳也敢殺人不成！」

黃英這才如夢初醒一般，驚慌失色地跳起身來，急急地想要辯解。「祖母，守靜給四爺下藥，孫媳婦氣不過才……」

周老夫人見她張嘴就是為自己開脫，臉色更加難看，喝罵道：「跪下！給我跪下！」

黃英滿腹委屈，見在場沒一個人出聲，只好有些不情願地緩緩跪在地上。

焦氏見狀忙道：「老祖宗，可別氣傷了身體！不如先看看四郎要不要緊，再慢慢問清楚原委！」

周老夫人點點頭，心道總算還有一個知書達禮的能幹大孫媳婦。

此時有婆子上前解開守靜手上綁的帶子，又把她口中的手絹抽出來。

守靜悶不吭聲，顫抖地站起身，縮在一旁，低著頭哭得悽悽慘慘。

焦氏見黃英還直直地跪在門口，擋著路不動，只覺得一顆頭千斤重。這個弟媳真是半點眼色都沒有，以後怎麼在周家這潭渾水中活命啊！

她只得上前低聲勸道：「弟妹，妳先到屋裡去跪著，等老夫人瞧過四郎有沒有事，再慢慢說。」

黃英咬著嘴唇，只覺得心酸無處說。守靜昨日把自己攔在門外，那麼多人看著，卻沒一個人來幫忙；這會兒自己要收拾這個壞心腸的丫鬟，一家子倒是都跑來給她撐腰了，在他們眼裡，自己這個媳婦還不如一個丫鬟！

她惱著一張臉，噘著嘴站起身，轉身進了屋裡。

這間書房因為在外院，也當作會客之所，因此甚是寬敞。正中牆上掛了一幅丈寬的水墨山河圖，兩邊牆上是一幅對聯，龍飛鳳舞的也不知道寫了些什麼；中間一張長條黃花梨几案，繞著放了六把同質官帽椅；兩邊掛著湖藍色垂簾簾幔，朝南是雞翅木座四扇山水圍屏，後面放著周文星的書架和書案；朝北是雞翅木座四扇花鳥圍屏，後面則擺放周文星的臥榻。

黃英看了看，見花鳥圍屏前露出一段猩紅地氈，便擠在那裡跪下了。

眾人魚貫進屋，周老夫人一馬當先，急急帶著焦氏等人去屏風後面探望周文星。

從外表看上去，周文星並無大礙，一張白玉般的面孔淡淡發紅，鼻翼微微歙張著，呼吸平緩。

周老夫人把手擱到周文星額頭上，見不涼不熱，這才放下心，慈愛地輕輕捏了捏他的面頰道：「從小就是個能睡的，這會兒真是睡得雷打不醒！」接著搖頭嘆氣，領著眾人轉身出來。

焦氏身邊得力的婆子不知從何處挪了一張官帽椅來，湊成七張椅子。周老夫人居中上座，焦氏與周大郎分坐其左右，其餘人等便就近坐下。

待他們都坐定了，丫鬟們才送了茶上來。周老夫人又傳守靜、見雪、拾柳與得珠進屋，站在下首。

守靜一進來，就十分乖巧地走到桌前，正對著周老夫人軟軟地跪下，一言不發，低頭輕聲啜泣。

焦氏見黃英還縮在屏風旁邊低頭沈思，一動也不動，只好出聲提醒道：「弟妹，妳也跪過來，老夫人好問話。」

眾人一起看向黃英。周三郎的目光瞧了瞧黃英膝下的氈墊，暗自挑了挑眉。

無奈之下，黃英只好站起身來，挪到守靜旁邊，背對著大門跪下。

卻見周老夫人的眉頭皺得能夾死蒼蠅，她語氣不善，開口頭一句就是。「妳說四郎吃了藥？吃了什麼藥？誰下的？」

黃英聞言忙抬頭回答道：「四爺被守靜下了迷藥，攔著不讓他回內院去歇息。」

屋子裡眾人一語不發，除了守靜以外，沒人發出半點聲音，越發顯得她的哭聲哀戚。

周老夫人看了看不停默默哭泣的守靜，冷冷地對黃英道：「哦？妳既然如此言之鑿鑿，一定有憑有據了？」

黃英瞪大了眼睛，不明白這麼簡單的事情還會有什麼疑問，又需要什麼證據？她疑惑地敘述道：「孫媳婦帶著見雪與拾柳來找四郎，結果守靜又把門鎖上不讓進。孫媳婦把門撥開，守靜就衝出來，摔了一跤。她又哭又喊的，四郎都沒醒，這才多早，不是下了藥，哪能睡這麼沈？這邊的事都是守靜做主，不是她下的，誰敢做這種事？」

見周老夫人點點頭，黃英不由得鬆了一口氣，還以為老夫人信了自己，結果就聽見她語氣溫和地問守靜道：「她說完了，妳也說說是怎麼回事。」

守靜抬起一張滿是淚水的臉，眼睛紅腫如桃，她一邊用手絹擦著眼淚，一邊哽咽地說道：「老夫人恕罪，奴婢，奴婢害怕四少奶奶，不敢說！」

周老夫人不耐煩地怒道：「妳只管實話實說，是非曲直自有這一屋子的人來做主，我看誰敢當著我們的面再喊打喊殺！」

守靜突然用力地連連磕頭道：「奴婢有罪，伺候不周，四少爺確實被人下了藥！只是、只是下藥的人不是奴婢！」

眾人聞言都是一驚，周老夫人一拍桌子，怒不可遏地道：「什麼人這麼膽大包天，敢給四郎下藥？說！」

守靜一副被嚇得不知所措的模樣，說道：「老夫人恕罪！奴婢不知道是誰，沒親眼見到，奴婢不敢瞎說！」

這話說得可是比黃英高明多了，妳黃英都沒親眼見到，怎麼敢瞎說是守靜下的藥？

周老夫人頓了頓，放緩了語氣道：「不怕，妳只管如實說來，一切自有我做主！」

守靜依舊把身體低低地伏在地面上，悲切又口齒清晰地回道：「是，回老夫人話，奴婢句句屬實，不敢有半句虛言。前日四少奶奶不告而別，夫人到蘭桂院責罰了幾個辦事不力的奴婢，又命奴婢掌事。

「奴婢得了夫人的令，不敢不盡心。得翠來報說香蘿頭上有蝨子，她是四少奶奶的丫鬟，自然不能為了這點小事就攆她出去。四少奶奶不在，因為怕傳染人，奴婢一片好心，讓人趕緊剪了香蘿的頭髮，誰知道、誰知道四少奶奶回來以後偏說我們是故意找碴欺負香蘿，咬牙切齒地說要為香蘿報仇！」

黃英聽守靜明明是陷害人卻說得頭頭是道，又急又氣地忍不住罵道：「妳說妳好心？我看妳是噁心！香蘿乾乾淨淨的，哪裡有蝨子！」

周老夫人見黃英半點規矩都不懂，當著這麼多人的面還敢如此囂張跋扈，氣得發抖，喝道：「住嘴！」又指了指拾花。「去，站在她跟前！她要是再敢插一句嘴，就給我掌嘴，掌到她懂事為止！」

黃英不知道，今日周老夫人本來就是帶著怒氣來的。

周老夫人年紀大了，只想圖個清靜，家裡的事全都不管。她先是把家交給周夫人來當，焦氏進門後，周夫人又把大部分家事都交給她，只把持住大事。這幾年家裡雖然姬妾爭風、小打小鬧地有幾樁煩心事，可大體上還是父慈子孝、夫妻和睦、兒孫爭氣的好人家。

誰知道許家出了事，周夫人去了一趟莊子，居然為周文星聘了這麼個砍柴妞，還急不可待地給娶進門。周老夫人雖知這背後必有文章，可難得糊塗，懶得過問。

第一次見到黃英時，她還以為是個實誠爽利的鄉下人，倒真有幾分喜歡，誰知道進門才三天就把家裡鬧了個底朝天，挑唆孫子忤逆不孝、帶累兒子跟媳婦不和，引得下人們蜚短流長，一樁樁奇聞傳出去，周家不過幾日就成了全京城人的笑柄！

被婆婆禁足，能翻牆回家；丫鬟開門遲了片刻，能拿斧頭砍門；為了個買來沒多久的小丫鬟，就又燒又剪地毀了兩個家生子的頭髮！

昨日夜裡那兩家拖爺帶婆、哭哭啼啼地來告狀時，周老夫人還不敢相信，今兒下午焦氏等人來請安時，她一問才知道那些事情居然都是真的。

周夫人不在家，周老夫人心想家醜不能外揚，特地招齊了人來討論，看怎麼樣才能把這事裡裡外外給抹平？結果眾人還沒商量出個子丑寅卯，這邊就傳來四少奶奶要殺人的哭喊聲，這讓周老夫人怎麼能不氣急敗壞？

如今見黃英果然一副野性難馴的模樣，簡直是火上澆油，要不是當著這麼多人的面，周老夫人自持身分，否則她真是恨不能親自上陣，拿龍頭枴杖狠狠地敲黃英的腦袋幾下，看能不能把她給敲開竅！

第二十四章　顛倒是非

黃英委屈極了，紅著眼圈，低下頭不敢再說話。

就聽守靜繼續說道：「昨日剪了那兩人的頭髮不夠，還非要鉸了奴婢的頭髮不可，好在四少爺給死攔下了。可四少奶奶卻朝四少爺嚷嚷，今日非把奴婢的頭髮薅下來給香蘿報仇，一院子的人都聽見了。奴婢嚇得整日縮在屋裡不敢出門，可是，誰知還是沒能躲過！」

她一邊痛哭，一邊抬起頭，摸了摸自己缺了一大塊的頭髮，提醒眾人這位四少奶奶有多不講理、不饒人！

守靜接著道：「四少爺今日一大早就出門，到晚上才回來，也沒往內院去，就在外院漱洗吃了晚飯。奴婢遞了碗熬好的參湯給四少爺，誰知道他喝了湯，看了沒幾頁書就說睏，頭髮都沒擦乾就睡著了。」

焦氏聽守靜這話不妙，忍不住插嘴道：「四郎在外面跑了一日，回來吃飽了犯睏也是有的。」

周老夫人轉頭狠狠地瞪了焦氏一眼，嚇得她趕緊低下頭。

守靜看著焦氏，討好地點點頭道：「奴婢初時也是這般想的，可四少爺才睡沒多久，四少奶奶就帶著拾柳與見雪闖了過來！奴婢嚇得躲在屋子裡，想要叫醒四少爺，可怎麼也叫不醒，這才慌了神，想著四少爺必是給下了藥了！就這一會兒的工夫，四少奶奶就把門閂給撥開，奴婢叫天天不應、叫地地不靈，只喊得一聲『救命』，就被堵了嘴、綁了手！奴婢，奴婢冤枉啊！」

她像是害怕得渾身發抖，再度匍匐在地，不停地磕頭道：「老夫人，老夫人給奴婢做主啊！」

守靜完全沒提是黃英下的藥，可是按照她的敘述，周文星剛睡著，黃英就帶人來剪她的頭髮，可不是巧了！

黃英聽不太明白，其他人卻懂了。見雪跟拾柳暗叫不妙。想不到守靜能這麼無恥地顛倒黑白；可是她們只能乾著急，別說上頭沒讓她們說話，就是她們說了，只怕也沒人肯信！

果然，周老夫人威嚴地開了口。「那倒是奇怪了，那參湯由妳端給四郎，想必也是在這邊熬的，這藥是誰下的呢？」

守靜接著磕頭道：「奴婢不敢冤枉人，畢竟沒憑沒據的；只是、只是今日拾柳一趟趟地往這邊鑽，那參湯就擱在灶頭上，誰都知道是四少爺要喝的。」

拾柳驚得僵住了，再沒想到這盆髒水會一下子就潑到自己頭上！

黃英睜大了眼睛，難以置信地看著守靜。她已經把她想得很壞了，也認定她給周文星下藥這件事會讓她被趕出去，可是真沒想到這丫鬟居然無恥狡詐到這個地步！

她忘了周老夫人的警告，出聲罵道：「妳這黑了心肝的小賤人！居然敢胡亂……」

「誣陷」兩個字還沒說出口，黃英臉上就挨了拾花重重一巴掌。

黃英猝不及防，一下子被搧得身子一倒，咬破了頰邊，一股溫熱的鹹腥味在嘴裡漫開，這滋味是她從小到大沒嚐過的。

眾人都被這一巴掌嚇呆了，室內鴉雀無聲。

拾花是周老夫人身邊的大丫鬟，唯她之命是從，這一掌下了狠勁，等黃英憤然抬起頭來時，嘴角流出一絲刺目的鮮血。

連守靜都嚇了一跳，隨即心中狂喜。妳以為妳是主子就收拾不了妳嗎?! 妳既不讓我好過，妳也甭想過得下去！

拾柳卻再也撐不住，腿一軟就跪在地上，求饒哭喊道：「老夫人、老夫人，冤枉啊！」

周老太太冷冷地看了拾柳一眼，不為所動。這丫鬟實在讓人失望，起先見她懂事，模樣又生得好，怕她在自己跟前轉悠，被那個老不修的瞧上了，這才把她擱在周文星身邊，也是為了她好。誰知道英姊兒不懂事胡鬧，她不攔著就算了，還跟著一起動手！

只見周老夫人喝道：「拾花，也賞她一巴掌，看看她還冤枉不冤枉！」這麼不著調的丫鬟，說是她調教出來的，她都覺得面上無光。

說起拾花，她長相普通，卻特別得周老夫人喜愛，也造就了她的忠心耿耿。聞言，拾花也不管之前跟拾柳有幾分姊妹情誼，上前就是狠狠一個耳光，啪的一聲，極為響亮。

拾柳的身分比不上黃英，這一巴掌把她給打得撲在地上。待她好不容易爬起身來，半邊粉面有明顯的五道指痕，看上去甚為恐怖。

眾人見周老夫人真動了怒，皆不敢出聲相勸，只有周三郎抖抖肩膀站起來，走到周老夫人身後，雙手捏著她的肩頭，湊到她耳邊道：「老祖宗息怒！您不心疼自己的身子，我們可瞧不下去，不如讓大嫂來審，審明白了再給您老人家一個交代，這麼打下去，倒是傷了拾花的手。」

他的聲音雖小，可屋子裡的人全能聽見。焦氏不敢吭氣，只拿眼睛看著周大郎。

周大郎想了想，也勸道：「老祖宗，四郎不知道要不要緊？依我說，應該趕緊找太醫過來瞧瞧，畢竟是藥三分毒。此事只怕不是一時半刻能審明白的，這天也不早了，您老人家早點歇息才是。」

周老夫人有些心動。她也真是氣著了，這會兒腦袋嗡嗡作響，剛要點頭，周二郎就開了口。「什麼事都沒有老祖宗的身體要緊，老祖宗早點去歇著吧！不過，咱家最近鬧出來的這幾件事，市坊間議論紛紛，若是貿然處置，不知是否妥當？不如，讓人去請爹來拿個章程。」

聞言，周老夫人連連點頭，心想還是二郎明白事理。再說，要是焦氏管家妥當，根本就出不了這種事，當即道：「是這個理，若只是內院小事也就罷了，如今鬧騰得半個京城都街知巷聞，實在不像樣！來人，去請老爺來！」

其實周侍郎聽到了守靜那聲呼喊，不過後宅的事情，除非必要，他是不會伸手的，所以老神在在地窩在沙姨娘的韻雅軒裡聽著小曲。

沙姨娘雖然年過四旬，可保養得宜，瞧上去不過三十幾歲，且不說眉目如畫、風韻依舊，自小練就的唱功半點也沒擱下。

兩人在樹下擺了老竹几案、焚了蘅蕪，沙姨娘身著杏黃銀花裙，頭戴百寶花髻，玉手撫琴輕唱，周侍郎在一旁斟酒自飲，以筷擊拍。

他們正唱得不亦樂乎，就聽見守門婆子來說四少爺院子裡出了事，老夫人傳召。周侍郎不禁皺起眉頭，十分不耐煩。

沙姨娘忙停止彈琴，起身輕聲勸道：「這個家什麼事不要老爺操心呢？老爺快去快回，妾身讓人弄些老爺最愛的黃雀鮓，等老爺回來後，我們好好喝兩盅。」

周侍郎有些捨不得，伸手捏了捏她的細腰道：「今兒尚未盡興，几案莫撤，我去去就回。」

見兒子來了，周老夫人幾句話說明了原委，末了囑咐道：「我老了，這事交給你。這家清靜這些年，不能被一個野丫頭攪和了，你且看著辦吧！」

送走了周老夫人，周侍郎見滿屋子都是人，先皺了眉頭。內宅陰私再沒有這樣大張旗鼓的，自家母親可真是老糊塗了，當下便道：「太醫已經去請了？你們趕緊帶各自的丫鬟跟婆子回去。老大媳婦，妳留三個嘴牢、能辦事的婆子給我，先回屋去吧！」

眾人頃刻走了個乾靜，只剩下周侍郎、黃英、守靜、見雪、拾柳與得珠，以及焦氏留下來的三個心腹婆子。

周侍郎隨意地往椅子上一倒，便道：「四郎被下了藥，是誰先嚷嚷出來的？」

黃英脫口回道：「是我！我看我怎麼鬧四郎都不醒，就想他肯定是被下藥了。昨日也是，他都沒回屋睡覺。」

這話條理不清不說，什麼「睡覺不睡覺」的，著實粗魯不堪。

周侍郎只覺得心口一股濁氣湧了上來。跟這麼一個丫頭做夫妻，四郎真是太委屈了！他目光寒冷地仔細打量黃英。

只見黃英鬢髮散亂，飴糖色的面孔上，左臉有明顯的腫痕，嘴角掛著一絲凝固的血絲，眼神卻清亮堅定，好像看著青天大老爺般直直地看著他。

沒心機的野丫頭！周侍郎暗暗搖頭，心中的鄙夷、厭惡與不耐煩不由得淡了幾分。

周侍郎面不改色，只是微微點了點頭，轉頭看向守靜。只見守靜整個人趴伏在地，一頭青絲散亂，明顯缺了一角；細腰稍稍下沉，臀部微微翹起。

黃英與守靜都在等待周侍郎發問，可他卻用手指在桌上畫了幾個圈後，指著其中一個看上去比較單薄的婆子道：「妳領著四少奶奶回內院去，把月亮門上鎖，明日讓大少奶奶派人來輪值守門。從今日起，沒有我的吩咐，四少奶奶不准出月亮門半步。」

這讓黃英大感意外，萬萬沒想到周侍郎就這麼斷了案。自己這是要被關起來嗎？

黃英猛地站起身，卻因腿麻沒站穩，她半扶著跟前的椅背，指著伏在地上一動也不動的守靜，爭辯道：「是她，是她給四郎下了藥，不讓他回房，不是我！」

周侍郎卻笑了，笑容裡透出嚴厲，道：「幸念妳新嫁無知，才只是將妳禁足，若是不然，有的是手段罰妳！趕緊滾，別浪費老爺我的時間！」

黃英咬了咬嘴唇。周侍郎與老夫人不同，他只是這樣看她，她就覺得渾身發寒。眼看都自身難保了，她還是鼓起勇氣，指著見雪跟拾柳顫聲道：「都是我讓她們來的，要怎麼罰我就罰，不要、不要為難她們！」

周侍郎聞言一震。他發起怒來，周家上下沒有人不怕，難道剛才他看英姊兒的表情還不夠到位？她居然看不出來自己已經怒極竟敢還囉嗦！

只見周侍郎一拍桌子道：「我數到三，妳不趕緊滾，我立刻讓人把這兩個丫鬟賣到窯子去！」

說完「窯子」兩個字，周侍郎就後悔了。哪有公公跟媳婦這麼說話的，真是被這野丫頭氣糊塗了。

黃英這才感到害怕。要是見雪跟拾柳真給賣了，她一輩子都會良心不安。黃英忙忍住眼淚，急急忙忙地跟那婆子離開，可一邊走，她還一邊嚷嚷道：「我走，別賣了她們！」

打發走黃英，周侍郎忽然覺得骨頭開始犯起乏來，他有些中氣不足地指了個看上去比較老實的婆子道：「把這兩個關起來，不許給飯、給水，待四郎醒了，讓他自己處置！」

這兩個丫鬟不過是急著討好新主子的傻子，也不知道跟四郎有什麼瓜葛，又各有來頭，他犯不著打母親與妻子的臉。

見雪跟拾柳聽說是交由周文星處置，心中都是一喜，一起磕頭謝過周侍郎恩典，便乖乖地隨那婆子走了。

地上只剩下守靜，周侍郎站起身，走到守靜身前，一言不發，突然一腳就把她踢翻。

守靜見周侍郎遣走所有人，邁步靠近自己，原本還抱有幻想，卻萬萬沒想到一向斯文的周侍郎居然會親自動手！她肋窩上狠狠地挨了一下，痛得在地上打滾，卻仍不肯死心地叫道：「老爺，奴婢冤枉！」

那站在一旁的婆子也嚇著了，低下頭，半聲不敢吭。

周侍郎聞言又抬起一腳當胸踢下，守靜慘叫一聲，卻不敢再喊冤枉了。

聽守靜不再叫喚了，周侍郎這才喘了口氣，冷冷地道：「說！是誰指使的？」

守靜整個人瑟縮了一下，咬牙道：「不是奴婢，不是奴婢下的藥。」

周侍郎仰天無語。他今天真是威風掃地，一個傻媳婦不知道深淺也就罷了，一個在周家長大的小丫鬟也不怕他？

只見周侍郎冷哼道：「我沒工夫跟妳瞎耗，不想連累妳家裡人的話，趕緊說是誰指使妳的？」

守靜聲嘶力竭地哭喊道：「奴婢從小服侍四少爺，忠心耿耿，四少爺就是奴婢的天，奴婢怎麼敢給四少爺下藥！」

周侍郎沒想到這個小丫鬟竟是嘴硬膽大，怒極反笑，他指著那婆子道：「去，給我把她的牙一顆顆撬下來，我倒看看她還嘴不嘴硬！」

那婆子相當幹練，一眼掃過屋子，就去拿了個青銅燭臺奔著守靜而去。守靜嚇得殺豬般狂叫，滿地打滾地躲避那婆子。

兩人正拉扯間，就聽見有人敲門道：「老爺，梅太醫請來了。」

周侍郎指了指那婆子道：「妳把這丫鬟拖到書房裡好好看著，塞住她的嘴！」

那婆子依言行事。

梅太醫看上去不過三十歲上下，面色蒼白，一副病懨懨的模樣。所謂「久病成良醫」，據說梅太醫本人就是先天不足，被藥泡大的。

他瞧了瞧周文星的面色，把過脈，翻了翻周文星的眼皮，說道：「令郎這些日子過於疲累，又服食了些催眠安神的藥物，故而睡得極沈。要是有藥渣，倒能知道服了什麼藥，不過這也不打緊。」

說著他湊到周文星嘴邊仔細聞了聞，面露篤定的微笑道：「大人可以放心，應該是酸棗仁跟靈芝之類的藥物，對身體並無傷害，不過是寧神助眠而已，況且用量極少，只怕這會兒多叫上幾聲，令郎就會醒了。」

說著，他一抖袖子掩住了伸向周文星右掌的手指。

周侍郎的眼神專注地放在周文星身上，聞言放下心，暗自沈思。周文星在家中得寵，自己私房又多，替他掌管內院的大丫鬟要弄到這些藥也不是難事，只是她一個丫鬟做這種事做什麼？這後面必有人主使，但主使之人似乎不是要害周文星，只是想離間他們小夫妻？其目的是什麼？周文星與黃氏偷跑回門是守靜告的密，妻子又命她掌管這院子。

這個時候周侍郎覺得所有的線都連上了，他暗暗點頭。黃氏還是不要與四郎太過親近得好，沒孩子，以後少很多麻煩。

梅太醫站起身，剛要離開，就聽見屋子另一側發出聲響，像是有重物落地，接著就是一陣香氣飄來。

只聽那婆子喝罵道：「妳還作死，故意打翻香爐！」

周侍郎正要過去察看，就聽見周文星「啊」的一聲猛然坐起，茫然地看著梅太醫與周侍郎道：「怎麼了？出什麼事了？」

倒是被梅太醫說中了，或許是這重物落地聲響大，吵醒了周文星。

周侍郎忙道：「沒事，梅太醫，請！」

梅太醫也不多問，低首視地，謙和地微笑，躬身作禮道：「那本官告辭了。」

周侍郎送梅太醫到門口，自有來時的院公送上謝儀，引他出門不提。

這邊周文星醒了，見周侍郎回來，忙掀被下床，驚問：「爹怎麼在這裡？剛才是什麼聲響？」

只見周侍郎按住他的肩膀道：「四郎，你也不小了，《禮記》上說『其家不可教，而能教人者，無之』，又有《顏氏家訓》道『教婦初來，教兒嬰孩』。你既成了親，便要學著整頓內院，好叫父母安心。黃氏鄉野出身，不懂規矩，被我禁了足，還有那幾個丫鬟爭風內鬥，你自己好好想想該怎麼處置！」

周文星怔怔地不明所以，周侍郎便簡單說了事由，隨即拍拍他的肩頭離開，留周文星驚詫地呆坐床上。

守靜見周侍郎走了，又掙扎起來，那婆子壓制不住，只好叫道：「四少爺，不知這丫鬟如何處置？」

下了床走到南側，周文星只見守靜狀如瘋婦。她看到自己時，一雙美目哀怨如訴、淚如湧泉，嘴裡塞了一團不知道什麼東西。

周文星忍不住走過去，伸手拿出守靜嘴裡的物品道：「起來吧，有什麼話慢慢說。」

那婆子見狀，忙避到屏風之外。

守靜卻不起來，跪爬幾步，抱住周文星的大腿，把頭靠過去道：「爺，爺一定要替奴婢做主！」

第二十五章 正面交鋒

周文星帶著守靜闖進黃英的內寢時，她已經漱洗上床。守在門口的香草見勢頭不妙，高聲嚷道：「四少爺，少奶奶歇下了！」卻不敢攔在門口，怕周文星發怒踢她一腳。

燭光下，黃英身著水紅內衫，還來不及披上外衣，面色掩在暗影裡。她見周文星怒氣沖沖、身後跟著已換洗整齊的守靜，伸手摸了摸自己還紅腫著的面頰，只覺得比被拾花打那一巴掌還心酸、委屈千百倍。

周文星見黃英坐在床上，也不過去，只是重重地坐在一旁的交椅上道：「我問妳，妳是不是讓人剪了守靜的頭髮！」

黃英挺直了腰身，壓抑著內心的難過，一字一頓地說道：「不錯！我黃英雖然是個兩截穿衣的女人，卻也知道說話要算話！」

周文星聽出了其中的諷刺，脹紅了臉，怒目而視，站起身道：「黃英，妳要說話算話是吧？」

他一把扯過黃英的手臂道：「有本事別使手段，把爺給弄昏睡了來暗的，敢當著爺的面把她的頭髮給薅下來，才真叫爺服了妳！」

黃英的眼淚瞬間奪眶而出，他居然半句話不問就相信守靜，虧自己還擔心那藥害了他！她背過身去，飛快地擦乾眼淚，掀開被子，翻身跳下床道：「四爺既然發了話，我怎麼能叫你失望？香草，拿剪刀！」

香草這次卻不敢聽她的。少奶奶已經被禁足，拾柳跟見雪還不知道會有什麼下場，好漢不吃眼前虧，少奶奶就不能服個軟嗎？

黃英見香草不敢拿剪刀，就朝周文星喊道：「你有本事把剪刀給我，看我敢不敢！」

周文星見黃英不肯服軟，高聲喊道：「得珠！給少奶奶拿把剪刀！」

守靜在一旁裝模作樣地道：「少奶奶才進門，爺何苦為了奴婢這麼個沒根的草跟少奶奶置氣？這都是奴婢命不好！少奶奶，您別生爺的氣，如果您一定要奴婢的頭髮才解氣，奴婢自己剪！」說著就自己滿屋子找剪刀。

周文星想拉住守靜，守靜就裝作沒站穩，順勢撲到周文星懷裡道：「爺，別攔我！」

黃英被氣昏了頭，衝過去就是一巴掌；守靜早有防備，見情勢不妙，頭一縮，誰知周文星卻正好湊了過來，啪的一聲巨響，這一巴掌結結實實地打在了他臉上。

黃英甩了甩發麻的手掌，還沒來得及看清誰挨了這巴掌，就聽見守靜狂叫。「爺！爺被少奶奶打了！」

站穩身體後，黃英就見周文星白玉般的臉龐上觸目驚心地腫了一大片，嘴角也流出一絲鮮血，在紅暗的燭光下很是驚悚。

黃英不禁傻眼。她確實挺氣周文星的，可是她覺得這就像戲文裡演的一樣，周文星只是被奸臣蒙蔽的皇帝，只要趕走守靜這個奸人就萬事大吉了，她沒有半點打周文星的意思。

她顫抖地伸出手，心虛地指著周文星道：「你、你為什麼要湊上來？」

周文星被打得耳朵嗡嗡作響，好像進了水一般。他愣愣地看著黃英，不敢相信她居然當著丫鬟們的面給自己一巴掌！

守靜忙拉住他，哭嚷道：「爺要不要緊！爺這是何苦？就讓奴婢被少奶奶打一頓消消氣好了。得珠，趕緊去拿冰，少奶奶打了爺！」

黃英見守靜還在火上澆油、挑撥離間，氣得使勁將她從周文星身邊拉開，一腳狠踹在她的後膝上道：「給我好好跪著，不叫妳不許起來！」

說著她忙湊過去察看周文星的傷勢道：「四爺，你要不要緊？香草，快去拿冰。四爺，我不是有意的，我，這丫鬟搞鬼離間我們。我……」

周文星回過神來，雙手緊緊抓住黃英的肩頭，叫喊道：「其他人全都給我滾出去！黃英，今天爺要不收拾了妳，爺就跟妳姓！」

守靜巴不得他這麼說，站起來比耗子跑得都快，還裝腔作勢地嚷道：「大家離遠一點，爺跟少奶奶有話要說！」

別的丫鬟與婆子深怕跟見雪、拾柳一樣被發落，全都縮在一邊，只是暗暗琢磨：還沒見四少爺發過這麼大的火，要不要去報告大少奶奶？

黃英有些害怕地看著抓狂的周文星，她的雙肩被抓得生疼，埋頭伸手就推他道：「四爺，我真不是故意打你的，你放手，咱們把話說清楚。」

她用力極大，周文星倒退了幾步往後摔倒，可他雙手還緊緊抓著黃英的肩頭，這一摔，就把她身上的衫子整件扯了下來。

周文星傻住了，坐在地上，手裡抓著黃英的水紅內衫，圓瞪著一雙桃花眼看著她。

黃英只覺身上一涼，完全沒搞清楚發生了什麼事，她穿著紅色的鴛鴦戲水肚兜、短短的紅綾底褲，傻瞪著周文星。

她與一般的大家閨秀不同，臉雖被曬成飴糖色，可全身還是雪白粉嫩。青春正好，她又常年爬山下河，肩平、腰細、腿長，該發育的地方都發育得非常好，此時可謂「長髮披肩側掩面，燭影搖曳半明滅」，黃英整個人美得不像是真的。

周文星半張著嘴，不知道是被這意外驚呆了，還是被眼前的美景給迷惑了？他忍不住舔了舔自己的嘴唇，嚥了口口水。

黃英看見周文星那副色迷迷的模樣，還有些發愣，再一低頭，這才尖叫一聲，像頭受驚的小鹿一般跳了起來，飛快地縮到被窩裡去，連頭都不敢露出來，悶悶地罵道：「周文星，你不要臉！」

周文星忙雙手亂甩，想把黃英的衣裳給扔了，偏偏這衣裳才熏過，又染了些黃英的體香，被這香氣一熏，他腦子更暈，忙閉上眼，胡言亂語道：「我沒有、我沒有，我一直都閉著眼睛，什麼都沒看到！」

黃英本來羞得連右半邊臉都紅了起來，聞言只覺周文星這人簡直是個賴皮，反倒把頭伸出來怒道：「周文星！我衣裳還在你手上呢，你是不是故意的！」

周文星這會兒正慌得不知所措，哪裡還記得找黃英算帳的事情。聽她提起衣裳，慌得忙爬起身來衝到床邊，把衣裳一扔道：「妳睡吧，我、我走了。」

黃英見周文星又要食言，急得伸手拉他的衣服。

周文星才從書房的榻上起來，脫下大氅進房間時，身上只有一件玉色軟綢袍子。他走得急，被這麼一拉，輪到他身上一涼了。

黃英坐在床上，愣愣地看著只穿著一件紫綾底褲的周文星，他渾身上下白得跟玉石雕成的一般，只是兩條腿上長了不少黑毛。

整間屋子突然陷入了一種奇妙的曖昧沈默。

周文星半晌才回過神來，羞得滿臉通紅地道：「妳閉上眼睛！」

說完，他猛地一轉身，伸手要從黃英手上拿回自己的衣裳，卻看見黃英一雙黑黝黝的大眼睛好奇地看著他，燭光在她眼睛裡閃動。

那雙眼睛裡的小火苗瞬間竄到了周文星心上，接著他渾身都像被火烤了一般熱呼呼的，心臟亂跳得讓人慌張。他抖著聲音道：「妳、妳非要看回來，是不是？」

他手忙腳亂地套上衣裳，結果整件袍子的方向顛倒了，領口朝下、袖子在兩旁亂甩，根本穿不好，模樣再逗趣不過。

黃英不禁笑得摀住肚子，癱倒在床上。她的笑聲清脆，如山間竹響，透出發自內心的歡愉，沒有半點雕飾做作。莫名地，周文星也傻乎乎地跟著笑了起來。

門外的丫鬟與婆子本以為裡面會打起來，卻聽見兩人都笑了，不由得面面相覷。難怪人家說「一夜夫妻百日恩，床頭打架床尾和」，看來不用去驚動大少奶奶了。站黃英這邊的，這會兒腰桿子又有了支撐，只有守靜，一張臉黑得能當煤燒。

黃英一邊笑，一邊道：「你是屬癩皮狗的嗎，怎麼又說話不算話？」

周文星現在哪有心思跟黃英爭執，只能一甩鞋子爬上床去。見她雪背裸露靠在床邊，他閉著眼睛，雙手胡亂摸索著被子道：「好、好吧，我不看妳，我不看妳。」

見他手不知道往哪裡摸，人也不曉得往哪裡爬，黃英又羞又急，咬牙又去推他，罵道：「你故意的是不是？」

周文星停住不動，忙張開眼，剛要說話，就看見黃英的臉正對著自己，左臉明顯有腫痕，不禁一愣道：「妳的臉？」

黃英也清清楚楚地瞧見了周文星臉上的痕跡，她倒抽了一口氣，有些歉疚地低下頭道：「哎呀，我力氣這麼大嗎？對、對不起。」

此時門邊傳來守靜的聲音。「爺，冰拿來了，讓奴婢進去給您敷一敷吧！」

聽見守靜的聲音，黃英就覺得火氣壓不住地往上躥，她霍然抬起頭，不等周文星搭話，就咬牙切齒地狠狠瞪著他道：「有我沒她，有她沒我！這內院就是不許她踏進一步！」

周文星看了黃英一眼，無奈地嘆了口氣，翻身下床，重新穿好衣裳，走到門邊，打開一條門縫，伸手出去道：「冰給我吧，妳先回外院去。」

守靜愕然，不甘心地低聲勸道：「爺出來，讓奴婢伺候吧！」

只見周文星聲音溫和地說：「別擔心，妳先回外院去，冰給我吧！」

守靜無奈，只得乖乖地把冰碗與毛巾遞了進去。

周文星坐在床邊，把冰碗跟毛巾都放在床上，拿了一條毛巾裹了幾塊冰，遞給黃英道：「妳先搗著。」

黃英已穿好了內衫，默默伸手接過東西，卻挪了挪身體，靠近周文星一些，把毛巾搗在他臉上道：「我用井水敷過了。」

周文星的神色有些不自然，卻沒有避開，只是低下頭，任由她替自己搗著。

兩人相對無言，半晌，周文星才低聲道：「守靜從七、八歲就進了我的院子，一路伺候我長大，也有十年了，她雖是奴婢，可在我心裡比親姊姊還要親近幾分。妳進門之前，我想凡事有她幫忙，不出大事就是了，誰知道，妳一進門就拿她立威！」

黃英只覺得委屈。周文星怎麼能顛倒黑白呢？她氣呼呼地張口道：「你心眼偏到腳底板去了？是她先找我麻煩的好不好？」

周文星皺著眉頭，有些不耐煩又頭疼地看著她說：「雖然妳是主，她是僕，可是周家的規矩，她比妳懂！」

提到周家的規矩，黃英更氣了，反諷道：「周家的規矩，就是讓她爬到我頭上拉屎撒尿我都得忍著？」

周文星見她用詞實在太粗俗，又講不通，只好動之以情地道：「香草跟香蘿才跟了妳多久，她們要是犯了點小錯，我就死活要把她們攆出去，妳樂意？守靜可是跟了我十年，我不是那無情無義的人！

「這內院跟外院，在妳看來不過是地方不同，可對她們來說，那是她們的臉面。她在這院子裡升到一等丫鬟，妳一進門就把她攆到外面去，她還怎麼在周家做人？這事不是她欺負妳，是妳在欺負她！英姊兒，妳做事不能只想著妳要什麼，妳得想著會不會傷了別人？」

黃英傻傻地看著周文星，思緒飛到其他地方去了。這還是她第一次聽周文星這麼叫自己，怎麼就跟老夫人叫的完全不同呢？

「英姊兒……」黃英自己琢磨著。怎麼這麼好聽啊？

周文星見黃英不說話，以為她聽進去了，忙順勢道：「英姊兒，好歹妳也剪過她的頭髮，這件事就這麼算了。」

黃英這才回過神來，覺得周文星怎麼能傻到這個地步，怒道：「算了？她給你下藥，你也算了？周文星，你腦子裡裝的不是腦花是豆花啊?!」
周文星皺眉道：「她說了，那藥不是她下的。」
黃英瞪大了眼看著周文星，心想難道這就是人家常說的「聰明面孔笨肚腸」？她說道：「你，可笑！她說不是你就信了？我說是，你怎麼不信？」
周文星見黃英冷嘲熱諷就是不鬆口，內心煩躁，抓住臉上的毛巾道：「給我，不要按了！按個冰塊都按不好，滴水了也不知道換一條！」
黃英見自己好心被驢踢，一甩手，把那毛巾扔在周文星的胸口上，凍得周文星倒抽了一口氣，怒道：「妳有完沒完？我臉上的巴掌不是妳打的？」
黃英生氣地說：「你活該！我是你媳婦，是這院子的四少奶奶，你說要給我體面，可是你卻事事向著她，連我說她給你喝藥你都不信！」
周文星覺得黃英真是頭笨驢，怎麼說都不明白道理，無奈地翻了白眼道：「妳是我媳婦沒錯，可我才認識妳幾天？我認識她十年，不信她反而信妳？我跟妳爹站在這裡，妳是向著妳爹還是向著我？」
他又壓低了聲音道：「何況妳又不是我真媳婦。」
黃英被周文星給問住了，半天過後，覺得還是用見雪的計謀好，以退為進道：「好吧！她是你姊，愛在哪裡就在哪裡，不過你得保住見雪與拾柳，日後她們都跟著我！」
周文星見她終於鬆了口，總算放下心中一塊石頭，換了條毛巾繼續摀著臉，上床躺平，喘著氣道：「累死爺了，這一天……」說著他翻了個身，背對著黃英。

看著周文星的背影，黃英心想，這人怎麼話說一半啊，見雪與拾柳現在還不知道怎麼樣呢？

她用右手食指戳了戳周文星的背，他不舒服地躲了躲，嚷道：「說話就說話，別動手動腳的！」

黃英又被周文星這句話給惹毛了。說得她多喜歡碰他似的，也不知道剛才是誰瞧得眼睛都不肯眨！

她眼珠子一轉，起了作弄他的心思。

黃英故意捏著嗓子，嬌滴滴地說話。「冤枉死了，人家不過是想問問你見雪跟拾柳的事情，幹麼說得好像人家要調戲你一樣？」

她畢竟爽朗慣了，此時的語調顯得十分生硬怪異，周文星渾身直起雞皮疙瘩地道：「妳幹麼這樣說話？我會差人放了見雪與拾柳，可今晚怎麼也要罰一罰，不然怎麼給祖母交代？」

黃英聽了就放下心來，卻更加得意，繼續捏嗓學蚊子哼哼道：「阿奇，阿奇，我對不起你，周文星、周文星把我都看光了，我怎麼還有臉嫁給你！」

說完她就把臉深深地埋在被子裡，肩膀不住顫動著，彷彿在痛哭一般。

周文星聽得整個人都僵住了。這野丫頭是要自己為剛才的事情負責嗎？

他緊緊地閉著眼睛，一副掩耳盜鈴的慫樣，好像這樣就可以把自己瞧見了黃英身體這件事抹乾淨一般。然而黃英那姣好的身體卻清晰地浮現在眼前，一種奇怪的感受似乎要從嗓子眼裡爬出來。

周文星大約明白那感覺是什麼，濃濃的內疚瀰漫心頭。

不思量，自難忘，千里孤墳，無處話淒涼，

他的淚水慢慢滑下眼角。

黃英見周文星全無反應，覺得有些無趣，又有點受傷，悻悻然地恢復了正常的語氣，說道：「跟你鬧著玩呢，看你嚇得跟挺屍一樣。我先睡了！」

說著她翻過身，背對著周文星閉上了眼睛。

第二十六章　意氣之爭

第二日一早，在歷經重重風雨之後，蘭桂院終於迎來了黃英婚後第一個較為「正常」的早晨。

起床梳洗完畢後，卯正時分，黃英跟周文星小夫妻兩個端端正正、面對面地坐在臥室外間的圓桌旁，一起吃了頓豐盛的早餐。

鵝油蔥花卷、紅棗花生包、五色糯米粥，還有八樣下粥的小菜，酸甜鹹辣各味齊全，黃英覺得好吃，可一個也叫不出名字。想問一問，見到周文星一臉冷淡、索然無味、細嚼慢嚥的樣子，她的心頭不禁卡了一口氣，氣呼呼地一口氣吃了四個白白胖胖的小包子。

周文星就著小菜喝了一碗粥、吃了一個蔥花卷就飽了，卻不放下筷子。

黃英見周文星停下筷子一個勁地盯著自己瞧，有些不自在，咬了一口包子後，到底沈不住氣，有些煩躁地開了口。「你屬鳥的？就吃那麼一點！」

周文星見她開口就沒好話，不但沒有生氣，反而自在了一些，反唇譏笑道：「我吃多少關妳什麼事？『子曰：食不語，寢不言』，吃那麼多都堵不住妳的嘴？」

黃英聞言啪地放下筷子道：「周文星，什麼子不子的，不會說點人話？你以為我是在關心你嗎？你要是吃完了沒事，就去把見雪與拾柳放出來吧！」

怕他賴帳，她補充道：「你昨天可是答應了的！」

見黃英嘴角沾著麵渣、圓眼瞪著他，周文星忍不住道：「妳就不能吃慢一點？嘴邊糊的都是什麼？醜死了！」說著把筷子一放。

旁邊立刻走過來一個大丫鬟，臉型有些像麻將牌，她雙手呈上熱毛巾，周文星立刻擦了擦手，接著又有一個小丫鬟遞上熱茶。那大丫鬟放下毛巾，捧著一個金燦燦的水盂過來。

周文星用茶漱口，以袖遮面把茶吐進水盂後，才站起身道：「我去救人了！」

黃英不是頭一次見到這種陣仗，可是見周文星與那兩個丫鬟一套規矩做下來，自然得就跟她撿柴砍柴般輕鬆自如，中間半點停頓都沒有，不由得在心裡嘆口氣道：果然是銀子水裡泡大的，我這黃泥湯裡滾出來的哪能比？

她有些灰心地抬起手背想擦嘴，手都放到嘴邊了才覺得不妥，不禁尷尬地慢慢放下手，靜靜地看著剛才遞毛巾給周文星的大丫鬟。

誰知那大丫鬟卻目不斜視，只是恭敬地半垂著頭。

周文星見狀，無奈地搖了搖頭，從袖中抽出一條天青色手絹遞給黃英，轉身瀟灑地離去。

那大丫鬟這才明白過來，忙道：「少奶奶的衣裳是哪位姊姊打理的？不知道手絹都放在何處？」她總不能拿擦手的毛巾遞給少奶奶擦嘴吧？

黃英微紅了臉，香草這才回過神來，湊過來道：「少奶奶，要不要奴婢去取？還是就用爺的手絹擦？」

她剛才直盯著那水盂瞧，心想，不曉得是不是真金的？要是偷這麼一個回家，一輩子都夠用了吧？

黃英看著周文星的手絹，是條天青色的軟絹，上面繡著七顆大大小小的星星，中間一顆繡得極大。星星的形狀簡單，可要繡出星光閃閃的感覺卻需要極精湛的繡工，她實在捨不得拿來擦嘴，猶豫了一下後，黃英把手絹收進了袖子裡。

香草會意，忙去拿了一塊紅色的絹帕來。黃英擦好了嘴，看著一桌子的美食，卻是再吃不下。

那大丫鬟見狀，這才上前遞了熱毛巾。黃英依樣畫葫蘆，照著周文星的樣子擦了擦手；另一個小丫鬟遞上熱茶，黃英卻忘了這是漱口用的，咕嚕一聲給吞下去了。那道吞嚥聲極大，黃英覺得外院都聽見了，忍不住紅了臉，尷尬地端著那茶杯，不知道該再喝一次漱口還是放下？

旁邊端著金水盂的大丫鬟也有些不知所措，這茶當然不是不能喝，末了，她只能裝作什麼都沒發生的樣子道：「少奶奶，請漱口！」

黃英這才又喝了一口茶，這次她記得要吐出來，卻忘記吐的時候要用袖子擋著了。好在這兩個丫鬟都一副視而不見的模樣，黃英這才紅著臉，清了清嗓子，強裝鎮定地說道：「都撤了吧！」

沒多久，周文星就帶著見雪跟拾柳一起回來了。

本來飽滿得跟水蜜桃一般的見雪，一夜之間，就像混了泥水被曬化的雪團似的，眼下一片青黑，嘴唇蒼白脫皮。

至於拾柳，本來如風擺楊柳般清新嬌嫩，這會兒就像枝褪了色的乾柳枝，頭髮亂、衣裳縐，臉色蒼白、雙眼紅腫，右臉連著眼睛青青紫紫一大塊。

黃英見這兩個天仙美人被自己連累成這樣，內疚不已，忙叫香草上茶水。

見雪忙啞著聲音阻攔道：「謝少奶奶賞茶，奴婢們從昨日起就滴水未進，還煩請少奶奶吩咐小廚房煮點白粥來，許奴婢們帶回屋去領賜。」

拾柳則是淚如泉湧地道：「少奶奶，奴婢這臉要是留了疤可怎麼辦啊？」

黃英對拾柳加倍歉疚，伸手拍了拍她的肩頭，看著周文星道：「四爺，你那裡不是有藥嗎？給拾柳好不好？」

說完，黃英才想起周文星的臉也是半邊雪白、半邊紫，她咬了咬嘴唇，內疚地低下頭。

周文星看著黃英的半邊青臉，暗暗嘆了口氣。這屋子連自己在內有三個人半邊青臉，便對剛才遞毛巾的大丫鬟道：「守賢，去找妳守靜姊姊，把那天任俠拿的藥分一份給拾柳，剩下的都拿到少奶奶房裡來。」

守賢行過禮後就去拿藥，待見雪與拾柳退下，屋裡只剩黃英跟周文星，兩人又陷入了奇怪的尷尬中。明明有話想說，黃英不知怎地就是張不開嘴，只得不時地瞄一眼周文星，一杯接一杯地喝茶。

過了半晌，黃英又舉起茶壺添茶。我倒、我倒、我倒倒倒，那茶壺都要被黃英倒過來了，才稀稀疏疏地滴出幾滴水，冷不防，茶壺蓋掉了下來，好在黃英身手敏捷，一把撈住了，暗道一聲好險沒碎，不用賠銀子。

她正慶幸呢，就見周文星猛地站起身來，朝外走去。

見他根本沒記住跟自己的約定，不知道又要跑到哪裡去，黃英不禁站起身跺腳，委屈得就要罵人，周文星卻悠哉地飄來一句話。「妳不是說每天要學四個字嗎？」

黃英瞬間轉怒為喜。原來他沒忘記！可是，她皺著眉，期期艾艾地道：「四爺，我……能不能先去下淨房？」

周文星聽見黃英要上淨房，咬著嘴唇忍住沒笑出聲來，他就等著她把那一壺茶都喝完呢！他裝出冷峻的模樣，依然背對著黃英，裝腔作勢地晃了晃手道：「快滾快回！」

黃英如獲大赦，飛快地溜走了。

周文星的小書房地方不大，卻樣樣精細。

一張丈許的暗紅如意桌，左側放了幾部泛黃舊書與一本藍皮三字經；正中鋪著元書紙，筆架山上架了大、中、小三枝竹管狼毫，以及一方生蕉葉白硯臺；一旁的炕桌上放著整套青花瓷茶具，竹墊上擱著一個略生了些綠鏽的銅釜。

黃英來時，周文星已經端端正正地坐在書案前，捏著一枝泛著淡淡紫玉光澤的徽墨慢條斯理地磨著墨。

他的書案就放在正對著前面天井的半窗前面，此時窗戶已經打開，春日明媚的晨光明如溪流，無聲地傾瀉進來，周文星的眼珠跟黑色晶石一般發著光，整個人都像被陽光洗過一般，溫暖乾爽。

黃英看著周文星沒受傷的那半張臉，一顆心怦怦地跳起來。墨條在硯池裡輕輕滑動著，發出一點點沙沙的聲響，若有還無，整間書房顯得既安靜又溫馨。

周文星聽見黃英的腳步聲停在幾步開外，一直不過來，轉頭一瞧，臉又紅了。哪有這樣直直地看著小郎君的姑娘家？他皺起了眉頭，可是不知怎麼地，心頭泛著隱晦到難以察覺的竊喜。

他裝模作樣地瞪著眼罵道：「黃英，妳到底要不要學寫字？」

黃英心思單純，見周文星吼自己，便走過去，湊近他身邊道：「學呀、學呀，怎麼不學！嘖嘖，咱們今天學什麼字啊？」

周文星慢條斯理地指了指筆道：「這筆是兼毫，狼三羊七，軟硬適中，日後這三枝就是妳的筆了，妳可不許隨便亂用我的筆！」

黃英聽他這麼說，點點頭道：「也不怪你小氣，我知道筆墨紙硯可貴了！」

周文星聞言雙眼望天，無從解釋起。黃英是初學者，輕重拿捏不住，筆難免會胡亂磕碰，他自己的筆用慣了，捨不得它們被那樣對待，他這是愛惜東西，不是小氣好不好！

他拍了拍桌子道：「沒時間跟妳瞎扯，趕緊看好了！」說完瀟灑地筆走龍蛇地在紙上寫了兩個大字。

黃英歪著頭看了看，說道：「這兩個字好像那個蘭字，上面都長著小草苗，是什麼字啊？」

周文星見她認字還真有幾分靈性，故意賣關子為難她道：「妳猜！」

黃英見周文星不爽快，一抿嘴，不懷好意地笑著說：「這還不好猜？一定是，金童！」

周文星沒好氣地說：「不對，再猜！」

黃英清了清嗓子，一本正經、眉眼彎彎地看著周文星，指著他道：「怎麼不對了？剛才我過來就看見一個金童啊！」

周文星的臉本來是半白半紫，這會兒變成了半紅半黑。他沒好氣地狠狠戳了戳紙上那兩個字道：「這是妳的名字！」

黃英一聽是自己的名字，好奇地靠近周文星的肩頭盯著紙瞧，令他有些不自在地移開身子。

見白紙上寫了兩個大字，黃英便拿手指點著下方那個字，開心地說道：「這個名字好聽吧？雲台寺的老和尚說英是花的意思，我又姓黃，所以我的名字就是黃色的花！」

周文星刻意端詳了黃英的臉孔片刻，面色如蜜，圓臉、濃眉毛、大眼睛，鼻子稍微有一點寬，倒是不塌，元寶嘴紅紅的。他便說道：「那要看是什麼花了，我看啊，頂多像朵蒲公英！」

黃英見他一副見不得自己高興的樣子，直起身、一揚下巴，跟他拗上了。「蒲公英怎麼不好了？既不用栽也不用養，一開就讓別的花沒處落腳，不僅能入藥還能當菜！」

周文星聞言好奇地問：「蒲公英還能當菜吃？怎麼吃？」

黃英這下可得意了，雙手比劃著，差點碰到周文星的臉，說道：「沒見識！吃法可多了。燙過以後放點醋與香油，就能涼拌了吃！還有，告訴你，我娘在家蒸過蒲公英餅來吃呢！」

她的舉動讓周文星不自在地又挪了挪身子。

黃英一瞄，見周文星一直在偷偷地躲開她，眉眼一轉，也不吭聲，故意又湊過去一點，低聲在他耳邊道：「還有一個秘密的吃法，我誰都沒告訴過！嗯，金童，你要不要聽啊？」

那聲「金童」，黃英故意細著嗓子說，就跟昨晚一樣嘴唇都快碰到周文星的耳朵，嘴裡噴出的氣吹得他耳朵癢癢的。

周文星猛地往後一躲，結果連人帶椅摔了下去。

黃英這回沒想用手去拉周文星，見他摔倒了，剛開口要笑，就被周文星亂揮的狼爪在胸前掃了一遍。她一驚，還沒來得及反應，就被揪住了衣裳，也倒了下去。

周文星在下，腰臀處硌著一把椅子，黃英上半身壓在他身上，兩人大眼瞪小眼，腦子都停留在剛才那錯誤的一爪上。

誰知此時他們耳邊猛然響起驚天動地的暴喝。「這、這成何體統！青天白日的，好好的爺們都給妳挑唆壞了！」

黃英聽到是周老夫人的聲音，嚇得一哆嗦，還沒來得及回頭，背上就狠狠地挨了一棍。她悶哼一聲，剛要直起身子爬起來，背上又挨了一棍，痛得她叫出聲來。

只聽焦氏著急地叫道：「老祖宗，可別氣著了，仔細傷了手！快，快扶老祖宗到炕上坐著！」

黃英背痛得好似快斷掉，扶著桌子勉強站直了身。她慢慢地轉過身來，只見周老夫人滿面怒容，手裡還拿著龍頭枴杖不放，焦氏攔在她面前，一旁圍著拾花等人。

接著黃英的目光落在站在門邊的守靜臉上，只見守靜微笑而挑釁地看著她，黃英心想，如果此時手上有把刀，她一定會砍上去！

見周老夫人氣呼呼地坐下，焦氏忙喝命丫鬟與婆子。「都是死人啊！還不趕緊扶四少爺起身！」

丫鬟與婆子立刻一擁而上，把黃英擠到一邊，扶周文星起來。

周文星被眾人擋住，還沒來得及問黃英有沒有事，周老夫人就看見了周文星那半張青紫的臉，也顧不上生氣了，心疼得老淚縱橫，一迭連聲地叫喚道：「我的孫兒！這是造了什麼孽？這個媳婦不能要了！我做主休了，休了！」

黃英後背兩道火辣辣的傷痕似乎慢慢腫了起來。周老夫人昨日冤打了自己還不夠，今天又跑到蘭桂院來什麼都不問就動手！

她怒極反笑，一拍桌子喝道：「休！趕緊休！今日誰要不休了我，就是我孫子！」

黃英的話讓屋裡所有人瞠目結舌，連氣極了的周老夫人都睜大了昏花的老眼，難以置信地木瞪著她。

在周家人眼裡，黃英就是十萬八千里地高攀了周家，如此一步登天，就該感恩戴德，就該在周家夾著尾巴做人，誰知道這個砍柴妞從進門的第一天起，就真把自己當成了周家的四少奶奶！

面對周老夫人一句半真半假的氣話，要是換個人還不得軟成爛泥跪地求饒，結果碰上這麼個愣到家的，這麼索利地就往杆子上爬，也不怕摔死！

周文星也是一驚，還有些發怒。她明知道不能休了她，還說什麼孫子不孫子的，看看到時候誰是孫子！

他猛然站起身來，高聲道：「妳真要我休了妳？」

黃英迅速轉過身抓著紙筆，憤怒地指著他說：「休！不休的是孫子！」

周文星冷著一張玉臉，好整以暇地走過來，往書案前一站。

第二十七章　立定志向

焦氏見事情鬧大，忙勸道：「四郎，現在不是賭氣的時候！弟妹才進門，哪有不築築磕磕的，你該勸勸她才是！」

周文星回頭朝焦氏笑道：「大嫂，妳放心，我屋裡的事，我心裡有數！」

說完他轉過身去，慢條斯理地在硯池裡蘸墨就要下筆，又道：「妳真的，要我休了妳？」

黃英每被周文星問一次，頭腦就清醒一分，此時也覺得有些騎虎難下，可話都說到這個分上了，沒有低頭的餘地，只得道：「休！」

周文星看著她，突然露出一個有些詭異的笑容，慢悠悠地道：「妳確定，妳要的不是和離？」

黃英猛地醒悟過來。和離是雙方不合一拍兩散，休棄是女方犯錯，男方強制休離，自己又沒錯，憑什麼要乖乖地被休了？若要離開周家，也只能是和離！

她急忙緊緊抓住周文星的手道：「不是休，是和離，和離！」

這會兒周老夫人回過神來，拍著炕桌罵道：「和離？妳個忤逆不孝的東西！滾出周家，一條線也不許帶走！四郎，休了她！」

周文星見周老夫人還要火上澆油，無奈地放下筆，走過去央求道：「老祖宗，英姊兒才進門，不懂周家的規矩，您老人家慈愛，不要跟她計較了。大嫂，麻煩妳送老祖宗回去，要是被我們氣出個好歹，可是孫兒不孝了！」

他一邊說，一邊使眼色給焦氏，焦氏隨即站起身，兩人左拉右推，半架半哄地把周老夫人給帶走了。

周老夫人也知道黃英是休不得的，只是一時氣急了，出口威脅一下，沒想到反倒把自己擱在架子上掛著，差點下不來。

既然孫子遞了臺階，此時不走，更待何時？她邊往外走，嘴裡邊嚷嚷道：「四郎，這媳婦不能慣著，你得好好管管她！」

至於守靜，早就趁亂溜了。

周文星打發了眾人，這才吩咐道：「香草，趕緊拿冰去，妳少奶奶背上怕是傷得不輕。」

他見黃英還站在桌前，眼眶含淚卻咬牙忍住的模樣，輕輕嘆了口氣道：「我知道，妳受委屈了。」

一句話讓黃英再也忍不住，背過身去，失聲痛哭起來，邊哭邊說：「我在家也是寶貝女兒，是你們家自己有事，把我扯進這是非裡的！不說讓你們把我當恩人，可怎麼能不把我當人，說罵就罵、說打就打！你們家，待個丫鬟都比待我好！」

周文星默默地走過去，想從懷裡掏手絹遞給黃英，可掏了半天掏不出來，這才想起早飯時已經給了她手絹，手頓時尷尬地不知道往哪裡放？

黃英瞥見他這副模樣，心中的委屈散了些，自己從懷裡掏出那條天青色手絹擦了擦眼淚。

周文星見那手絹一角繡著黃色的並蒂蓮，心頭一刺，眼圈慢慢紅了。

妾本懷春女，相思淡淡黃。

自己做事糊塗，陰錯陽差連累了黃英，不然她跟阿奇必會相親相愛，總歸是他周文星還有周家對不起她！

周文星伸出一根手指頭，輕輕地戳了戳黃英的肩頭道：「很疼吧？妳去坐著。」

黃英回過頭來，一雙眼睛紅得跟小兔子似的，睫毛上還沾著淚珠，卻不再見半點軟弱。

「我不坐！挨老夫人兩棍子，我不敢從老夫人那裡打回來，可是，你休想要我再放過守靜！」

周文星看著她，無奈地嘆道：「先坐著，守靜的事，妳不要插手。」

黃英聞言失望地冷笑幾聲，譏諷道：「哈哈，她是你姊姊是吧？如果不是知道許姑娘的事，我還當她是你心頭肉呢！」

周文星有些無奈又擔憂。她這樣單純，能在周家平安無事地活過三年嗎？

見香草拿了冰來，周文星略微思考了一下，一言不發，轉身走了。

臥房裡，黃英趴在床上，香草邊拿著冰幫她冰敷，邊流淚道：「少奶奶，奴婢以為大戶人家的老夫人都是慈眉善目的，怎麼他們家老夫人這麼凶，還會動手打人呢？少奶奶，奴婢想家了。」

黃英眼裡冰冷一片，說道：「香草，妳回家吧，這裡不是我們這種人待的地方。我給妳錢，妳回去找個老實安分的人家好好過日子。」

香草哭得更厲害了，回道：「奴婢走了，少奶奶一個人怎麼辦？香蘿還那麼小！」

黃英正要說話，忽然響起了敲門聲，香草止住了淚，問道：「是誰？」

「是奴婢見雪，少奶奶，出事了！」她的聲音裡有隱隱的興奮。

黃英香草開門，見雪興奮得滿臉通紅，特地拉開大門道：「少奶奶，聽見了嗎？」

凝神細聽，黃英發現外面有悶悶的聲音傳來，可聽得不真切，她便問道：「這是什麼聲音？」

只見香蘿頭上裹著頭巾，一瘸一拐地跑了過來，神色恐懼地說道：「少奶奶，又打板子！打的是誰？」

黃英有些怔怔地看著見雪，見雪眼中含淚、面帶微笑地道：「少奶奶，是四少爺，四少爺讓人打守靜二十板子，還要攆她出去呢！」

一時之間，黃英沒能回過神來。剛才周文星那樣抬腳就走了，居然是去讓人打守靜？她問道：「守靜？她不是最會喊救命？」

香蘿也不知道是開心還是害怕地說：「打板子都是堵著嘴打，不能吵了主子們！」

黃英心中並沒有終於報仇雪恨的鬆快，反而生出完全摸不著頭腦的迷茫。

沒多久，周文星就一臉平靜地回來了，看到見雪、香草與香蘿都在，也不感到意外。他的目光落到最矮的香蘿身上，只見她頭上裹著一條紅花頭巾，露出長短不一的枯黃頭髮，一根手指頭都能推倒的可憐模樣。此刻，這孩子正用一種崇拜的眼神看著他。

懲罰了守靜，周文星其實有點難過，如今見一屋子的人都拿他當青天看，終於好受了些。

黃英見他進來，揮了揮手，見雪等人便退了出去。

周文星並未走到床邊去，而是在交椅上坐了下來，說道：「我讓人先送守靜回她家去。她年紀也不小了，過些日子，我就讓大嫂幫忙找個合適的人，把她嫁了。」

黃英有些懷疑地看著他說：「你為什麼突然這樣？不是說她是你姊姊嗎？」

周文星想了想，問道：「如果香蘿犯了錯，我越過妳直接懲罰香蘿，妳會怎麼想？」

黃英皺著眉頭，好像明白他要說什麼了，沒有回話。

周文星嘴角噙著一絲自己都沒覺察的微笑，說道：「有主人的人犯了錯，妳就該去跟那主人說，讓人家自己處置；若是越過主人直接處置那人，就是逼著主人跟那人站在同一邊了。妳想想，是不是這個道理？」

黃英慢慢地低下頭。

周文星接著道：「第一次，妳不過問我的意思，就要把她攆出內院，換成妳，妳會答應嗎？相反地，如果妳先忍住氣，等我回來以後跟我商量，我就會教訓她，或許後面也不會發生那麼多事了。

「第二次，是娘要她掌管這院子的，妳不管不顧地收拾了她，就是在打娘的臉，即使是我要處置她，也要先得到娘的同意。我昨日出門，一是去向娘賠罪，二是商量守靜的事情。」

黃英半張著嘴，忽然有些明白自己為什麼在周家處處碰壁了。她以為自己事事占了理，可是她這樣未經思考就反擊，卻從有理變得無理；如果周文星不這樣教她，她不知道還要在周家吃多少悶虧！

她跳下床，深深地作了個揖道：「四爺，謝謝你！只是，我還有一件事不明白，為什麼你之前一直跟我鬧，現在卻突然懲罰守靜，又告訴我這些道理？」

周文星被黃英這個舉動嚇了一跳，莫名心虛起來，可想一想，又覺得還是應該告訴她實話。「因為現在還有我居中幫妳，等我走了，我不知道妳在這裡該怎麼辦？」

黃英心頭一窒，問道：「你要走？去哪裡？」

周文星心頭有些發怵，仍是硬著頭皮道：「蘇州，巨鹿書院。」

黃英臉上的喜悅漸漸淡去，周文星結結巴巴地解釋道：「跟妳沒、沒關係，是早就說好的。我去年八月鄉試未中，外公好不容易託了關係，說要送我去那邊讀書。」

眨了眨眼，黃英覺得他們做的事情她一樣都不懂，只道：「在京城讀書不好嗎，幹麼跑到蘇州那麼遠的地方？」

周文星聽黃英這麼問，不禁有些索然。能去巨鹿書院學習，是天下讀書人的夢想，也是他渴望已久的事。

一來，南方文風昌盛、人才輩出，當今天子若不是開了南北榜，天下士子只怕十之八九都出自南方。巨鹿書院位於蘇州，在吳中第一名勝虎丘山上，更是當今天下文氣彙聚之所。

二來，周文星自從出生就在京城周圍打轉，眼界有限。常言道，讀萬卷書不如行萬里路，這一去不曉得能見識多少南北各地的風土人情、結交多少天南地北的同窗好友，光是想像，周文星便渾身熱血沸騰。

然而，對於只識得幾個字的英姊兒來說，這樣的世界實在離得太遙遠了！

千言萬語在周文星肚子裡打了幾轉，他才勉強吐出一句話。「那是天下讀書人都想去的地方。」

黃英點點頭，想了想，她突然眼睛一亮，開心地拍著手道：「聽說蘇州可美了，跟天堂一樣，我也跟著去吧！」

看著興高采烈的黃英，周文星一顆心由索然轉變成落寞。

在巨鹿書院駐講的人無一不是宏學巨儒，能夠進去書院的，要麼家世顯赫，要麼就是早有一方才名，全靠錦繡文章。

就是周家這樣的人家，如果不是外公跟巨鹿書院的山長有些交情，憑他一個籍籍無名的小小秀才，根本不可能有機會去求學。

到了那裡，誰不是懸梁刺股、鑿壁偷光、日夜苦讀，謀一世前程？家中妻小除了年節遣人送禮之外，都遠遠地避開，惟恐驚擾讀書兒郎，奪去他的半分心思，糟蹋了這千載難逢的機會。

別說黃英跟他不是真的夫妻，就是真夫妻，也絕沒有帶著她去書院的道理！

志同笙磬合宮商，道乘肝膽成胡越。相近未必常往還，相遙未必長離別。

如果是月妹妹，斷不會說出這樣不知輕重的話來，周文星突然覺得眼裡有什麼東西在往外湧。

他忙低下頭，不敢再想下去，猛然站身道：「現在如妳所願，守靜走了，妳想想這院子的事該怎麼理一理吧，我還有事，晚上再回來！」語畢，他頭也不回地匆匆離去。

黃英見周文星不知為何突然變臉，氣得跺了跺腳道：「不是說怕我自己一個人在周家活不下去嗎？那怎麼還扔下我一個人？」說完也不去追他，反而開始琢磨要怎麼樣才能跟著去蘇州。

要她一個人留在周家？除非她不姓黃！

吃過午飯，黃英就叫來香草開始整理她的家當，這一鋪開，鋪滿了半炕。

香草在一邊羨慕道：「少奶奶現在也是大財主了！」

黃英卻看得有些沈默。這麼多東西，真正屬於自己的只有那五兩銀子，她想了想，拿了銀子遞給香草。

香草忙搖手，欣喜地說道：「守靜都攆走了，可見四少爺心裡是向著少奶奶的，奴婢不走了！」

黃英露出苦笑道：「我讓妳把這五兩銀子單獨放好，其他的，樣樣都是周家的。妳說，五兩銀子能做什麼營生？」

香草沒回答黃英的問題，反而罵道：「也不知是哪個缺德的玩意兒，把少奶奶帶來的針線都給藏起來，連個荷包都找不到！」

她只得翻箱子拿出一條草綠色的汗巾，把那五兩銀子藏在裡面。

黃英這才想起這麼一樁事情來。她看到周文琪送的荷包躺在箱子角落，伸手將它握在手裡，仔細地翻看起來。自己這麼大把年紀了，荷包都沒做過幾個，可能一輩子都做不出這樣精巧的東西吧？自己真是連個八歲的丫頭都不如！

香草見她拿著荷包出神，拍拍頭道：「這荷包倒好，把這些金戒指都裝在裡面吧！」說著從黃英手裡拿過荷包，扯開繩子，就要往裡面放首飾。

「少奶奶，荷包裡有東西！」香草驚訝地從荷包裡抽出一張紙來。

黃英不識幾個字，可記性好，看這紙片跟上次老太爺送的銀票一樣，心道：她一個小丫頭，難道能送我這麼大筆的銀子？可如果不是銀票，還能是什麼？

當下黃英就讓香草別動這荷包，把紙張放回去揣在懷裡，心裡有了主意。

才讓香草把其他東西都收好，黃英就聽見院子裡吵吵嚷嚷的，她皺了皺眉頭。這好像是喬嬤嬤的聲音。

果然，那聲音朝著屋裡過來。「這個時辰，少奶奶也不知道歇不歇晌，我這幾日染了風寒，沒過來當值，看看妳們一個個都躲懶成什麼樣了？少奶奶屋門口連個當值打簾的都沒有，妳們反了天不成！」

喬嬤嬤倚老賣老，也不知道在數落誰，進了外間，她見黃英從屋裡出來，忙換上一張笑臉道：「老奴這兩日身上不好，怕過了人，不敢往少奶奶跟前湊；今日大好了，才敢來當值，少奶奶可有什麼吩咐？」

黃英往炕上一坐，胳膊支在炕桌上，用手撐著臉頰，覺得自己的腦子實在不夠用。喬嬤嬤怎麼突然殷勤起來了？不過她可沒想著讓她幫自己管什麼事，只道：「嬤嬤來得正好，我娘家帶來的針線現在還沒影兒呢，妳閒著沒事就幫我做出來吧！嗯，再叫幾個丫鬟幫忙，越快越好！」

她心想，最好能在去蘇州之前了結這樁事。

喬嬤嬤聞言一愣，隨即尷尬地陪著笑臉道：「哎喲，要說針線，咱們這屋子裡啊，拾柳與見雪兩個才是真的靈巧；再說，老奴年歲大了，眼睛也不太好……」

話音未落，就見門口闖進一個丫鬟，正是那位臉方得跟麻將牌似的守賢，她怒氣沖沖地朝黃英行了一禮，說道：「少奶奶，四少爺沒吩咐把鑰匙交給少奶奶，喬嬤嬤就偷走了鑰匙，還請少奶奶做主，趕緊把鑰匙還給奴婢！」

黃英看著喬嬤嬤，她不知道什麼鑰匙的事情。

喬嬤嬤忙笑道：「少奶奶，守靜走了，鑰匙自然要交到少奶奶手裡。老奴剛才路過外東廂，看屋裡亂成一團，那麼要緊的鑰匙就這樣隨隨便便地扔在几上，老奴怕被人摸去，就收了起來。」

守賢被這話氣得滿臉通紅，卻聽出偷鑰匙一事是喬嬤嬤自作主張，跟四少奶奶沒關係。她一顆心定了定，也不理喬嬤嬤，只對著黃英道：「請少奶奶原諒奴婢不敬，可是東西是四少爺讓奴婢收著的，沒有四少爺的吩咐，奴婢不敢交出去。」

黃英頓時有些回不過神。

——未完，待續，請看文創風766《悍妞降夫》下

2019年7月出版

廚神童養媳

文創風 763～764

雖說當了多年的童養媳，但她還是個清清白白的黃花大閨女，
可當年在逃離主人家魔手的路上，她偏偏撿了個跟她極相像的孩子，
這下可好，就算她有嘴都說不清了，只得對外說自個兒是寡婦，
本想就這麼守著孩子過完此生的，她心心念念的夫婿卻找到了她，
看著他震驚的表情，她實在是啞巴吃黃蓮，有苦說不出啊……

不道離情正苦　空階滴到天明／六月梧桐

王秀巧是他朱蕤的童養媳，他倆成親多年，心繫彼此，
無奈在他赴京趕考之時，家鄉遭逢天災，父親傷重，
為了籌錢替父親醫病，媳婦兒把她自己給賣了，
分離五年，總算皇天不負苦心人，他找著了她，
然而，他漂亮的小媳婦身邊卻有了個三歲大的兒子！
就算是迎著十來個殺手，他都不曾膽怯退縮過，
但此時僅僅是看著他們母子相似的臉，他就懦弱得只想逃！
本以為她是改嫁了，可孩子卻說自個兒沒有爹，
這麼說，媳婦兒她是因為失了清白才有了孩子的？
如若不是失了他的依靠，她又怎會淪落至此？
雖說他如今是朝廷重臣、皇帝的心腹，想要什麼樣的姑娘沒有，
但他根本放不開她，因此決定帶他們母子回京，重拾夫妻情分，
即便會因著綠雲罩頂而遭朝臣攻訐、百姓嘲笑，他也無所畏懼，
就在此時，她忐忑不安地告訴他，孩子是撿來的，問他信嗎？
他當然信啊，可為何孩子長得跟她簡直是一個模子刻出來的呢？

2019年7月出版

女耀農門

文創風 760～762

穿越成貧農女娃，雖有天生神力卻十足飯桶，
好在她四肢發達、頭腦可不簡單，
拿這拳腳不僅救了貴人，動些腦筋還創業致富了。
仗著一身本領，農門也能一路發家至京城～～

農門有佳麗，芳華勝春光／樵牧

窮山惡水出刁民，無怪乎村中有這等奇葩親戚，
她顧長安的天生神力便時常耗費在用拳頭講理上，
沒想到一次機緣下路見不平，救了侯門大少爺，
不僅開啟發家致富的機運，連夫婿都主動送上門。
這家世顯赫的富貴少爺竟説要成為她的「童養夫」？
對方欲以身相許，可她一個農門女娃並不想早早訂終身啊！
眼下她只想做點小生意，帶著一家子脱貧奔小康，
可在顧家人齊心協力下日子真好轉了，
昔日這童言童語的訂親，也釀下日後的兒女情長。
不得不承認，這傻白甜的小胖子越來越得她眼緣，
甚至讓她起了養成調教的小心思，
如今這財富有了，桃花也開了，
晉升人生勝利組還真指日可待……

為流浪貓狗加油 和貓寶貝 狗寶貝 廝守終生(一定要終生喔！)的幸福機會

對人來說，貓寶貝狗寶貝只是生活的一部分，但妳(你)對牠們來說，卻是生活的全部，領養前請一定要考慮清楚——

▲ 熱情活潑的甜姐兒　QQ

性　　別：女生
品　　種：米克斯
年　　紀：約4歲
特　　徵：體型約同柴犬，外貌又像柯基
個　　性：與人在一起時很喜歡撒嬌、討摸摸
健康狀況：已結紮，有定期施打預防針
目前住所：台中市霧峰區

『QQ』的故事：

會救援到QQ，其實是在一個悲傷的情況下。有天，中途接獲通報，説是在光復新村有一隻幼犬被車撞傷了，於是中途立即出發去到現場。儘管中途緊趕慢趕，等到了那地方，那隻毛小孩很不幸地早已失去生命的跡象，離開了這個世界，中途感到十分難過。

然而，中途隨後就在路旁的水溝內發現了QQ和牠的姊妹。那時的QQ剛失去牠的家人，看起來惶恐不已，見到中途時，小小的身子還一直後退，拼命往水溝深處躲去，這讓中途費了很大一番功夫，好不容易才將牠們從水溝裡給救上來。此後，QQ就被中途一直照料著，直到現在。

現在的QQ已經走出失去親人的傷痛，不再是個背負著陰霾的孩子，而且還成長成熱情、活潑的漂亮妹妹啦！QQ見到人喜歡扭著牠的小屁股蹭過來撒嬌，再連同附上牠甜美的笑容，真是讓人覺得「Q」到不要不要的！

如果您願意領養QQ回家作伴，歡迎來信leader1998@gmail.com（陳小姐），或傳Line：leader1998，或是私訊臉書專頁：狗狗山-Gougoushan。

認養資格及注意事項：

1. 認養者須年滿23歲，有穩定經濟能力，並獲得全家人的同意。
2. 須同意簽認養寵物切結書，並讓中途瞭解QQ以後的生活環境。
3. 同意送養人日後之追蹤探訪，對待QQ不離不棄。
4. 同意讓QQ絕育，且不可長期關、綁著QQ，亦不可隨意放養。
5. 為讓中途對您有更深入的瞭解，中途會先有份線上問卷請您填寫。

來信請説明：

a. 個人基本資料：姓名、性別、年齡、家庭狀況、職業與經濟來源等。
b. 想認養QQ的理由。
c. 過去養寵物的經驗，及簡介一下您的飼養環境。
d. 若未來有結婚、懷孕、出國或搬家等計劃，將如何安置QQ？

文創風 765

悍妞降夫 上

國家圖書館出版品預行編目資料

悍妞降夫 / 曼繽著. --
初版. -- 臺北市 : 狗屋, 2019.07
冊 ; 公分. --（文創風）
ISBN 978-986-509-022-7（上冊 : 平裝）. --

857.7　　108008605

著作者　曼繽
編輯　連宓均
校對　沈毓萍　簡郁珊
發行所　狗屋出版社有限公司
地址　台北市104中山區龍江路71巷15號1樓
電話　02-2776-5889～0
發行字號　局版台業字845號
法律顧問　蕭雄淋律師
總經銷　知遠文化事業有限公司
電話　02-2664-8800
初版　2019年7月
國際書碼　ISBN-13　978-986-509-022-7

本著作物由北京晉江原創網絡科技有限公司授權出版

定價250元
狗屋劃撥帳號：19001626
網址：love.doghouse.com.tw　E-mail：love@doghouse.com.tw